新潮文庫

カリ・モーラ

トマス・ハリス

高見　浩訳

新潮社版

11156

わが愛と知恵の糧
エリザベス・ペイス・バーンズに

カリ・モーラ

主要登場人物

カリ・モーラ……………………………獣医を夢見るコロンビア移民の女性。25歳
ドン・エルネスト………………………コロンビアで犯罪組織を仕切るボス
キャプテン・マルコ……………………カニ漁船の船長。ドン・エルネストの部下
アントニオ………………………………十の鐘泥棒学校出身の若者。プール修理工
ベニート…………………………………同じく十の鐘泥棒学校出身の老庭師
ファボリト………………………………負傷したアメリカ軍兵士。爆弾処理の名手
ヘスス・ビジャレアル…………………麻薬王エスコバル邸の金庫の秘密を握る男
ディエゴ・リーバ………………………ビジャレアルの顧問弁護士
テリー・ロブレス………………………マイアミ・デード警察の刑事
ハンス・ペーター・シュナイダー…全身無毛の臓器密売商

1

　深夜。二人の男が一〇四〇マイルの距離を隔てて話し合っている。どちらも顔の半分が携帯電話のディスプレイの明かりに照らされていた。闇に浮かぶ顔の半分ずつが、いま話し込んでいる。

「あの屋敷はもう手の内にある。あんたの言ったとおりの場所だったよ。残りを教えてくれ、ヘスス」

　空電の雑音にまぎれて、か細い声が応じる。「でもな、こっちは約束の金額の四分の一しか、まだもらってねえんだ」ハアッ、ハアッ、と苦しそうな息遣い。「残りの金を、よこしな。早く送れって」ハアッ、ハアッ。

「なあ、ヘスス、おれがもしあんたの助けなしにあれを見つけてしまったら、あんたの懐にはもう一セントも金が入らないよ」

「そのセリフ、そっちが思ってる以上に、当たってるな。そんな名セリフをぬかすの、生まれて初めてなんじゃねえか」ハアッ、ハアッ。「いいか、そっちのほしがってるものはな、十五キロのプラスティック爆弾の上にのっかってるんだ……おれの助けなしにそいつに手をのばしたが最後、そっちはお月さままで吹っ飛ばされてら。そうなったら、たしかに、おれの懐にはもう金が入ってこねえよな」

「おれの手はどこまでも伸びるんだぜ、ヘスス」

「でも、月からここまでは届くまいよ、ハンス・ペドロ」

「おれの名前はハンス・ペーターだってば」

「そうか、どこまでも伸びる手で、いつでも一物をいじくれるってのかい？　それが自慢なのか？　そっちの個人情報なんぞ、どうでもいい。それより、さっさと金を送りな」

電話は切れた。二人の男はそれぞれに暗闇を見つめていた。

ハンス・ペーター・シュナイダーがいるのは、フロリダのキー・ラーゴ沖に浮かぶ真っ黒い細長のプレジャーボートの船室だった。そこでいま、船首の寝台で啜り泣いている女の声に耳を傾けていた。聞きながら、女の啜り泣きを真似してみたりする。ハンス・ペーターは物真似がうまいのだ。自分自身の母親の声色で、泣いている女に呼びかける。「カーラ？　ねえ、カーラったら？　なんで泣いてるんだい、可哀そうに。おまえはね、ただ夢を見ているだけなんだってば」

闇の底で絶望に打ちひしがれている女は一瞬、もしや、とだまされる。が、すぐにわっと泣き崩れる。

ハンス・ペーターにとって、女の泣き声は妙なる音楽に等しい。陶然とした気分で、ハンス・ペーターはまた眠りに引き込まれる。

南米コロンビアのバランキージャでは、ヘスス・ビジャレアルが、スー、スーッと一定間隔で鳴る人工呼吸器に呼吸の乱れを直してもらっていた。マスクを通して、甘美な酸素をヘススは吸い込んだ。離れたベッドで神の加護を乞い願う患者の叫び声が、暗闇を通して伝わってくる。「ああ、ヘススさま！」

ヘスス・ビジャレアルは闇に向かってささやく。「神さまにもあんたの声が聞こえるといいがな、兄弟。でも、どうだかな」

ヘスス・ビジャレアルはプリペイド携帯である情報をしらべ、バランキージャのさるダンス・スクールの番号を確認した。電話がつながると、酸素マスクをわきによけて、ヘススは言った。「いやいや、こんな時間にダンスをしようってんじゃねえのさ。ドン・エルネストと話したいんだ。知ってるだろ、ドンのことは。おれの名前を伝えてくれ。わかってくれると思うぜ」ハアッ、ハアッ。

2

ハンス・ペーター・シュナイダーのボートは、黒い船体で海水を泡立たせながら、ビスケーン湾に臨む豪勢な屋敷の前をゆっくりと通過していた。

カリ・モーラという二十五歳の女を、ハンス・ペーターは双眼鏡でとらえていた。女はいまタンクトップにパジャマ・パンツという姿で、早朝の陽光を浴びながら屋敷のテラスでストレッチをしている。

「こいつはいいや」ハンス・ペーターがにんまり笑うと、銀をかぶせた、やや長めの犬歯がむきだしになる。

長身でなまっ白い顔をしたハンス・ペーターは、全身つるっとして毛が一本も生えていない。睫毛もないため、目蓋がじかに双眼鏡のレンズに押しつけられて汚れがつく。ハンス・ペーターは麻のハンカチで接眼レンズをぬぐった。

背後に不動産屋のフェリックスが立っていた。

「あの女ですよ。あれが屋敷の管理人でしてね」フェリックスは言った。「あの屋敷のことなら、だれよりもよく知っています。簡単な修理もこなしますし。まずはあの女から必要なことを聞き出してください。その上であの生意気な女をクビにしてやりますから、何かまずいことを見られる前にね。それまでに必要なことを聞き出してしまえば、時間を節約できるはずです」

「時間か」ハンス・ペーターは言った。「時間ね。いまあの屋敷を借り切っているやつの貸借期間は、どれくらい残ってるんだ?」

「そいつはいま、あの屋敷でテレビのコマーシャルを撮影していまして、期限が切れるまであと二週間くらいのはずですが」

「鍵がほしいんだがな、フェリックス、あの屋敷の」ハンス・ペーターの話す英語には、ドイツ語の訛りがある。「きょうにもほしいんだ」

「でも、あなたがあそこに忍び込んで、ヤバい結果になったとします。で、わたしの鍵を使ったことがバレたら、こっちが、責められますからね。OJのときみたいに、あなたがわたしの鍵を使ったら、わたしの仕業と思われちまいますよ」フェリックスは笑ったが、ハンス・ペーターは笑わなかった。「こうしましょう。わたしがきょう、いまの借り手と会って、撮影を即刻切り上げるように頼みますよ。あなたは昼間、何人かであの屋敷の中を見たいわけでしょう。言っときますが、本当に薄気味悪い屋敷ですよ、あそこは。管理人のなり手もなくて、五人目にあたったあの女がようやく承諾してくれたくらいだから。あの女が唯一、あそこで寝起きするのを恐がらないんですよ」

「よし、いまの借り手に会ってくれ、フェリックス。金で釣ればいい。一万ドルまでは出す。いま鍵を渡さないと、五分後にはおまえ、海で溺れ死んでるよ」

「いいですか、あの女を痛めつけたら、何も聞き出せませんよ。あそこに泊まり込んでるんです、あの女は。火災保険の関係上ね。あの女、昼間はときどき別の職場に向かいますから。そのときを待って忍び込んだらどうです」

「なに、おれは屋敷の中をこっそり見てまわるだけだ。おれがいることすら、あの女は気づかないよ」

ハンス・ペーターは双眼鏡を通して、カリという女をじっくりと品定めしていた。

女はいま爪先立って、小鳥の餌台に餌をのせている。あの女をただ追い出す手はないな、とハンス・ペーターは思った。あの腕の興味深い傷跡といい、あの女の体、かなりの高値で売れるだろう。モーリタニアの首都、ヌアクショットの〈アクロト・グロット切株クラブ〉あたりに持ち込めば、十万ドル――あの国の通貨でいうと、三千五百四十三万三千百八十四ウギアにはなるはずだ。手足が全部そろって、入れ墨などがない場合に限るが。最高値を狙い、時間をかけてあの体を〝改造〟すれば、もっと高値で売れるだろう。まあ、十五万ドルはかたい。それだって、はした金だ、あの屋敷で眠っている二千五百万ドルから三千万ドルにはなるブツに比べれば。

屋敷のほうでは、テラスのわきのプルメリアの枝にとまった小鳥が、コロンビアの雲霧林で覚えて北のマイアミ・ビーチまで運んできた歌をさえずっていた。

カリ・モーラは、故郷から千五百マイルも離れたところで暮らすアンデスヒトリツグミならではの歌声にすぐ気づいた。小鳥はとても熱心にさえずっている。カリは微笑を浮かべて、子供のころから慣れ親しんだ歌声にもう一度耳を傾けた。口笛でそれを真似てみせると、小鳥のほうもさえずりを返してきた。カリは屋敷の中に姿を消した。

黒いボートの甲板では、ハンス・ペーターが片手を差し出して、鍵をよこせ、と迫っていた。その手に触れないようにして、フェリックスは鍵を掌にのせた。

「ドアにはすべて警報装置がついています」フェリックスは言った。「ただ一箇所、サンルームのドアだけは壊れていて、補修部品をとり寄せない限りはそのままです。いいですか、屋敷の南側のサンルームですからね。で、錠前破りの道具は持ってますか？　これだけはお願いしたいんだが、まず錠前のタンブラーに引っかき傷をつけてから鍵を使ってください。だれかが無理やりにこじあけたと思わせるためです。もしもの場合に備えて、錠前破りの道具は階段に置いといてくださいよ」

「よしよし、おまえの言うとおりにしてやるよ、フェリックス」

「どう考えても名案だとは思えないんですがね。あの女のあしらい方でヘマをしたら、何も聞き出せないいんだから」

マリーナに駐めた自分の車にもどると、フェリックスはトランクのマットをめくって、ジャッキや道具類のあいだに突っ込んでおいたプリペイド携帯をとりあげた。

電話をかけた先は、コロンビアのバランキージャのダンス・スクールだった。

「いえ、セニョール」だれもいない戸外だというのに、声をひそめて話しかける。「貸借契約を盾に、できる限り引っ張ってきたんですがね。あいつも専門の弁護士を雇ってまして……これ以上延ばすとこっちの腹も見透かされてしまいそうで。いえ、あの男、ただあの屋敷に入り込むだけですよ。わたしらのつかんでいる以上のことはつかめないはずです……ええ、振り込んでいただいた額は確かめました。ご親切にどうも、セニョール。ご期待には必ず添いますので」

3

カリ・モーラは、日中、いろいろなアルバイトをしている。なかでも気に入っているのは、〈ペリカン・ハーバー・シーバード・ステーション〉の仕事だ。そこは獣医やボランティアたちが傷ついた鳥や小動物の治療にあたる保護センターで、カリはその治療室の管理を任されており、一日が終わると各種治療器具の消毒をすることになっている。ときどき、センター主催の自然観察クルーズの食事サービスを、従妹（いとこ）と一緒に請け負うこともある。

カリはすこしでも動物たちとの触れ合いを楽しみたくて、いつも早めに出勤する。センターでは白衣を交付されているのだが、それを着ると本当の獣医になったような気がして嬉（うれ）しかった。

カリは手先が器用で、鳥の扱いにも細心の注意を払うため、獣医たちからも信頼されていた。きょうは獣医のブランコ博士の監督のもと、釣り針で傷ついた白いペリカンの喉袋（のどぶくろ）の縫合をした。喉袋は長い嘴（くちばし）の下部にあって複雑な形状をしているため、全身麻酔をかけてひとつひとつの層を丁寧に縫合しなければならない。

手間はかかっても心の和む作業だった。カリが少女の頃に体験した作業とは大違いだった。あの頃は戦場で倒れた兵士たちの傷口を応急のマットレス縫合や止血帯でふさいだり、胸の大きな裂傷をポンチョで覆（おお）ったり、傷口を必死に手で押さえながら圧迫包帯を歯で切り裂いたりしていたのだから。

その日、すべての仕事を終えたとき、手術をしたペリカンは術後養生用のケージで安眠しており、ブランコ博士をはじめ他のスタッフたちはすでに帰宅していた。

カリは治療室を片づけ、外部の檻（おり）や飛翔（ひしょう）スペースの水をとり替える合間に、有機飼育したラットの死骸（しがい）を冷凍庫からとりだして解凍した。

治療室の片づけと各種器具の消毒を終えると、さすがに一息入れたくなる。カリはタマリンド・コーラを一本飲んでから、解凍したラットを金網で囲まれたケージや飛翔スペースに持っていった。

このスペースの隅の高い止まり木に、一羽のオオミミズクがとまっている。カリは金網の隙間(すきま)からラットの死骸を差し入れて、狭い餌棚に置いた。そこで目を閉じて、ミミズクが近寄ってくる気配を聞きとろうと努める。あの大きな翼が羽ばたいて頭上に風が巻き起こる前に、近寄ってくるのを察知したいのだ。オオミミズクは決して餌棚にはとまらず、あのX形の肢(あし)で餌をつかむなりすうっと止まり木にもどってしまう。そこで嘴と喉をびっくりするほど大きく広げて、ラットを一匹丸呑(の)みにする。

このオオミミズクは、〈シーバード・ステーション〉で恒久的に保護されている。かつて電線がらみの事故で片目を失ってしまったため、自力で狩りをすることが不可能なので、野に解き放てないのだ。が、飛翔することには何の差しさわりもない。町の学校の生徒たちの自然教室にはいつも招かれる人気者で、何百人もの生徒たちにじろじろ見られてもまったく動じない。ときには講義のあいだ、あの大きな片目をつぶって眠っていたりする。

カリがバケツを逆さにして腰を下ろし、金網にもたれかかると、通路の向かい側からカツオドリがじっと見下ろしていた。このカツオドリは爪先の切り傷が治ったばかりなのだが、この切り傷を、獣医から教わったプーリー・ステッチという縫い方で縫合してやったのもカリだった。

近くのマリーナでは何艘ものプレジャーボートのキャビンに明かりがともり、仲の良いカップルたちが船内の厨房で夕食の用意をしている。

戦争孤児のカリダ・モーラ。通称カリの夢は、正規の獣医になることだった。アメリカに移住して九年、その身分を保証している不安定なTPS（一時的滞在許可）は、移民に厳しい昨今の情勢下では、政府の気まぐれな決定次第でいつ破棄されてもおかしくない。

移民の取り締まり強化に先立つ数年間に、カリはアメリカのハイスクール修了資格をとり終えていた。それに加えて、短期の六週間のコースと相当期間の実地体験によって、在宅介護の資格もひそかに取得していた。が、それ以上の学歴取得を目指すにはもっと実効のある書類の提示を課されるだろう。アメリカのICE（移民税関捜査局）、通称〝ミグラ〟は常に目を光らせているのだから。

熱帯では黄昏どきが短い。そのあいだに、カリはバスでビスケーン湾に臨む大邸宅にもどった。庭先に着いたときにはもう日が暮れていて、薄れゆく光を背にパームツリーが黒い影を刻んでいた。

カリはしばらく芝生に腰を下ろして海を眺めた。その晩、湾から吹きわたる風は多くの亡霊を孕んでいた——カリの腕の中で、あるいは生き延び、あるいは絶命した若い男女や子供たち。傷口の出血を止めようと必死に努めるカリの目の前で、なんとか息を保って生き延びたか、あるいは、ぶるっと震えるなり息絶えた若者たち。かと思うと、風がかろやかにカリの頬をなぶって、キスや、顔を撫でる睫毛や、うなじにかかる甘い吐息の記憶を甦らせてくれる夕べもある。

苦い思い出もあれば、甘い思い出もある。が、風はいつも亡霊たちを孕んでいた。すわったまま蛙の鳴き声に耳を傾けていると、池の水面に浮かぶ蓮の花がこちらを見守る。

カリは、フクロウの巣箱の丸い入口に目を走らせた。その巣箱も、自分が木箱を利用して作ってやったのだ。フクロウはまだ一羽も顔を出さない。どこかでアマガエルが鳴いている。

あのアンデスヒトリツグミの鳴き声を口笛で吹いてみたが、一羽もさえずりを返してこない。多忙な一日の終わりに、独りで食事をとるわびしさをちょっぴり味わいながら、カリは屋敷の玄関に入っていった。

この屋敷のかつての所有主は、〝コロンビアの麻薬王〟と謳(うた)われたパブロ・エスコバルだった。が、生前、エスコバルは一度もここで暮らしたことがない。エスコバルを知る者は、いずれ彼がアメリカに引き渡された場合に備えて、家族のために購入したのだと見ている。

一九九三年、コロンビア国家警察の治安部隊にエスコバルが射殺された後、この邸宅は合法的、あるいは非合法的に、多くの人間の手に渡ってきた。遊び人や愚か者や不動産の投機家たちが、代わる代わるこの邸宅のオーナーとなった——裁判所からこの邸宅を買い受けた向こう見ずな一発屋たちは、運勢が変転するままに、しばらくはこの邸宅にしがみついた。いまも邸内は、彼らの愚行の形見の数々で足の踏み場もない——映画撮影の小道具、モンスターのマネキン、どれもこれもわがもの顔に通路をふさいでいる。ファッション用のマネキン、映画宣伝のポスター、ジュークボックス、ホラー映画の小道具、そしてSMの小道具類。リビングルームには、かつてシンシン刑務所で使用された、わずか三人しか殺していない初期の電気椅子(いす)も置かれている。そのアンペア数を最後に調整したのは、あのトマス・エディソンだった。

カリは屋敷の中を通り抜けた。各種のマネキンやうずくまるモンスター、『プラネット・ゾーン』の全長十七フィートのマザー・エイリアン等のあいだを縫って、二階の寝室に向かう。通る先々の部屋のライトがついては消えてゆき、最後に点灯した寝室のライトも、やがて、ふっとかき消えた。

4

フェリックスの鍵を手に入れたハンス・ペーター・シュナイダーは、念願かなってマイアミ・ビーチの大邸宅に侵入できることになった。あの女、カリ・モーラが暑苦しい二階で寝入っているのをよそに、じっくりと邸内を見てまわれるのだ。

ハンス・ペーターはいま、ビスケーン湾に面した、人目に立たない倉庫内の居住区にいる。そこはノース・マイアミ・ビーチの古い街区、サンダーボート・アリーの近くで、黒い愛艇は隣のボートハウスに係留されている。タイル張りのシャワー・ルームの真ん中にはスツールが一つ。そこに全裸で腰かけたハンス・ペーターは、壁のノズルを全開させて、あらゆる方角から湯を浴びていた。ドイツ訛りの英語で上機嫌に歌っているのは、〝雨に唄えば〟だった。

……ジャスト・シンギング・イン・ザ・レイン。ホワット・ア・グローリアス・フィーリング・アイム・ハアーッピィ・アゲイン……

人体液化装置のガラス面に映った自分の姿がよく見える。その液化装置はいま、いい金にならなかった若い女、カーラを溶かしている最中だった。

たちのぼる湯気に包まれて映っているハンス・ペーターの姿は、銀板写真の画像のように見える。そこでロダンの〝考える人〟のポーズをとると、ハンス・ペーターは流し目をくれるようにして自分の姿に見入った。たちのぼる湯気には苛性アルカリ溶液のにおいが微かに混じっている。

〝考える人〟に扮した自分を見て、うん、いいじゃないの、と思う。そのガラスの向こう側ではいま、アルカリ溶液の作用でペースト状になったカーラの肉体から白い骨が立ち上がりかけている。ぶうんと唸る装置は溶液を絶え間なく前後に揺すっていて、ごぼごぼと泡立っていた。

ハンス・ペーターは、その人体液化装置に惚れ込んでいた。購入にはかなりの出費を強いられたが、それもやむを得ない。というのも、火葬による二酸化炭素の排出を嫌う熱狂的な環境保護運動家たちの提唱で、最近、液化葬がうなぎのぼりの人気を博しており、液化装置も品薄だからだ。この装置は二酸化炭素をはじめ、いかなる有毒物質も排出しない。ハンス・ペーターにとっても好都合だった。これと目をつけた女が商売にならなかったら、液体にしてトイレに流してしまえばいいのだから——地下水にも何ら悪影響を及ぼさないので、こんなに自然に優しい処理法はない。ハンス・ペーターがひそかに口ずさむワークソングはこうだった。

ハンス・ペーター、ハンス・ペーター、電話一本で悩みは解消。トラブルは下水に流してハッピー、ハッピー！

ま、カーラは丸損だったわけではない——あの肉体をそれなりに楽しむことができたし、摘出した腎臓（じんぞう）も二個、売却の確約がとれているのだから。

液化の過程を長引かせるべく溶液の温度は摂氏七十度にとどめてあるのだが、それでも装置の放つ快適な熱気がシャワー・ルーム全体にゆきわたっている。肉が溶けて、カーラの骨の輪郭がゆっくりと現れてくるさまを眺めるのは実に楽しい。爬虫類の動物のように、ハンス・ペーターは熱に引きつけられる。

頭の中ではいま、あの屋敷に忍び込む際の服装を吟味していた。つい最近、ファンタジー・フェスティヴァルの会場で盗んできた、体にぴったり密着する、真っ白いラテックスのプラグスーツはどうだろう。あれなら最高だ。が、待て。あれを着て腿がこすれ合うと、キュッキュッと音がする。まずい。あの屋敷に忍び込んで、眠っているカリ・モーラを見下ろしたとする。ようし裸になろうと決めた場合を考えると、開け閉めに音がするマジックテープ付きのウエアはやめたほうがいい。動きやすくて黒いウエアがいい。それと、体がべとついたら困るから、着替えもビニール袋に入れて持っていく。DNAを抹消させる必要に迫られたときに備えて、漂白剤も持っていこう。凝った意匠の壜に入れて持っていこう。それと金属検知機だ。

ハンス・ペーターは浮き浮きしてきて、ドイツ語の歌をうたいはじめた。〝ゴルトベルク変奏曲〟でバッハが用いた、〝酸っぱいキャベツと蕪がおれを追い出そうとしている〟というドイツの俗謡だ。

興奮して胸が高鳴ってくる。とうとうあの屋敷に忍び込むのだ。そして、いまは冥途で眠っているパブロ・エスコバルに仕返しをしてやれる……。

午前一時。ハンス・ペーター・シュナイダーは、大邸宅のかたわらの生垣にひそんでいた。煌々たる月光が四囲を照らしていて、乾いた血のように黒いパームツリーの影が明るい地面を隈どっている。風が吹くと、大きな葉の影は人の影のように見える。ときにそれが本物の人の影であっても見咎められることはない。ハンス・ペーターは風がそよぐのを待ち、揺れる葉の影にまぎれて芝生を移動した。

屋敷はいまも昼間の余熱を放っていた。壁にぴったり貼りついて立つと、屋敷はまるで温かい大きな動物のようだ。月光をじかに浴びて、頭がムズムズする。誕生したばかりのカンガルーの赤子が、温かい袋に入ろうと母親の腹を這いのぼっていくさまが頭に浮かんだ。

屋敷はくろぐろと静まり返っていた。サンルームの色ガラスを通して中を覗いても何も見えない。金属製のシャッターが降りている箇所もある。ハンス・ペーターは打ち合わせ通り細いピックを錠に差し込み、タンブラーを二度こすって引っかき傷をつけた。

　フェリックスの鍵をゆっくりと錠に差し込む。背筋がぞくりとする。ぬくもりのある壁に身を寄せて錠に鍵を差し込む――ハンス・ペーターにとってはごく親密な瞬間だった。カチカチという小さな音と共に錠の内部のタンブラーが作動するのがわかる。その音は、死後何日も茂みの中に放置した女の死体、地熱によって生前の体温よりも温かくなった女の死体をもう一度見にいった際、近くの茂みで昆虫がチ、チ、チと鳴く音に似ている。

　鍵が楕円形に反った部分が、錠の内部の接合部にピタッとはまった――後で二階に上がったら、自分もあの女とピタッと重なるように。うん、あの女の体が冷たくなるまで、重なっていよう。残念なことに、女の体は太陽の熱を放散する屋敷よりも早く冷え込んでしまう。エアコンが効いているだろうから、寝具で覆って抱きしめても体のぬくもりは失せてしまうだろう。死体とはそういうものだ。あまりにも早くじめついて、冷たくなってしまう。

　だが、あの女をどうするか、いま決める必要はない。そのときの感情に任せればいい。うん、そのときの感情に逆らえるかどうか、試してみるのも面白い。感情・

理性、ヘッドとハートのぶつかり合いだ。あの女、いい匂いがすればいいのだが。

〝酸っぱいキャベツと蕪がおれを追い出そうとしている〟。

把手をまわし、隙間をふさぐゴムのシールがシュッと鳴るのを聞きながらドアを押しあける。カーペットの下に警報装置が隠されていたとしても、靴の爪先にとりつけた金属検知器が教えてくれるはずだ。サンルームの床にそっと足をすべらせる。おもむろに体重をその足にのせ、芝生の上を動く影と頭を照らす温かい月光に別れを告げて、一歩中に、ひんやりとした暗闇に踏み込んだ。

背後の隅のほうで、ガサガサッという音。

「どうすりゃいいのよ、カルメン？」白い鳥が言った。

反射的に、ハンス・ペーターは拳銃を握っていた。いつ抜いたのか、覚えがない。そのままじっと立っていると、鳥籠の中の鳥がまたガサガサと動き、止まり木の上をいったりきたりしながらブツブツとつぶやいた。

窓から射し込む月明かりに、マネキンたちの影が浮かびあがる。いま、その中の一体が動きはしなかったか？　ハンス・ペーターはマネキンたちのあいだを縫って、闇の中を進んだ。石膏の手が、通りすぎる体に触れる。

ここだ。ここにあるのだ。黄金はここにある。エス・イスト・ヒーア！　間違いない。もし黄金に耳があれば、この広間から叫ぶ声も聞こえるだろう。掛け布で覆われた椅子やピアノ。バーに入っていくと、床まで垂れたシートに覆われた撞球台もあった。製氷機が小さな角氷を吐きだす音。ハンス・ペーターはその場に片膝をついて耳をすまし、考えを凝らした。

あの女はこの屋敷に精通している。何よりも先に、あの女が知っていることを聞き出すべきだ。あの肉体を金に換えるのはその後でいい。死体にしてしまったら、せいぜい数千ドルくらいにしかなるまい。その場合でも、ドライアイスで覆って船で運ぶ手間を要するのだ。

いま起こしてしまうのは、上策とは言えない。が、テラスでストレッチをしていたあの女の、なんと蠱惑的で優美だったこと。眠っているところをぜひ見てみたい。こっちはこれだけの手間暇をかけているのだ。それくらい楽しんだっていいじゃないの。シーツとか、あの傷跡のある腕に、ちょっと精液をたらしてみたい。眠っているあの頬に一滴か、二滴。ちょびっと顔にたらしてどこが悪い？　目の端にすこうし流れ込むかもしれない。ヤッホー。涙の誘い水だ。

ポケットの携帯がぶっと鳴って、太ももに響いた。もっと見やすい位置にぐるっとまわして、とりだした。フェリックスからのメッセージだった。一段と気分がよくなった。

やりました。一万ドルで相手は貸借期限切り上げを了承。他にもいいニュースが。明日から正式に屋敷を借りられることに。すぐにでも乗り込み可!

〝亜鉛フィンガー〟と言えば、性ホルモン合成をコントロールする酵素の一種だが、ハンス・ペーターは自分の特異な指を、ふざけて〝亜鉛フィンガー〟と呼んでいる。掛け布をたらした撞球台の下のカーペットに仰向けになると、ハンス・ペーターは、その〝亜鉛フィンガー〟であるメッセージを携帯に打ち込んだ。ハンス・ペーターの体に毛が一本も生えていないのは、特殊な遺伝疾患のせいだが、その同じ疾患のせいで、人差し指の爪が異様にねじくれている。かつてハンス・ペーターは〝亜鉛フィンガー〟の医学的概念を学んだ後に反倫理的問題を起こして、医科大学から退学処分を受けた。幸いにも、そのとき父親はかなりの老齢に達していたため、厳しい体罰を受けずにすんだ。ねじくれた爪は先端がとがっているので、毛の生えていない鼻腔(びこう)の掃除に役立った。鼻腔は各種の黴(かび)や胞子、アマランスやセイヨウアブラナの花粉等が付着しやすい場所なので、助かっている。

カリ・モーラは暗闇の中で目を覚ました。どうしてだかわからない。こういうときは、ジャングルの不審な物音を聞きとろうとする反射神経がとっさに目覚めるのだ。しだいに意識がはっきりしてきて、頭を動かさずに広い寝室の中を見まわした。小さなライトがすべて点灯している——ケーブルテレビのチューナー、サーモスタット、時計……だが、警報パネルのライトが赤ではなく緑だった。だれかが階下で警報装置を遮断した。そのぶうっという警報音で目が覚めたのだろう。ライトが点滅しはじめたのは、一階ホールの動作センサーの前を、いま、何かが通過したことを示している。

カリはジャージを着て、ベッドの下から野球のバットをとりだした。ポケットには携帯とナイフ、それに熊撃退用スプレーが入っている。廊下に出て、螺旋階段の下に呼びかけた。

「だーれ？　何か言いなさいよ」

沈黙。十五秒ほどして、男の声が言った。「おれだ、フェリックスだよ」

カリは天井を見上げて、うんざりしたように目玉をぐるっとまわした。歯のあいだからしゅっと息を吐きだす。

ライトをつけて、螺旋階段を降りてゆく。野球のバットは手から離さなかった。

階段の下、映画撮影に使われたフィギュア、『プラネット・ゾーン』の歯をむきだした恐竜の下に、不動産屋のフェリックスが立っていた。

いまは酔っている風ではなく、武器も手にしていない。ただ、屋内にいるにもかかわらず、帽子をかぶっていた。

カリは階段の、下から四段目で立ち止まった。フェリックスは特にいやらしい目つきはしていない。よかった。

「夜中にやってくるときは、事前に電話をしてよ」

「それがさ、駆け込みの借り手が現れたんだよ」フェリックスは言った。「映画の撮影なんだ。かなり気前のいい連中だぜ。あんたはこの屋敷に詳しいから、管理人をつづけてほしいと言ってる。料理なんかも頼みたいらしい、はっきりはわからんけども。あんたをバッチリ売り込んどいたんだ、礼を言われて当然だぜ。映画の撮影なんで、ペイもいい。こっちにもすこしお裾分け(すそわ)してもらわないとな」

「どういう映画なの？」

「さあね。ま、何でもいいじゃないか」

「そんなことを知らせに、午前五時にやってくるわけ？」

「礼金をはずむというんだから、しょうがない。とにかく、夜が明ける前に屋敷の中を見てまわりたいんだとさ」

「ねえ、フェリックス、真面目(まじめ)に聞いて。もしポルノ映画の撮影だったら、あたしの返事はわかってるわよね。もしポルノだったら、あたしは辞めさせてもらうから」

ロサンゼルス郡がスクリーン上でのコンドームの着用を義務づける法令を定めて表現の自由を制限して以来、多くのポルノ映画がロスではなくマイアミで撮影されるようになったのだ。

カリは以前にも、そのことにからんでフェリックスと揉めたことがある。

「いや、ポルノ映画じゃないよ。リアリティ番組みたいなもんらしいな。さしあたって、二百二十ボルトのコンセントと消火器が入用なんだとさ。どこにあるかは、あんた、承知してるよな？」

上着のポケットから皺になったマイアミ・ビーチ市の映画撮影許可書をとりだすと、フェリックスは貼るテープを用意してくれとカリに頼んだ。

十五分後、ビスケーン湾を接近してくるプレジャーボートの音がカリの耳に入った。

「船着き場のライト、消えたままにしといてくれ」フェリックスは言った。

ハンス・ペーター・シュナイダーは、人前では病的なほど清潔を心がけており、知らない人間と出会ってもいやなにおいを感じさせることはまずない。だがキッチンで彼と握手したカリは、かすかな硫黄のにおいが鼻先をかすめるのを感じた。それは、炎上する村落のにおい、家々に死体の転がる村落が炎上しているにおい、に似ていた。

カリの掌が堅く引き締まっているのを感じると、ハンス・ペーターは大きく歯をむいて笑った。「英語で話そうか、それともスペイン語がいいかな？」

「どちらでも」

モンスターは、自分の正体が相手にバレたときには、それとわかる。人を退屈させる人間が、往々にしてそうであるように。ハンス・ペーターは自分の振る舞いで正体がバレたとき、相手が嫌悪と恐怖の表情を浮かべるのに慣れている。いっそ殺して、と相手が苦悶の表情を浮かべて懇願してくるときなどは、うっとりしてしまう。人によっては異様に早くハンス・ペーターの正体に気づく者もいる。

カリ・モーラは、ただじっとハンス・ペーターの顔を見返した。瞬き一つしない。カリの黒い瞳には、にじみ出る知性のゆらめきがあった。

その瞳に自分が映っているかどうか、ハンス・ペーターは目を凝らしたのだが、かくそ、映っていなかった。それにしても、なんていい女なんだ！　しかも、この女自身、そのことに気づいていない。

ふっと魂が遊離して、短詩句が脳裡にひらめいた。

おまえの瞳の黒い淵(ふち)に、おれの姿は映っていない
おまえを落とすのは難しかろうが、もし落としたら、どんな喜悦が待っている
ことか！

暇ができたら、これに節をつけてドイツ語で歌ってもいい。〝落とす〟の代わりにドイツ語のhörig（奴隷(どれい)にする）を使ってもいいな。〝酸っぱいキャベツと蕪〟の節まわしで歌ってみよう。シャワーを浴びながら、がいい。そのとき、虜(とりこ)にしたこの女がたまたま意識をとりもどして、体を洗いたいと泣きついてきたりしたら、その顔に向かって歌ってやるのだ。

だが、いまはこの女に好感を持たれるようにしなければ。ショウタイムだ。

「きみ、この屋敷の管理人をやって長いんだってな。なかなか働き者だと、フェリックスから聞いたよ。この屋敷のことなら何でも知ってるそうじゃないか」

「ときどき休む期間もありますけど、五年ほど管理人をやってきました。修理を手伝ったこともあります」

「プールハウスは、雨漏りするかい？」

「いえ、ぜんぜん。お望みならエアコンをきかせて使えますし。プールハウスのエアコンは母屋と別系統で、ブレーカーが庭の塀についています」

隅のほうから、ハンス・ペーターの手下、ボビー・ジョーがじっとカリを見ていた。人をじろじろ見ても猥らとされない文化圏にあっても、ボビー・ジョーの目つきは猥りがましいと見られただろう。ボビー・ジョーの目は、ある種のカメのようにオレンジがかった黄色だった。ハンス・ペーターに呼びつけられて、ボビー・ジョーはカリの体すれすれのところに立った。

前科者好みの伸ばし放題の髪の下の首筋には、〝やっちまえ!〟という筆記体の入れ墨。それがカリにははっきり読みとれた。指には〝ラヴ〟と〝ヘイト〟の入れ墨。掌には〝マヌエラ〟と入っている。かぶっているキャップの後頭部のストラップは、頭が小さすぎるためかなりわきに端が突き出ている。一瞬、何かの記憶がカリの脳裡に甦って、すぐに消えた。

「重たい道具をプールハウスに運び込みな、ボビー・ジョー」ハンス・ペーターが命じた。

カリの背後を通りすぎるとき、ボビー・ジョーの手が尻を撫でた。カリはビーズの鎖で首からかけている、聖ペテロの逆さの十字架にそっと触れた。

「この屋敷内の電気と水道、いま全部流れてるね？」ハンス・ペーターが訊く。

「ええ」

「電圧は二百二十ボルトかい？」

「ええ。洗濯室と、キッチンのレンジの後ろにブレーカーがあるわ。ガレージにはゴルフ・カートの充電器もあって、二百二十ボルトのコンセントもありますから。その上のフックに二本の長い延長コードがかけてあるの。黒ではなく、赤いほうのコードを使ってください。だれかが、黒いコードのアースのピンを切断してしまったの。そのそばに、二十アンペアのブレーカーが二つあります。プールハウスには漏電遮断器も備わっていますから」

「全体の間取り図は？」

「一階にある図書室のキャビネットに建築士の描いた図面と、電気技師の描いた配電系統図が入っています」

「警報装置は事務室とつながってるのかい、それとも警察と直結してるのかな？」

「警報装置は手動式で、街路のサイレンが鳴るようになっています。四つのセクシヨン、各扉、それと動作センサーにもつながっているわ」

「食糧の備えはあるのかい？」

「いいえ。食事はここでするんですか？」

「そうなるだろうな。何人かはここで食べるね」

「睡眠もここで？」

「仕事が終わるまではね。ここで寝て食べるやつが、何人かいるはずだ」

「移動キッチン車も利用できますよ。この界隈にかなり建築現場があるんで、よくまわってくるんです。とても美味しいのよ。週の最初のうちは特に。まわってくるとクラクションを鳴らすので、すぐにわかるはずだわ。あたしがいちばん気に入ってるキッチン車は、〈コミダス・ディスティンギダス〉だけど。〈サラザール・ブラザーズ〉も悪くないわね。この前この屋敷を使っていた撮影隊はよく利用していたけど。たいていトラックの脇腹に〝ホット・イーツ〟って看板を掲げているので、すぐにわかります。もし移動キッチンの仕出しを頼む気なら、あたし、電話番号を持ってますから」

「きみに調理を頼めるといいんだがな」ハンス・ペーターは言った。「一日に一回、美味(うま)い食事をつくってくれよ、食材を用意して。給仕はしなくていいよ。ただビュッフェみたいに用意してくれりゃいいから。謝礼ははずむからさ」

その謝礼をもらえれば、カリにとっては助かった。マイアミに苦労してやってきて、金持ちの家で働く女はみんなそうだが、カリも料理はお手のものだった。

「いいですよ。じゃ、料理役を引き受けましょうか」

カリは以前建設労働者を相手に働いた時期があった。まだ十代の頃だったが、深夜から移動キッチン車で調理したことがあるのだ。カット・オフ・ジーンズ姿で精をだすカリの車には労働者たちが群がって、ずいぶん繁盛したものだった。カリの経験では、肉体労働者たちの大半は気っぷがよくて、礼儀だってわきまえていた。ただ、あらゆることに餓(う)えていて、ガツガツしていたけれども。

それに比べると、ハンス・ペーターの配下の三人の男どもは、容貌(ようぼう)からして気に入らなかった。見るからに前科者然としていたし、入れ墨だって服役中にマッチの煤(すす)と電動歯ブラシで入れたものに違いなかった。彼らは重たい電磁ボール盤と二基の削岩機、それに映画撮影用カメラを一台、プールハウスに運び込んだ。

こういう仕事につく女たちは、隔離された場所で荒くれ男たちを相手にする場合の経験則を身につけている――それはジャングルだろうと、こういう場所だろうと変わらない。つまり、男たちの数が多ければ多いほど安全なのだ。現場で働く男たちが二人以上だと、まずは常識がまかり通る。男たちはよほど泥酔でもしない限り、女にからんだりはしない。こんど乗り込んできた連中は、その点、ずっと乱暴そうだった。高い生垣と隣家を分かつ狭い通路に配電盤があるのだが、そこにハンス・ペーターを案内するカリを、男たちは舌なめずりするように眺めた。〝みんなでマワしてえな、この女を〟と鼻息を荒げているのが手にとるようにわかるのだ。が、カリがいま、連中の痴呆めいた視線よりも意識しているのは背後につづいているハンス・ペーターの吐息だった。

生垣の背後で、ハンス・ペーターは正面からカリと向き合った。にやにやと笑っている顔は、どこかオコジョを思わせた。

「フェリックスの話じゃ、家政婦の志願者を四人あたってから、ようやくきみが見つかったんだってな。他の連中は、この屋敷に泊まるのが怖かったんだろう、やたらと薄気味悪いものが並んでいるんで。でも、きみは怖くないんだって？　どうしてなんだか、知りたいね」

相手になるな、まともに答えないほうがいい、とカリの本能は告げていた。

肩をすくめて、カリは言った。「食料品の代金は、前もって払っていただかないと」

「立て替えといてくれりゃ、後で払うよ」

「いえ、最初に現金でいただきたいんです。真面目な話」

「そう、きみは真面目な人間なんだよな。その訛りからすると、コロンビア人かな――ヒスパニックの女性って、どうしてこう美人なのかね。アメリカにはどうやって移住できたんだい？　〝迫害される恐れ〟って条項を利用したのかい？　移民局は、それを認めてくれたのかい？」

「とりあえず二百五十ドル、食料品代にいただいておけば、当面間に合います」

「迫害される恐れか」カリの顔の骨格を吟味しながら、この顔、凄まじい苦痛を与えたらどんなふうに歪むのかな、とハンス・ペーターは考えていた。「この屋敷に並んでいる小道具類、ホラー映画の小道具なんか見ても、きみは怖くないんだろう、カリ。どうしてなのかね？　あんなものはお馬鹿なネズミどもが、他のお馬鹿なネズミどもを脅かそうとして考案した安っぽい装置にすぎないと、そう思ってるんだね？　そうだろう、カリ？　きみは知っているわけだ、真物（ほんもの）の恐怖と偽物（にせもの）の恐怖の違いを。そんなきみはね、真実に近づいているんだよ――わかるかい、真実とは何か？　スペイン語だと、ラス・ベルダデスとか、ラ・レアリダだな。どうしてきみは知ってるんだ、真物と偽物の違いを？　まがい物ではない、本当に恐ろしいものを、きみはどこで見たんだ？」

「いい肉なら〈パブリックス〉というお店で買えますから。それと、ヒューズもすこし用意しておきましょうか」

それだけ言い残して、カリはその場を離れた。生垣の背後、蜘蛛（くも）の巣の下にとり残されたハンス・ペーターは、カリの声を真似て言った。

「いい肉なら〈パブリックス〉というお店で買えますから」ハンス・ペーターは物（もの）真似（まね）の天才でもあった。

カリはフェリックスを物陰に呼んで言った。「あたし、夜はここに泊まらないから」

「でも、火災保険の規定で――」

「じゃあ、あなたが泊まったら。それがいちばんいいわ。料理のほうは、やるから」

「言っとくがね、カリ――」

「あたしも言っとくけど、あたしが泊まったら、何か馬鹿げたことが起きると思うの。その結果どうなるか、あなたも困るだろうし、あの連中だって困るんじゃないかしら」

「ドン・エルネストはな、パブロの古い屋敷で何が起きているのか、正確なところを知りたがっていらっしゃる」キャプテン・マルコが言った。「その点、いつはっきりするだろう?」

5

マルコと二人の男はボートヤードの素通しの小屋で話し合っていた。マイアミ・リヴァー沿いに係留された貨物船の旗が、夕風にはためいている。カニ漁のかごを満載したキャプテン・マルコの船の舷側(げんそく)が、ドックに接触して軋(きし)み音を発していた。

「クラウディオのトラックが間に合えば、他の庭師たちと一緒に午前七時頃には入っていけるがね、あの屋敷に」ベニートが言った。「契約では、二週間ごとに庭師を入れて、庭木の剪定(せんてい)や草刈りをやらせにゃならんことになってる」ベニートは老齢で、肌はなめし革のように日焼けしている。が、目は生き生きとしていた。褐色の指でバグラー煙草の葉を完璧(かんぺき)に紙にくるむと、先端をひねり、親指の爪(つめ)でマッチをすって火をつけた。

「金塊はあの屋敷に眠っていると、ヘスス・ビジャレアルは断言してるんだよな」キャプテン・マルコは言った。「あいつは一九八九年に、パブロに命じられて、自分の船で金塊をあそこに運んだと証言しているんだ。いまあの屋敷で映画の撮影と称して動いているやつらは、屋敷の下を懸命に掘り返しているんだろうと、ドン・エルネストは見ている」

「ヘススってやつはいい男だったよ」ベニートが言った。「てっきりパブロと一緒に殺されたんだろうと思っていたが。生き残りはおれしかいなかろうとね」

「だって、爺(じい)さんみたいなしたたか者が、死ぬはずないじゃないか」アントニオが言って、テーブルのボトルからベニートに酒をつぐ。アントニオは二十七歳、〝プール補修〟と書かれたTシャツが逞(たくま)しい体ではち切れそうだった。

小屋にいる三人は、本業のかたわらコロンビアのカルタヘナにいるボスのために、つねづねマイアミの裏情報をさりげなくさぐっていた。三人の体には、それぞれ異なる部位に、同じ入れ墨が入っている。釣り針から吊り下がった鐘、がその図柄だった。

高層ビルの立ち並ぶマイアミの空の下、川の下流のレストランから低く音楽が漂ってくる。

「だれなんだい、屋敷の下を掘り返しているのは?」アントニオが訊いた。

「ハンス・ペーター一味さ」マルコが答える。

「ハンス・ペーターなら、じかに会ったことがあるぞ」ベニートが言った。「あんたら、会ったことがあるかい、やつに? あいつと初めて顔を合わせると、こいつ病気じゃないかと憐れを催すんだ。ところが、やつの本性がわかってくると、眼鏡をかけた麻羅に見えてくる」

「パラグアイ出身でな」マルコが言う。「かなりのワルだという話だ」

「自分でもそのつもりなんだよ、あの男は」ベニートはタバコの缶をオーヴァオールの胸当てにもどした。「ボゴタ郊外のパブロの家を掘り返して、金を探しているときだったな、手下の一人が作業をサボってるというんで、そいつの尻にやつが弾丸を撃ち込んだところを、この目で見たよ。頭がトチ狂ったワルだな、あれは」

「あいつはマイアミでも闇商売をしてるよね」アントニオが言った。「パラグアイと二股かけて往来してるんだけど、このマイアミじゃ売春宿を二軒経営している。〈ローチ・モーテル〉と、空港の近くにもう一軒。それと個室ビデオ店も一軒持ってるな。やつの強みは、それ以外にも変態趣味のバーを二軒持ってることでね——〈ロウ・グレイヴィ〉と、もう一軒〈コングレス〉という店。でも、二階ではちゃんとしたイギリス・スタイルの朝食も出しているのを保健局に見つかって、酒類販売の認可を取り消されてしまった。それから、若い女性や男性を密出入国させているのをICE（移民税関捜査局）に見つかって、逮捕されそうになったこともあるし。いまじゃ、そういう店から自分の名義を一切とっ払っちまっていて、その限りじゃ、あいつはもうマイアミに存在しないはずなんだけど、実際はいまも出入国をくり返して金を回収してるんだよ」

アントニオは地元の若手の警官たちとよく釣りに出かけるので、そういう情報に詳しいのだ。

最後に残った酒をぐっとあおって、アントニオは言った。「おれは明日の八時すぎにあの屋敷のプールの補修にとりかかるから。だいぶ水漏れしてるんで、いくらでも作業を長引かせてみせるよ」

「あそこの現場監督役、あの屋敷を扱っている不動産屋は、まだフェリックスなのかな？」キャプテン・マルコが訊いた。

ベニートはうなずいた。「あの、めかし屋の屑野郎な。あのフェリックス、税抜きで五百五十ドルするというパナマ帽を年中かぶってるんだから、どんな阿呆かわかろうが？　こっちにとって都合がいいのは、あいつの目が節穴だってことかな。ただ、あの屋敷の管理人をやってる娘はいいコだよ。実にいいコだ」

「それは当たってるね」アントニオが言う。

「あんなコをハンス・ペーター・シュナイダーのそばに置いとかせちゃ、いかんな」

「あのコと電話で話したんだけどね、夜間はあの屋敷に泊まらないんだとさ」

「それにしても、あのコがシュナイダーの目に触れちまったのは、まずかったぞ」

「よし、とにかく明日、あの屋敷に入り込んでくれ」キャプテン・マルコが言った。

「おれは九時頃に、乗組員をのせたおれの船をあの屋敷の鼻先にもっていって、カニ漁をはじめるから。綱がからんだふりをして、しばらくはあの海域にいる。だからベニート、何か問題が生じたら、帽子を脱いで顔をあおいでくれよ。すぐ助けに駆けつけるから。手をあげろと言われたときは、さりげなく帽子に手をぶつけて落とすといい。必要なときは全速力で駆けつける――エンジン音でわかるだろう。くれぐれも無茶な真似はしないようにな。いまのところ、ドン・エルネストはただ、あの屋敷で何が進行中なのか知りたがっているだけなんだから」

西方のエヴァグレーズ湿地の上空に積乱雲がもくもくと湧きあがり、稲光りが中でひらめいていた。東方ではマイアミの華やかな高層ビル群が氷山のようにきらめきわたっている。

ドックに係留されているカニ漁船のわきの海面に、一頭のマナティーが息つぎのために浮上して、ぐすんと鼻を鳴らした。が、わきにいるわが子の優しい吐息に満足したのか、またすぐ波間に姿を消した。

6

日雇いの庭師たちを引きつれたベニートは、すこし早めにビスケーン湾に面した大邸宅にやってきた。昼近くになって、庭先の護岸の前の雑草を刈っていると、遊覧船が接近してくる音が聞こえた。目が、二階のテラスに走った。黒いマッスル・シャツを着た悪党どもの一人、ウンベルトの耳にもその音は届いたらしい。ウンベルトは埃(ほこり)まみれの映画撮影用カメラをテラスに引きずりだしているところだった。

手すりにAR‐15自動小銃が立てかけてあるのだろう、銃口に装着してあるサイレンサーの先端が、二インチほど手すりから突き出ている。それを見て、老庭師は首を振った。若いやつらはこれだからな、あの不注意なことはどうだ。いやいや、これは爺(じじ)いの繰り言というもんだろう。嘆かわしいのはウンベルトの若さじゃない、あいつの愚かしさだ。この先いくつになっても、あいつはそれを克服できまい。

「レフ板も運んどけよな」エアコンのきいた屋内から、フェリックスが大声でウンベルトに指示する。フェリックスのかぶっている税抜き五百五十ドルのパナマ帽は、実はパナマ製ではなくエクアドル製だった。

曇天の下、ビスケーン湾は灰緑色に静まり、マイアミ・ビーチのこの屋敷から海をまたいだ四マイル彼方には、ダウンタウンの高層ビルが立ち並んでいる。

遊覧船はまだ三つの邸宅を隔てた距離にいるが、陸地沿いに、満潮にのって、億万長者の邸宅が並ぶここミリオネアズ・ロウに接近しつつあった。幌屋根のついた大型の平底船で、スピーカーからはポップ・ミュージックが流れている。ガイド役は若い頃カーニヴァルの呼び込みをしていた男だった。スピーカーで増幅された声が、水辺に並ぶ大邸宅を越えて流れてくる。邸宅の多くは、夏季、オーナーが不在なので、シャッターが閉ざされていた。

「みなさん、左手にご注目。あれがポップ・ミュージック界の帝王、グリーニー・パーディの邸宅です。さあ、しっかりと目を凝らしましょう、彼の部屋に飾られているゴールド・ディスクが陽光を反射しているのが見えますよね」

遊覧船はベニートのほぼ目の前にさしかかった。甲板の手すりに鈴なりの乗客たちの青白い顔がよく見える。

ガイドは映画『スカーフェイス』のテーマ・ミュージックに切り替えて、それをバックにがなりはじめた。

「さて左手の岸辺が不気味な気配を帯びてきました。ボロボロにほころびた緑色の日よけ、色褪せた吹き流し、伸び放題の雑草に囲まれたヘリコプター発着場――あれこそはみなさん、かつて麻薬の帝王、残虐な殺人者、血塗られた億万長者と囃されたあげく、コロンビアのビルの屋上で警官隊に射殺された大悪党、パブロ・エスコバルが所有していた邸宅です。いまはだれも住んではいません。新しいオーナーが決まるまで、映画の撮影に貸し出されることがあるとか。あらら！　なんとラッキーな！　いま、まさしく映画の撮影が行われているようですよ！　ほら、ほら、だれか映画スターが見えませんか？」

ガイドがベニートに手を振ってくる。ベニートは厳粛な面持ちで手を振り返した。が、観光客たちはすぐベニートが映画スターではないことを見てとった。それでも何人かが手を振ってくる。

すこし沖合の凪いだ緑色の洋上では、キャプテン・マルコのカニ漁船がカニかごの連なった綱をたらしている。そのディーゼル・エンジンの音に、ときどきガイドの声がかき消されていた。

屋敷の二階のテラスでは、ウンベルトがカメラの蝶ナットをいったんゆるめてから、きつく締め直していた。

「カメラのレンズ・キャップを、ちゃんとはずしとけよな」エアコンのきいた屋内からフェリックスが声をかけた。「本物らしく見せるんだ」命じるフェリックスは、二百ドルのサングラスをかけている。

「お望みならだれでもこのエスコバル邸の主になれますよ」通りすぎる遊覧船の上で、ガイドが説明をつづける。「なに、たったの二千七百万ドルで購入すればいいんですから。さて、これから四つの大邸宅の前を通りすぎると、いまをときめくポルノ・キング、レスリー・マレンズの豪邸の前にさしかかります。『八十日間性界一周』といったら、ああ、あれか、と思いだす方もいらっしゃるのでは。そしてまたなんという皮肉、そのお隣りの豪邸の主こそは、ポルノの天敵、あのテレビ伝道師にして信仰治療師、オルトン・フリート師なのですからね。全国で数百万という師の信徒たちは、きょうもパーム・ツリー教会から中継される師の、魂を熱く癒す説教に心を奪われていることでしょう」遊覧船はしだいに遠ざかり、甲高い声も薄れてゆく。

地下室で唸る削岩機がエスコバル邸を震わせる。テラスから埃が舞いあがり、トカゲが地面の隙間に逃げ込んだ。

カリ・モーラが姿を現してくれんかな、とベニートは思った。あの姿が見られて声も聞けたら、この暑さもまったく苦にならんのだが。

プールの水が泡立っているのは、潜水マスクと足ひれをつけたアントニオがまだ水中にもぐって、水漏れの個所を探している証拠だ。アントニオがいればカリも姿を現すかもしれない。ベニートは期待をふくらませた。すると数分後に、まさしくそのカリが、ゆったりとした医療着姿で外に現れた。

冷やしたミント・ティー入りのグラスを両手に持ち——なんと、なんと！——その一つをこちらに差し出しているではないか。カリとミント、漂ってくるにおいの香しいことはどうだ。挨拶のつもりでベニートは帽子をもちあげた。とたんに汗臭いにおいが放たれたので、慌てて帽子をかぶり直した。

「こんにちは（オラ）、セニョール・ベニート」カリは言った。

「これはすまんね（ミル・グラシアス）、セニョリータ・カリ。きょうも、いつ見ても、美しいな、あんたは」カリの従妹があの高級リゾート、〝ニッキ・ビーチ・クラブ〟主催のコンテストで〝ミス・ハワイアン・トロピック〟の称号を獲得したのも無理はない、とベニートは思った。カリだって、あの腕の傷さえなければ、同じ栄誉をやすやすと獲得できただろう。傷といったって、小麦色の肌に這う白っぽい線にすぎないのだが。醜いというよりエキゾティックに見えるくらいだ——洞窟（どうくつ）の壁に描かれた、身をくねらせる蛇と同じで。あれはきっと、過去の体験の勲章だな。

カリはベニートに微笑（わら）いかけた。うん、本当のおれを認めてくれたんだ、とベニートは思った。このコの前にいると、強いラム酒をあおったみたいに、純度の高いマリファナをふかしたみたいに、息遣いが荒くなる。そうだ、四十年前、いまは亡（な）き妻のルーペに初めて会ったときのように。

カリの顔を覗（のぞ）き込むようにして、ベニートは言った。「なあ、カリ?」

「なあに、セニョール?」

「あの連中にはよくよく注意するこったね」

カリはまっすぐベニートを見返した。「そうね、わかってる。ありがとう、セニョール・ベニート」

プールのそばで立ち止まると、カリは泡の行方をじっくりと見守った。それから片方の靴を脱ぎ、もぐっているアントニオの頭に片足をのせる。アントニオは必要以上に荒々しく呼吸しながら浮き上がった。〃プール補修〃の文字が入ったTシャツが濡れてぴったりと体に貼りついている。左耳には黒いゴシック調の十字架のイアリングがついていた。

カリは、ミント・ティーのグラスをタイル張りのプールサイドに置いた。

アントニオが潜水マスクを上に押しあげて、にこっと笑いかける。

「ありがとう、カリ！　そうだ、話があるんだよ！　何だと思う？　ハード・ロック・カフェでのファネスのショーのチケットが二枚あるんだ。いい席だぜ！　もっと舞台寄りの席だったら、ファネスのやつ、きみに見惚れて舞台から転落しちまうよ、きっと。ディナーつきのショーなんだけど、どうかな？」

アントニオがまだしゃべり終わらないうちに、カリは首を振っていた。

「悪いけど、アントニオ。喜んでいきたがる女のコはいくらでもいるでしょうけど、あたしはだめ」

「どうして？」

「あなたには奥さんがいるから」

「ちょっと待った。あれはそんなんじゃないんだよ。あれは、あの女性がアメリカの永住権(グリーン・カード)をとるための形式的な結婚なんだ。だから、彼女とはまったく――」

「でも、奥さんは奥さんじゃないの、アントニオ。悪いけど、だめ」

　屋敷のほうにもどるカリを、アントニオは口惜しそうな目で見送った。

「ミント・ティーをありがとうな、カリ」大きな声で呼びかける。

「礼儀をわきまえろよ、アントニオ」遠くのほうから、ベニートが笑いながら声をかけた。「おまえのかわいいお姫様(プリンセーサ・グアパ)だもんな！」

「悪く思わないでくれよな(ディスクルペメ)、カリ！　グラシアス、プリンセーサ・カリ！」アントニオがなおも呼びかける。

　カリは笑っただけで、振り返らなかった。

　ベニートはゆっくりとミント・ティーを飲み干して、グラスを護岸の上に置いた。

うまいお茶だった。あの娘が運んでくると、お茶までうまい。

背後のプールの中央には、〝サモトラケのニケ〟像の石膏のレプリカが立っている。翼を広げた、首のないその女神像を、この屋敷の前オーナーは、ルーヴルから流出した逸品と堅く信じていた。

その勝利の女神像を眺めながら、ベニートは思った。あの女神、首と一緒に、空を飛ぶ夢も失ったのかな。それとも、夢はまだ、あの首の切り口の上の陽炎のような熱気に包まれているのだろうか。もしかすると、それはまだ女神の心の中にあるのかもしれない。人間だれしも、夢は心に秘めているのだから。いやはや、これまた爺いらしい埒もないことを考えたものよ。だが、あのカリという娘は、さんざん苦労してきたあげくに、まだ心に夢を秘めているだろうか。おれもおれなりに苦労を重ねてはきたが。カリの心の天井は、おれの心の天井より高いといいのだが。

午後も半ばをすぎて、カリはタクシー配車サービスのウーバーの車を使って、食料品をどっさり買い込んできた。車回しで止めた車から降りると、ドライヴァーの手を借りて、車のトランクに満載した袋を芝生に下ろす。それを目ざとく見つけたベニートは、使っていた鍬を置いて、いちばん重そうな袋を四つ両手に持った。

「ありがとう、セニョール・ベニート」カリが礼を言う。二人は屋敷の横手の戸口から中に入った。そこは大型のオウム、コッカトゥーがケージで飼われているサンルームだった。コッカトゥーは人目を引こうと逆さに止まり木からぶら下がり、新聞紙の籠敷きを嘴でつまんでは、餌の種や種の外皮をせっせと床にこぼしている。

ベニートとカリは食料品をキッチンに運び込んだ。地下室の騒音がキッチンにも伝わっていて、かなり騒々しい。地下室ではいま、各種の電動工具が使われていた。赤い延長コードが洗濯室からくねくねと戸口を抜けて、地下室への階段を伝い降りている。もう一本、別のコードがレンジの背後のソケットに接続していた。ベニートはなんとかして地下室を覗いてみたかった。これから地下室に運ばれるのだろう、アセチレン・ガスのボンベがいくつか、キッチンの壁際に置かれている。食料品の袋をカウンターに置き、地下室を覗こうと階段の降り口に向かいかけたとき、ハンス・ペーターの手下の一人、ウンベルトが下から階段をのぼってキッチンに入ってきた。

「何してるんだ、爺い、こんなところで?」

「いま、食料品を運び込んだところで」ベニートは答えた。「さっさと出ていきやがれ。ここは出入り禁止だぞ、関係ねえ野郎は」カリに向かって、「そう言っといたろ。無関係な野郎はだれも入れるなって」

「わたしはただ、買い物を運び込んだだけさ」ベニートは言った。「レディの前で汚い口をきいたりはしない。あんたも、手が使えるなら運んであげたらどうだね」

まずいことを言ってしまった。年寄りというやつは、そのときの気分しだいで、つい馬鹿なことを口走ってしまう。ベニートはオーヴァオールの胸当ての内側に片手を突っ込んでいた。

その胸当ての下に老人が何を隠し持っているのか、ウンベルトは見切れていなかった。実はそのとき、ベニートは胸板のすぐ下の位置に、・460ローランド弾が発射可能に改造されたM1911Aコルト45自動拳銃を握っていたのだ。それは自分を慕っている甥からのプレゼントで、甥はそれを射撃練習場に持ち込んでスイカを吹っ飛ばしたりしていた。ベニートはいつも、撃鉄を起こしてロックした状態でそれを携帯していた。

この爺い、目つきがちょっと飛んでるな、とウンベルトは思った。

「いいか、関係ねえやつは入れねえことになってるんだ、この家には」ウンベルトはしぶしぶ言った。「おめえを入れたことがわかったら、この女だってクビにされちまうぞ。ボスの耳に入れてもいいのか?」

カリがベニートのほうを向いた。「ありがとう、セニョール。大丈夫よ。あとはなんとかできるから」

「じゃ、出てってやるか」ウンベルトの顔に叩きつけるように言って、ベニートはキッチンから出ていった。

日暮れに近い海中を、アジの大群が列車のような轟音を響かせて移動する。ベニートが鎌で雑草を刈っている護岸の近くだった。アジはボラの群れを追っているのだ。魚たちの放つ独特のにおいに気づいて、ベニートは腰までの高さの護岸によりかかり、水中を見下ろした。とがった鰭をひらめかせて、威勢のいいアジの群れが敏捷に水中を走り、逃げる小ぶりの魚の群れと食いちぎられた魚の一部が洋上に跳ね上がる。背後の海上にはねっとりした尿のようなにおいがたちのぼった。おれたちと同じだな、とベニートは思った。殺して、むさぼり食うのだ。

屋敷の地下で削岩機が唸りをあげているさまが、靴の裏を通して伝わってくる。

と、そのとき、護岸際の、かすかに震動していた地面の一画が、ベニートの手にする鎌の下でずぼっと陥没した。落下した土砂がかなり下の水面を打って飛沫（しぶき）をあげた。ベニートは穴を覗き込んだ。かぶっている帽子ほどの大きさの穴だった。下のほうで黒い海面が光っている。護岸の下の暗い地中に流れ込む海水が、せり上がっては引いている。ベニートはパティオのコンクリートの端まで下がった。暗い穴の下で喉（のど）を鳴らすように満ち干をくり返す海水の音が、そこまで伝わってくる。引き波と共に穴は空気を吸い込み、腐肉の臭（にお）いを吐きだした。

ベニートの目が二階のテラスに走った。フェリックスがこちらに背を向けて、ねちねちとウンベルトを叱（しか）りつけていた。さりげなくオーヴァオールから携帯をとりだすと、ベニートはカメラの画面に切り替えた。あいたばかりの穴に近寄って、ひざまずく。老人らしからぬ器用さで穴の中に携帯を差し入れ、顔をそむけて悪臭を避けながら、肉眼では見えない空間の写真を二枚撮った。

フェリックスはまだ二階のテラスでねちねちやっている。

ベニートは、プールの中に立っているアントニオに小声で呼びかけた。アントニオはミント・ティーのグラスをさっと置いて、プールから上がってきた。ベニートと二人、予備の板石やルーフ・タイルが積んである屋敷の裏手にまわった。

「この板石を運んで、いまあいた穴をふさいでおこう。そしたらあんたは、仕事にもどってくれ」ベニートは言った。

「どうする、マルコに知らせるかい？」アントニオは海上のカニ漁船のほうに目をやった。甲板では乗組員たちが餌を海に投じており、カモメやペリカンが船を追っている。

ベニートとアントニオは板石を運んで、あいたばかりの穴をふさいだ。

「パティオに留まって、芝生は踏まんようにな。また陥没するかもしれんから」ベニートは言った。「あんたはすぐプールにもどったほうがいい」

老庭師は鉢植えを見つけて、板石の上に置いた。そのまわりに土を掻き寄せていると、背後に人の気配がした。フェリックスの声が言った。

「何やってんだ、そこで？」

「陥没した穴をふさいでるんだよ。すこし土をかけて――」

「どれ、見せてみろ。板石をどけろよ」

　穴の中では草の根っこがからみ合っている。

「くそ」フェリックスは携帯をとりだして、命じた。「おい、プールハウスからクッションを持ってきてくれ。急げ」

　麻のズボンを汚さぬよう、運ばれてきたクッションに膝をつくと、フェリックスは携帯を穴の中に突っ込んで写真を撮った。

「よし。そいつをふさいで、上にその鉢植えでも置いとけよ」

「さっきのようにかい?」ベニートが皮肉っぽく言い返す。

　携帯をズボンのポケットにもどすと、フェリックスはそこから別の高価なおもちゃをとりだした。四百ドルで買った、凝った装飾が施してあるプッシュ式飛び出しナイフ。刃をパチッと飛びださせて、わざとらしく指の爪をけずって見せる。ベニートの顔に目を据えて刃を柄の中にもどすと、もう一方の手で折りたたんだ百ドル紙幣を差し出した。

「この穴のことはだれにも言うなよ、爺さん(シレンシオ・ソブレ・エスト・ビエホ)。わかったな?(メ・エンティエンデス)」

　ベニートは真っ向から相手の顔を見返した。一瞬の間をおいて紙幣を受けとり、掌中にくしゃっと丸め込む。「わかったよ(クラーロ)、セニョール」

「前庭にまわって、庭師たちを手伝いな、爺さん」

プールサイドでは、アントニオが追跡用染料をデイパックからとりだしていた。フェリックスがそばにきて言った。

「荷物をまとめなよ。きょうの作業は終わりだ」

「水漏れの個所が、まだ見つからないんだけどね」

「いいから、荷物をまとめて帰りなって。もどってほしいときは電話するから」

フェリックスが脇を向くのを待って、アントニオは足ひれをはずした。一方の踵（かかと）には、血液型。もう一方の踵には、〝釣り針から吊り下がった鐘〟の入れ墨が入っている。アントニオは素早く靴をはいた。

屋敷の中では、カリが白いコッカトゥーを鳥籠から出しているところだった。おとなしく手首にとまった大きなオウムは、カリのイアリングを珍しそうに眺める。呼び鈴が鳴った。カリはコッカトゥーを手首にとまらせたまま、掛け布で覆（おお）われたソファとジュークボックスのわきを通って屋敷の側面の入口に向かった。ドアをあけるとアントニオが立っていた。素早く周囲を見まわしてから、アントニオは言った。

「よく聞いてくれ、カリ。きみはもう、この屋敷におさらばしたほうがいい。いまは中にいて、何も見てないふりをするんだ。やつらに追い払われるまで、見ざる聞かざるで通すんだな――いいね？　で、きょう中にクビにならなかったら、その鳥をつれて、うちに帰っちまえよ。部屋が埃っぽいんで鳥が弱ってるとか何とか言って。家に帰ったら、風邪を引いたことにして、もうこの屋敷にはもどらないほうがいい」

「ねえ、さわってよ、可愛いコちゃん（マママシータ）！」コッカトゥーが声を張りあげる。

そのとき、フェリックスが慌てた様子で屋敷の横手にまわってきた。「まだいるのか。もう帰れと言っただろうが。さあ、出ていけ」

アントニオが開き直って嘲（あざけ）った。「その口で、あんたのお袋さんにキスするのかい？」

「出ていけと言ったら出ていけ」フェリックスは携帯をいじりながら屋敷の裏手に向かった。

アントニオのプール補修用のトラックは、庭師たちのヴァンの隣りに駐（と）まっていた。庭師の三人は、地面に落ちたパームツリーの葉を掻き集めており、もう一人は長い私道の雑草を除草機で刈っている。最後に残った装備品をアントニオがトラックの荷台に積んでいると、屋敷の玄関前に立つカリの姿が目に入った。コッカトゥーをまだ腕にとまらせたまま、カリはこちらに微笑(わら)いかけて手を振ってくれた。

屋敷の裏手では、フェリックスがそそくさと、ある番号を携帯に打ち込んでいた。

7

ハンス・ペーター・シュナイダーと黄色い目をしたボビー・ジョーの乗るトラックが、エスコバル邸に着いた。庭師たちのヴァンが私道をふさいでいたため、運転役のボビー・ジョーは芝生と花壇をトラックで突っ切ってハンス・ペーターを玄関前まで運んだ。

ボビー・ジョーのトラックには、車高調整キットとクローム鍍金(めっき)のロール・バーが備わっていた。背後の牽引(けんいん)装置からぶらさがっているのは、睾丸(こうがん)を模したゴム製のジョーク・グッズだった。バンパーには、〝解放されるとわかってたら、だれがニグロなんかに綿摘みを任せるかい〟と書かれたステッカーが貼ってある。

玄関で出迎えたフェリックスが、さっと帽子を脱いだ。

「お待ちしてましたよ」

「だれが見つけたんだい、その穴？」シュナイダーは早くも、護岸に近い庭園のほうに歩きかけていた。暑さをしのぐ麻のジャケットを着て、腕時計のバンドに合わせた黒いメッシュの革のサンダルをはいていた。

「庭の雑草を刈りにきた爺さんです」フェリックスは、庭師仲間と一緒に草刈り用具をヴァンに積み込んでいるベニートのほうを指した。「あいつは何も知っちゃいません。念のため、うまく丸め込んでおきましたから」

ハンス・ペーターの目が、暫時(ざんじ)、ベニートの姿に貼りついた。

「よし、その穴を見せろ」

護岸際(ぎわ)の穴の前に着くと、フェリックスとボビー・ジョーが板石をどかした。ハンス・ペーターは一歩後ずさり、顔の前で手を振って悪臭を払いのけた。

フェリックスは、穴に携帯を差し入れて撮った写真をハンス・ペーターに見せた。写真はすでにiPadに移されていた。

海は護岸の下をくぐってコンクリートのパティオの下に洞窟をえぐり、それが屋敷の地下にまで延びていた。洞窟の天井からは、ねじれたシャンデリアのように木の根がたれさがっている。パティオを支えている杭(くい)にはフジツボがごつごつと貼りついていた。洞窟の天井と海面のあいだには、現在の潮位で約四フィートの隙間があいている。パティオの下層は海水に浸食されて、沈められた鉄鋼スラグ運搬船が半分ほど露出していた。それはかつてマイアミ・ビーチを造成するために使われた、埋め立てごみの一部だった。

　暗い洞窟の底は、どんづまりのところで隆起しており、たいらな砂地になっている様子が、フラッシュの明かりでかろうじて写真にとらえられている。その砂地に、家庭用冷蔵庫よりひとまわり大きな金庫が、屋敷の基礎部分とほとんど背中合わせに鎮座していた。フェリックスがiPadの画面で指を広げて、映像を拡大する。金庫のそばの水際に、人間の頭蓋骨(ずがいこつ)と犬の下半身が転がっていた。

「おれたちがせっせと地下室を掘り崩しているあいだに、海がこの洞窟を掘っててくれたってわけか、おれたちのために」ハンス・ペーターは言った。「神はわれらと共にあり(ゴット・ミット・ウンス)、だな！　この金庫に入ってる金塊、一トンは下るまい。この件、だれかに気づかれてるかい？」

「いえ、セニョール。他の庭師たちは前庭にいましたし、あの爺さんは頭の空っぽな人夫ですから」

「頭が空っぽいの、おまえのほうかもな——いや、空っぽなのは、か。どうも英語の文法ってやつ、苦手だね。あの爺いなら前に見たことがある。とにかく、あの爺いをつれてこいよ。他の庭師たちは帰らせろ。あの爺いには、ちょっと手を貸してほしい、と言えばいい。帰りはおれたちが送ってやるから、ってさ」

エスコバル邸の沖合の海上では、カニ漁船が餌かごを引き上げたり、新たに餌を仕込んだかごを海に投じたりして、派手に活動していた。いまも二人の甲板員が一定のリズムを保ちつつ、二十ヤード間隔でかごを海に投げ入れているところだった。操舵室のキャプテン・マルコは、エスコバル邸の庭に双眼鏡を向けて警戒をつづけていた。と、ベニートが見えた。フェリックスとボビー・ジョーに挟まれて、護岸近くにいるハンス・ペーターたちの前に連れ出されようとしている。

「ロドリゴ、漁は中止だ」マルコは言って、屋敷の庭先を顎で示した。「緊急事態だ、みんな。綱を引き上げろ。ベニートが海に飛び込んだら、すぐ突っ込むからな」

屋敷のパティオでは、ベニートがハンス・ペーター・シュナイダーと向き合っていた。

「見覚えがあるんだよ、おまえには」ハンス・ペーターが言う。

「年寄りはみんな同じに見えるもんでさ、セニョール。わたしはあんたに初めてお目にかかるがね」

「シャツを脱いでみな」

ベニートは従わない。ボビー・ジョー、フェリックス、ウンベルトが三人がかりでベニートの腕を背中にまわし、結束バンド（ジップタイ）で手首を縛った。

「シャツを脱がせろ」

フェリックスとウンベルトがベニートのシャツを引きちぎって、オーヴァオールの肩ひもの下から引き抜いた。ボビー・ジョーがオーヴァオールのポケットを叩いて武器の有無を確かめたが、胸当てには触れなかった。露わになった胸郭に、かすかに入れ墨が残っている。それを、指先で突っついた。釣り針から吊りさがった鐘、の図柄だった。

ハンス・ペーターがうなずいた。「思ったとおりだ。〝十の鐘泥棒学校〟だな」

「若気の至り、というやつでね。ほら、もう薄れてるでしょうが」

「フェリックス、この爺いはドン・エルネストの一味だ」ハンス・ペーターは言った。「こいつを雇ったのはおまえだよな。おまえが責任をとれ。ボビー・ジョーと二人で、こいつを車に乗せて始末してこい」

カニ漁船の操舵室のキャプテン・マルコは、ベニートのシャツが引きちぎられ、ボビー・ジョーが拳銃（けんじゅう）を引き抜くのを見た。

キャプテン・マルコは携帯をとりあげた。

呼びかけに応じたのは、半マイル離れた路上をトラックで走行中のアントニオだった。

「アントニオ、ベニート爺さんがハンス・ペーターの手下（ペンデホ）に引き立てられてゆく。爺さんを助けよう。おれはこの船でドックに向かい、爺さんが海に飛び込んだら、即、引き揚げる」

「わかった。爺さんを助けにいく」

アントニオは猛然とおんぼろトラックを飛ばした。バス停までさほどの距離ではない。そこでは一日の労働でくたびれはてた庭師やメイドたちが、帰宅するためのバスを待っていた。トラックを止めるなりアントニオは外に飛び出した。バス待ちの何人かが、アントニオと気づいて声をかける。

「タダで乗せてやるぞ！」（トランスポルテ・リブレ）アントニオはみんなに呼びかけた。「お祝（エストイ・セレブランド）いだ！

全員うちまでじかに送ってやるから！（ボイ・ア・トランスポルタル・カダ・ウノ・デ・ウステデス・ア・ス・カサ）　みんなタダで、（ノ・ディネロ）乗り換えなし！

おれと一緒にいこう！（ベンガン・コンミゴ）　〈ユンボ・ビュッフェ〉に寄ってもいいぞ！　好きなだけ（ポデモス・コメル・）

食べさせてやるよ！（トド・ロ・ケ・ケレモス）　テイクアウトも自由だ！　みんなのうちまでタダで送ってやる。途中、何でも食べ放題！　さあ、みんなタダだぞ！（トド・リブレ）」

「酔っ払い運転じゃないだろうな、アントニオ？」（ノ・マネハス・ボラチョ）

「とんでもない。酒なんて一滴も飲んでないさ。嘘（うそ）だと思ったら、おれの息を嗅（か）いでみな。さあ、乗った、乗った！」

バスを待っていた連中は、次々にアントニオのプール補修トラックに乗り込んだ。

運転席のアントニオの隣りに二人乗り、荷台に三人乗り込んだ。

「途中でもう一人、拾っていくからな」アントニオは言った。


カリ・モーラは屋敷の二階で、トイレット・ペーパーを六個と電球をいくつか手にしていた。寝室は豚が這いずりまわったようにとり散らかっていた。トイレの床には、エロ漫画雑誌が数冊。それと、分解されたAK‐47自動小銃のパーツが五つ。弾丸が装塡（そうてん）ずみのバナナ形弾倉二個のわきに潤滑油の缶が転がっていて、寝具に油が滲（にじ）んでいる。カリは潤滑油の缶を二本の指でつまんで、化粧台に置いた。

携帯が鳴った。アントニオからだった。

「カリ、すぐ避難したほうがいい。逃げ出す用意をしろ。ベニートが拳銃を突きつけられている。おれはベニートを助けにいくところだ。マルコも船着き場に向かっている」

電話は切れた。

カリは寝室の高い窓から下を見下ろした。ボビー・ジョーがベニートを拳銃で小突いている。

見てすぐに、AK‐47を組み立てにかかった——カシャ、カチッ。ガス・ピストン・チューブを銃身にとりつける。撃鉄を親指で押し下げ、引き金に干渉しないように押さえると、ボルトとボルト・キャリアーがすんなりと嵌（は）めこめた。渦巻（うずま）き状のリコイル・スプリングを差し込んで、最後にダスト・カヴァーをかぶせる。

即、作動チェック。バナナ形弾倉をとりつけ、弾丸を薬室に送り込んだ。

組み立てて発射準備を終えるまで、四十五秒。窓際に引き返した。前部照星の照準をボビー・ジョーの後頭部の盛り上がった部分に合わせた。ちょうど屋敷の正門ゲートがひらかれようとしていた。

アントニオは門内にトラックを乗り入れつつ、カニ漁船のキャプテン・マルコに電話をかけた。そのまま切らずに携帯を胸ポケットに突っ込む。

見ると、ハンス・ペーターの配下のウンベルトが三個のコンクリート・ブロックと梱包用のワイヤーをフェリックスのトラックの荷台に積み込もうとしている。ベニートを海に沈める用意だろう。ベニートは、トラックの脇でフェリックスとボビー・ジョーにはさまれている。その両手は背中にねじ上げられていた。たぶん手枷がかけられている。すぐ近くまでトラックを寄せると、アントニオは外に降りてベニートに近寄った。

アントニオのトラックに大勢の人間が乗っているのを見て、ボビー・ジョーは気圧されたように拳銃を背後に隠した。

「よお、ベニート！　やあ、セニョール！　さあ、爺さん、うちまで送っていくぜ」アントニオは言った。「悪かったな、遅れちまって」

「この爺さんなら、おれたちがうちに送っていくんだ」フェリックスが言う。

アントニオのトラックに乗り込んだ連中が、興味津々と成り行きを見守っている。

「そいつはまずいよ、セニョール」アントニオは声を張りあげた。「だって、おれ、爺さんのかみさんのルーペに約束しちゃったんだから。爺さんを素面(しらふ)のまま、夕食に間に合うようにうちまで届けるって」

アントニオのトラックに乗り込んだ連中から、笑い声が上がる。待てよ、ルーペはもうずっと前に死んじまったはずだがな、と首をかしげる者も何人かいた。

「爺さんをつれてかないと、おれ、かみさんに殺されちまうよ」アントニオは自分のトラックに乗っている連中のほうを振り返った。「そうだよな？」

「そのとおり(シ)」何人かが答える。「間違いない(シェルト)。絶対にな。ルーペにはかなわねえよ。爺さんを酒場に引っ張っていこうとした連中は、みんなやられちまったもんな」

ボビー・ジョーがアントニオに詰め寄り、押し殺した声で言う。「てめえ、さっさと失(う)せろって」

「大勢が見てるぞ、撃つなら撃ってみろ、カス野郎」

そのとき、ハンス・ペーター・シュナイダーが玄関の階段に姿を現した。ボビー・ジョーとフェリックスがそっちを振り返る。シュナイダーは、やめろ、と言うように首を小さく横に振った。フェリックスがベニートの背後にまわって、結束バンドを切断した。ハンス・ペーター・シュナイダーが階段を降りてきて、分厚い札束をベニートの手につかませる。

「二週間後に、またきてくれ。いいね？　同じくらい礼をはずむよ。一緒に手を組もうじゃないの」

アントニオのトラックに乗った連中が囃したてるなか、ベニートは荷台に乗り込んだ。

アントニオは顔を下向けて、胸ポケットの中の携帯に話しかけた。「カリはどうした？」

「連絡がついた」キャプテン・マルコが応じた。「すぐに屋敷の裏手に出てくるはずだ。おれは船着き場で拾うから。さあ、いけ！」

アントニオは正門ゲートに向かってトラックをバックさせた。見ていたハンス・

ペーターが、両の掌を手下たちのほうに突き出して言う。

「いかせるんだ、きょうのところは」

カリはAK-47を手に螺旋階段を駆け下りた。途中、だれにも会わなかった。鳥籠からコッカトゥーを出して、肩にとまらせる。「ちゃんとつかまってるのよ。イアリングをつつかないでね」

裏庭を横切って、船着き場に走り寄る。そこではカニ漁船が、舳先で埠頭を突きのけんばかりに接近して待機していた。

カリはAK-47を舳先に立つマルコに手渡して、甲板に飛び移った。コッカトゥーがパタパタと羽ばたいた。

盛大に波飛沫をあげて後退する船上で、マルコは自動小銃を手に後部の窓から背後を注視していた。追ってくる者はいない。

屋敷から遠ざかってゆくアントニオのトラックの背後で、ゲートがぴしゃりと閉ざされる。トラックの荷台では、スペア・タイヤにすわった男がベニートに言った。

「汚れ放題じゃないか、爺さんのシャツ。そんなんじゃ、〈ユンボ・ビュッフェ〉から締め出しをくらうぞ」

8

キャプテン・マルコ、ベニート、アントニオの三人は、素通しの小屋で顔を突き合わせていた。高い位置に据えられた投光照明がボートヤードを照らしている。雨が五分ほどつづいたせいか、濡れた地面のにおいが鼻をかすめた。屋根から落ちる雨滴が地面を叩いて、一列の飛沫をあげていた。

「で、フェリックスの野郎は二股かけていると見てるんだね、爺さん？」キャプテン・マルコは訊いた。

ベニートは肩をすくめた。「たぶんな。あいつはおれに、この穴の件、他言しないでくれ、と真正面から頼むこともできたんだ、かなりの金をよこしたんだから——ところが、それでも自信がないのか、ナイフをちらつかせやがった。あいつの尻(しり)の穴は、すんなりとあのナイフを呑(の)み込めるばかりか、あのサングラスまで突っ込めるほどブカブカなんだろうよ」

「その穴だが、パティオの下の地面をくぐって、パブロの屋敷までつづいているのかな？」

「はっきりとは言えんが、かなり深い。ＦＢＩが掘り崩せなかったところまで海がえぐったようだ。地面の上からも、海水がひたひたと寄せる音が聞こえるんだから。たぶん、護岸の下のところで、洞窟の口が海とつながってるんだろうよ」

男たちの頭上の裸電球の周囲を、大きな蛾(が)が飛びまわっている。一匹がアントニオの頭にとまった。その足が額をこすってくすぐったい。アントニオは手で追い払った。

キャプテン・マルコがラムをすこしグラスにつぎ、ライムのしぼり汁を滴(したた)らせた。

「やつら、いつ頃まであの屋敷を借りてるんだ？」

「三十日間の撮影許可書がゲートに貼ってあるけどね」アントニオが言った。「名義は〝スムート・プロダクションのアレクサンダー・スムート〟になってたな」

ベニートはグラスの縁でライムをこすって、汁を滴らせた。〝フロール・デ・カーニャ18年〟。最上のラムだ。うっとりと目を閉じてしまう。亡妻のルーペがまだそこにいて、その唇から味わっているかのようだった。

そのとき、ボートヤードの事務所から、カリ・モーラが姿を現した。それを見るなりベニートは自分が手にしているのと同じドリンクをこしらえ、アントニオは籐椅子をもう一脚、テーブルの前に運んだ。カリは一羽の鳥を肩にとまらせていた。その鳥、大きなオウムのコッカトゥーが、肩から降りて椅子の背に移る。カリがテーブルのボウルからブドウを一粒とって食べさせた。

「ねえ、さわってよ、可愛いコちゃん！」コッカトゥーが言う。それは、波乱に富んだその鳥の生涯の、ごく初期の出来事とでも関連があるのだろう。

「しいっ」カリが言って、ブドウをもう一粒与える。

「なあ、カリ、あんた、あの屋敷にはもう近寄らんほうがいいぞ」ベニートが言った。「ハンス・ペーターのやつは、あんたを売り飛ばす気だろうから。わかってるね？　あんたもわたしらの一味だと、あいつは思い込んでるにきまってる」

「ええ、きっとそうね」

「あの屋敷以外のあんたの住まい、あいつは知ってるのかな？」

「知らないはずよ。フェリックスも」

「あんた、泊まる場所が必要なんじゃないか?」

「おれのうちに、あいている部屋があるぜ」すかさずアントニオが言う。

「大丈夫。ちゃんとあるから、泊まるところは」

キャプテン・マルコが、テーブルに広げた間取り図を軽く指先で叩いた。

「この屋敷でいま何が進行中なのか、きみはもうつかんでるかい、カリ?」

「あの男たち、何かを探して壁に穴をあけたり、地下室を壊したりしてるわ。探し物が何なのか、だいたい察しはつくけど。同じものを、あなたたちも探してるんでしょうし」

「おれたちの正体、きみは知ってるのか?」

「まあ、想像はつくけど。でも、あたしにとっては、あなたをはじめ、セニョール・ベニートも、アントニオも、いいお友だち。それだけわかっていればいいの、あたしは」

「おれたちの仲間に入るか、入らないか、きみしだいだが」キャプテン・マルコは言った。

「あたしはあたし。でも、あなたたちには勝ってほしいな。あたしが知ってることは、すこしでも教えてあげたいと思ってる。だからといって、あなたがたの、絶対部外秘の秘密は教えてもらわなくてけっこうだから」

「じゃ、とりあえず、あの屋敷で見聞きしたことを教えてもらえるかい？」

「ハンス・ペーター・シュナイダーは、ヘススという男と何度か電話で怒鳴り合ってたわ。テレホン・カードを使って、コロンビアに電話をかけてたの。怒鳴り合い（ムチャ）の喧嘩（ルチャ）ね。〝どこにあるんだ？〟って、何度も訊いていた。それからあの連中、天井裏から地下まで金属検知機で調べていたわ。あの屋敷の基礎部分は鉄筋が主体なんだけど、そこにもいくつか穴をあけていた。重量八十ポンドの大型磁気ドリルと、エア・ハンマーも二基持ち込んでいたわね」

「そうやってあの屋敷をぶち壊して、きみにはなんて説明していた？」

「何も心配要らないんだ、ってフェリックスは言うの。自分は不動産レンタルのエージェントとしての責任を果たしているだけなんだから、って。じゃあ、そのことをちゃんと書類にしてよ、ってあたしは言ったんだけど、だめだって。シュナイダーって男は、あたしにお金を見せびらかしたわ。あたしにとっては、かなりの大金だったけど」

「で、きみに払ったのかい？」

「とんでもない。ただ見せびらかして、あたしには食料品調達のお金をくれただけ。そうそう、フェリックスから新しいメッセージが届いてるの。こういう文面――あんたにはもうすこし休んでてほしい、とボスは言ってる。でも、給料はちゃんと渡すよ、ここにとりにくれば。あんたの住所を教えてくれたら、そっちに送金してもいいし。なるべく早く、おれが直接あんたと会って渡してもいいしな……そう願いたいわよね、実際」

「きみが裏手から屋敷を出たところを、だれかに見られたかい？」

「それはないと思うけど、断言はできない。あの連中はみんな、屋敷の正面の側にいたと思うんだけど」

「やつら、銃を一挺（ちょう）失ったわけだよな。ま、いずれ連中はまたそいつを手に入れるだろうが」

「じゃあ、あたしはこれで」

二人のやりとりを聞いていたアントニオが、ぱっと立ち上がった。「ちょっと待ってくれよ、カリ。こっちの話が終わったら、きみを送っていくから。そこにきみがいま住んでいようと、いまいと」

「船着き場にすわり心地のいい椅子がある。そこで待っててもらったらどうだい」マルコがすすめる。

船着き場に移ったカリにドリンクを運んでから、アントニオはまたテーブルにもどってきた。

「シュナイダーのやつ、いまは相当警戒しているだろう」キャプテン・マルコが言った。「あいつがマイアミ・ビーチで何かを掘っているのをＦＢＩが知ったら、木から転落した男に飛びつくように、襲いかかるだろうから」

屋敷の間取り図をテーブルに広げると、マルコはその四隅にボトルやココナッツを置いて押さえた。

「これはずっと以前、あの屋敷のパティオを建築する際、エスコバルの顧問弁護士が建築許可を申請して市当局に提出した図面なんだ。あの屋敷がコンクリートの支柱で支えられているのがよくわかるだろう。だからあの屋敷は、海水に下をえぐられても崩れ落ちなかった。フェリックスが撮った写真は見たかい、爺さん？」

「肩越しにだったがね」ベニートは答えた。「あのチキン野郎、胸にしっかと携帯を抱きしめてたもんで。おれはおれでこれを撮ったんだが、なんせおれのは折り畳み式の旧式の携帯だから」

「問題の金庫だが、大きさはどれくらいだった？」

老庭師はごつごつした指を間取り図の上に置いた。「金庫はこのへんにあったな。肝心の写真がぼやけてるんで、大きさを測る目安といったら、そばに転がってる髑髏（しゃれこうべ）しかない。ま、大型冷蔵庫よりはでかい程度だろうさ。〈カサブランカ・フィッシュ・マーケット〉の大型製氷機並みといったところかな」

「あれだけでかい洞窟だから、護岸の下の入口もでかいんじゃないのか」アントニオが言う。

「大型製氷機を引きずりだせそうなほどでかいかな？」キャプテン・マルコが訊いた。

「ナチョ・ネプリって男なら、所有している大型ウィンチを備えた艀（はしけ）で、引き出せると思うな」と、アントニオ。「あいつはもっと大きな捨て石を、ウィンチとクレーンで動かすからね。まあ、あいつがうんと言えば、だけどさ」

「護岸の下の洞窟の入口を、実際に見られればな。あのあたり、満潮時の水位はどれくらいだろう？」

「八フィートくらいじゃないか。おれが水中にもぐって、海側から確かめてもいい」

「おれの船から飛び降りて？」

「いや。プールの修理を請け負ってる、あの近くの屋敷に入り込めるから。そこから護岸沿いに歩いて近づけるさ」

「明日の引き潮がはじまるのは、日没前三十分頃だな。天気予報では晴れだ。海からの照り返しで、やつらは眩しがるかもしれん。たぶん、潮にのって大量の海藻が浮かんでるだろう。洞窟の中には入り込むなよ、アントニオ。海藻の下をくぐって、入口の辺からちょっと覗き込むだけでいいから。エア・ボンベの用意はあるか？」

アントニオはうなずいて、立ちあがった。

老庭師がグラスをかかげて言う。「アントニオ。ありがとうな、あそこから送ってくれて」

「どうってことないよ」

「ただ、〈ユンボ・ビュッフェ〉でのおれの勘定は、トラックに乗り込んでた連中のおかげで、べらぼうだったが。あの連中、詰め込めるだけ口に詰め込んだ後、ソフト・ドリンク三本(エスクチャメ・ホーベン)で流し込んで、もう出ていけと追い出されたもんだ。アントニオ……よく聞けよ。くれぐれも注意するんだぞ。ボビー・ジョーはおまえを探しまわってるだろうから」

「なあに、やつのほうこそ、おれを見つけたら運の尽きさ」

話し合いが終わると、キャプテン・マルコはボートヤードの近く、ワンルームの自宅マンションにもどった。

ベニートはおんぼろのピックアップ・トラックのエンジンをかけ、ガタゴトと自宅に向かった。

小屋の焼却炉の戸は、火がよく燃え上がるようにあけ放たれたままに放置された。

ベニートが家にもどると、ルーぺが待っていてくれた。ルーぺ自身が家の裏に作った小さな庭園で、ベニートの心の中で待っていてくれた。月明りの下、白く輝く花の上で光る蛍を見ながら、ルーぺのぬくもりを身近に感じて、ベニートの心は安らいだ。〝フロール・デ・カーニャ〟を自分につぎ、ルーペにもつぐ。庭にルーペと共にすわって、二つのグラスから飲む。そうして一緒にいるだけで、満足だった。

カリとアントニオは、ボートヤードの船着き場に置かれた古い車のシートにすわって空を見上げていた。低い、腹に響くような音楽が遠くから洋上を漂ってくる。

「きみの望みは何なんだ？」アントニオが訊いた。「何が望みなんだい、この人生で？」

「そうね、とにかく、自分自身の家を持って、そこで暮らしたい」カリはライムを嚙んで、ドリンクにもどした。「中を歩きまわって、どこをさわっても清潔な、そんな家がいい。家中、裸足で歩きまわれて、床の感触が素敵な、そんな家」

「そこに一人で住むのかい？」

カリは肩をすくめて、うなずいた。「もし、あたしの従妹も素敵な家が手に入って、お母さんの面倒を見てくれるヘルパーさんもいたらね。あたしは自分だけの家がほしいの。ドアを閉めると、気持ちのいい静寂につつまれる。そんな家を自分一人で維持していくの。屋根を打つ雨音が聞こえても、ベッドの足元に雨漏りする心配がなく、雨は屋根伝いに庭に流れ落ちる——そんな家がほしい」

「そうか、庭もほしいのか」

「いけない(コモ・ノ)？　野菜を植えられるような、小さなお庭がいいな。気が向いたときは、そこで野菜を採って料理をするの。フエダイをバナナの葉っぱで包んで、蒸したりね。キッチンでは音楽を盛大にかけたり、ときにはお酒を飲んだりしながら料理をするの。ガス・レンジの前で、かろやかに踊ったりして」

「男は？　男だっていてほしいだろう？」

「ちゃんとした玄関もあったらね。そうしたら、だれかを招(よ)んでもいいわ」

「おれが玄関の階段をのぼって、ドアをノックしたりしてな。シングル・アントニオのご到来、みたいに」

「あなた、独身(シングル)のアントニオ、になるの、アントニオ？　アントニオ・ソルテーロ(独身の)・アントニオに？」ラムがとても美味(おい)しかった。

「いや、独身のアントニオにはなれないね。とにかく、いまは。だって、いまの結婚を解消したら、アメリカを出国しなければならない女性が生まれてしまうから。それはできない。おれの場合は、アメリカの海兵隊に入隊して市民権を獲得したんだ。いまの形式的な結婚相手は、そういう形では市民権をとれないんだよ。だから、待つしかない。その女性はおれの友人なんで、おれも待つしかないのさ。実は、その女性の弟がおれと海兵隊で一緒だったんだ。戦死してしまったんだが」アントニオは腕の、地球と錨(いかり)をあしらった入れ墨を軽く叩いた。「海兵隊のモットー、〝常に忠誠心を(センパー・ファーイ)〟さ」

「センパー・ファーイはいいけど、あなた、もう一つ入れ墨をしてるわよね」

「〝十の鐘〟かい？　あの学校に入ったとき、おれはまだガキだったんだ。あの学校は並みの学校ではなくて、ちょっと特殊な技能を習得したんだけど。それを、いまさら正当化しようとは思わないよ」

「そうでしょうね」

「だからさ、いずれきみに相応(ふさわ)しいような正業におれが就いたとするね？　そのときは、何が何でもきみの家の玄関階段をのぼっていくから」

川を上り下りする黒い船の中で輝やくテレビから、音楽が流れてくる。麻薬王パブロ・エスコバルの組織と麻薬捜査官の闘いを描いたテレビ映画、『ナルコス』の主題歌を、ロドリゴ・アマランテが哀調を帯びた美しい声で歌いあげている。ひときわ大きいコンガの響きが川面を伝ってきた。
自分の声に自信のあるアントニオが、カリの顔を真っすぐ見て、歌いだした。

〝ぼくはきみの肌を焼きこがす火（ソイ・エル・フエゴ・ケ・アルデ・トゥ・ピエル）
きみの渇きを癒やす水……（ソイ・エル・アグア・ケ・マタ・トゥ・セ）
ぼくは城の望楼（エル・カスティージョ、ラ・トレ・ヨ・ソイ）
流れる湧水を守る剣（ラ・エスパダ・ケ・グアルダ・エル・カウダル）

一瞬、船の発した汽笛の音に、アントニオの声はかき消された。

きみはぼくが吸う空気（トゥ・エル・アイレ・ケ・レスピロ・ヨ）
海を照らす月の光（イ・ラ・ルス・デ・ラ・ルナ・エン・エル・マル）

月の下を雲がよぎり、流れる川面がところどころ薄墨と銀色に彩られる。つかのま、川は簡単に歩いて渡れそうに見えた。

焼却炉から火花がたちのぼる。

カリが立ち上がって、アントニオの頭のてっぺんにキスした。慌てて彼が顔を上向けたときには、遅かった。

「じゃあ、あたし、帰るわ、アントニオ・ソルテーロ」カリは言った。

9

マイアミで暮らすカリの身内といえば、年老いた叔母のジャスミン、その娘でカリの従妹にあたるフリエータ、それにフリエータの赤ちゃんの三人きりだった。

住み込みの仕事についていないとき、カリはマイアミのクロード・ペッパー・ウェイの団地にある、フリエータの家に同居させてもらっている。フリエータの夫は、指示されたとおり自発的に難民登録に出頭した際、ICE（移民税関捜査局）に拘束されてしまった。いまは、不渡り小切手を行使した廉でクロームにある不法移民収容所に収容されており、強制送還を待つ身だった。

徒歩でアメリカに入国した多くのマイアミ市民同様、カリも自分の身分を秘密にしている。従妹のことや、その住所を知っているのは、キャプテン・マルコとアントニオくらいのものだった。

その夜遅く、カリは鍵(かぎ)を使ってフリエータのアパートメントの裏口から中に入った。叔母も、従妹も、赤ちゃんも眠っていた。いまは寝たきりの、茶色く萎(しな)びた叔母の様子が気になって、寝入っている叔母の顔をじっと見下ろした。ジャスミンは目をあけて、大きな底知れぬ瞳(ひとみ)でこちらを見上げた。すると、その瞳に包み込まれるような気がしてくる。ときどき、見上げた雲が見慣れた形に見えるように、叔母の顔を見ていると、なんとなく母に重なってくるのだ。ジャスミンは何か秘密を打ち明けたがっているのではないか、何か大切なこと、老いた者にしかわからないようなことを思いだして、こちらに伝えたがっているのではないか。そんな気もした。故郷の村にはもう身内など一人もいないことは、よくわかっているのだが。

両手にはまだ銃のにおいがしみついていた。ライムの汁と石鹸(せっけん)で両手をこすってから、カリは眠っている赤子のそばの椅子に腰を下ろした。すこやかな寝息にじっと耳を傾ける。日中に嗅(か)いだ銃のにおい、あれは久方ぶりだった。口に含んだ一セント銅貨の味わいにも似た、戦争のにおいを味わったのも……。

カリが生まれ故郷の村から拉致されて、コロンビアの反政府左翼ゲリラ、FARC（フエルサス・アルマダス・レボルーシオナリアス・デ・コロンビア＝コロンビア革命軍）に徴用されたのは十一歳のときだった。

FARCはカリを兵士として訓練し、新生コロンビアの少女兵として写真を撮った。カリは上腕部に正規の避妊インプラントを埋め込まれ、敏捷で器用で我慢強い素質を生かした任務の訓練を受けた。カケタ熱帯雨林の奥深くで活動するゲリラ基地で、カリは少年兵の中でもいちばん幼少の兵士だった。

集められた子供たちは当初、楽しいキャンプに参加したように思わされた。もし軍隊が気に入らなかったら二週間後には家に帰してやるから、と、上官たちに言われた。が、そういう日は決して訪れなかった。

訓練がないとき、子供たちは一緒になって遊んだ。不幸な家の出身者が多かったから、何かと目をかけてもらうだけで子供たちは嬉しかった。政府軍の空襲がない夜は、みんなでダンスに興じた。十代の若者同士のセックスは大目に見られたが、妊娠と結婚は厳に禁じられた。それでも妊娠した場合は、強制的に中絶手術が行われた。おまえたちは革命と結婚したんだからな、と上官たちは言った。

辺鄙(へんぴ)な村落からやってきた子供たちにとって、色鮮やかな照明や音楽は魔法のように見えた。

そして、カリが連れてこられて一か月たったある夜、森でダンスが行われている最中に、一組の少年、少女が脱走した。いずれも十三歳で、脱走を試みたのはそれが二度目だった。が、カケタ川の浅瀬を渡ろうとしたとき、二人は警備兵に見つかった。二人を懐中電灯で照らして拘束すると、警備兵は基地に通報した。基地の全員が川岸に集められた。

演説を始めた司令官(コマンダンテ)の小さな丸眼鏡が、照明を反射してキラッと光った。このところ脱走者が増えていたので、その流れを阻止するのは至上命令だった。捕まった少年と少女は懐中電灯に照らされて、足が震えていた。服はびしょ濡れで、背後にまわされた両手が白い結束バンドで拘束されていた。少女の濡れた服が体に貼(は)りついていて、ふっくらとふくらんだおなかが目立った。かたわらの地面には、二人が持ち去ろうとした食糧が置かれていた。二人とも手が拘束されているため抱き合うこともできず、ただぴったり寄り添って頭をくっつけ合っていた。

脱走とはどんなに邪悪な行為か、ということを司令官は強調した。この二人を罰するべきかどうか？「それは各自が判断しろ」司令官は言った。「この二人を許していいのか？　この二人は諸君を見捨て、諸君の食糧を奪ったんだぞ。罰するべきだと思う者は、手をあげろ」

成年の兵士全員、それに少年兵士の大半が、二人は罰せられるべきだと思った。カリも他のみんなと一緒に小さな手をあげた。そうよ、やっぱり罰を与えなければ、とカリは思った。でも、罰ってどんな罰？　お尻を思い切り叩くとか？　朝食抜きにするとか？　さもなきゃ、あたしと一緒に台所番をやらせるんだろうか？　司令官が手で合図すると、警備兵が二人を川の浅瀬に追いやって、銃殺した。最初はどの警備兵も躊躇(ちゅうちょ)しているように見えた。だれでも最初に引き金を引きたくはない。何をしている、と司令官が怒鳴った。一発、二発、それから一斉に弾丸が放たれた。少年と少女はうつ伏せに倒れた。その顔が波にのって上向いたかと見えたが、また下を向いた。倒れた二人の周囲に血が広がり、二人はゆっくりと流されていった。少女の死体が木の根に引っ掛かると、警備兵の一人が足で突いて押しやった。二人の小さな手首から、白い結束バンドの余った端が突き出ていた。うつ伏せに並んだ二人の死体は徐々に遠ざかり、流れた血が赤いスカーフのように二人を包んだ。カリは悲鳴をあげた。子供たちの大半は泣き叫んだ。離れた基地で依然ラジオから流れているダンス音楽が、そこまで漂ってきた。

死んだ二人の手首はどんなに小さかったことか。その小さな手首から、結束バンドの端がどんなに長く突き出ていたことか。後年、カリが〝恐ろしい〟という言葉を耳にしたとき、最初に頭に浮かんだのは、余って突き出た結束バンドの映像だった。

当時、結束バンドは至るところにあった。武装ゲリラと、その敵の民兵組織、双方のあいだで、それはしばらく流行した。兵士のベルトには、敵の捕虜を拘束するための結束バンドがいくつもぶらさがっていた。結束バンドは錆(さ)びつくこともなく、ジャングルに放置された人骨よりも白く輝いて腐らない。ジャングルの茂みに放置された死体に偶然ぶつかったときなど、カリに吐き気を催させたのは、腐乱した顔でも、重々しく羽ばたいてご馳走から舞いあがる禿鷹(はげたか)でもなかった。それは、死体の手首に巻きついたままばゆい結束バンドだった。日常的な訓練では、片手で結束バンドを操って捕虜を拘束する方法や、結束バンドのロックの隙間(すきま)に硬い薄片を押し込んではずす逃げ方や、靴ひもを鋸(のこぎり)のように使って結束バンドを断ち切る方法などを、いやというほど叩き込まれた。結束バンドで手首を拘束される夢を、カリは何度も見た。

だが、今夜はちがう。マイアミの従妹の家で、赤子の隣りの椅子にすわっている今夜はちがう。きょうの昼間は、ベニートの手首から結束バンドがはずされ、老人が危地を脱出した場面を二階の窓から見た。

他のことは頭にのぼらなかった。赤子の寝息を聴いているうちに、カリもいつしか眠りに誘い込まれた。

10

バランキージャ
コロンビア

賑(にぎ)やかな市場の通りに面した貧者のための病院、クリニカ・アンヘレス・デ・ラ・ミセリコルディア（慈愛の天使病院）。時計が正午を告げる頃、一台の黒いレンジローヴァーが、ヘスス・ビジャレアルが入院しているその病院の前に停まった。周囲には買い物客や行商人がひしめき、商いの場所をめぐって言い争う男たちの声がかまびすしい。

赤ら顔の巨漢、イシドロ・ゴメスがまず助手席から降り立った。顎(あご)をちょっと振るだけで、レンジローヴァーを駐める場所をあけさせてしまう。ゴメスが後部ドアをひらくと、ボスが悠然と降り立った。

ドン・エルネスト・イバラ、四十四歳。タブロイド紙から〝鉄板のドン〟の異名を奉られたこの中肉中背の男は、この日、プレスをきかせた麻のサファリ・ジャケットを着ていた。

病院内を行き交う患者たちの多くは、すぐドン・エルネストと気づいて、親しげに呼びかけてくる。そのあいだを押し分けて、ドンとゴメスは、すり切れたリノリウムの床に衝立で区分けされたベッドの並ぶ、殺伐とした一階病棟を通り抜けた。ヘスス・ビジャレアルが病臥している個室は、一階の奥に二つ並ぶ個室の一方だった。ノックもせずに、ゴメスがずいっと入ってゆく。一分ほどして消毒綿で両手をこすりながら出てくると、ボスに向かってうなずいた。ドン・エルネストはゆっくりと病室に入った。

ヘスス・ビジャレアルは、体の上を縦横に這うチューブや医療器具に生かされて、干からびた老残の身をベッドに横たえていた。

ドン・エルネストを見るなり酸素マスクをぐいとわきに押しのけて、「あんたは前から用心深かったな、ドン・エルネスト」ハアッ、ハアッと息を荒げながら、「こんな死にぞこないの男の体まで探らせるのかい、武器(ハジキ)を持ってるかどうか？ベッドに寝ている人間の体まで、いつも探らせるのかい、そのゴリラ男を送り込んで？」

ドンはにやっと笑いかけた。「おまえさんには問答無用で撃たれたことがあったからな、カリの町で」

「ありゃ商売がからんでたんだ、仕方があるめえさ。そっちもすぐ撃ち返したろうが」

「おまえさんにはまだ気が抜けないと思ってるんだよ、ヘスス。これは誉(ほ)め言葉と思ってくれ。これからは腹を割って付き合える、と見ているが」

「あんたは教育者だからな、ドン・エルネスト。お偉い学者さんだ。ひよっこたちに一ランク上の盗みの手口を教えたりしてるんだろ。だが、〝十の鐘の学校〟でも、男同士の腹を割った付き合い方までは教えちゃいまい」

ドン・エルネストは、痩(や)せ細った身を病床に横たえているヘススをじっと見下ろした。地面に転がる木の実を調べるカラスのように、ドン・エルネストは頭をかしげて言った。

「おまえさんは老い先の短い体だ、ヘスス。おまえさんに呼ばれてこうしてやってきたのは、おまえさんに一目置いていればこそさ。おまえさんはパブロが右腕と頼む幹部だった。やつを売ろうとしたことは一度もない。ところが、やつのほうじゃびた一文の金も残してくれなかったんだろうが。どうだい、残された時間を有効に使って、男同士、腹を割って話し合ってみちゃ」

老いた男は酸素マスクからたてつづけに酸素を吸い込んで、鼻に突っ込まれたチューブを補った。そして堰を切ったように話しだした。

「一九八九年のことよ、パブロの命を受けたおれは、黄金を氷の下に隠し、おれのトロール漁船でマイアミまで運んだ。半トン分の黄金を魚で覆い隠してな――ハタとか、タイやらをわんさと使って。まず、金の延べ板が三十枚。こいつは国際的に取引き可能な、俗に言うグッド・デリヴァリー・バーで、重量がそれぞれ四百トロイオンス。最高品質の金地金だ。ナンバーも打ってあった。それから、二十五キロ・バーのひらたい形のやつもあったが、こいつはイニリダ鉱山で発掘した金のインゴットだった。それに加えて、百十七グラムのトラ・バーの大きな袋。中にいくつ入っていたのかは、わからねえ」一息ついて、酸素を吸い込んだ。「合わせて千ポンド分の黄金だ。そのありかを教えてやれるんだよ、おれは。千ポンド分の黄金は、現ナマでいくらぐれえになる？」

「ドル換算で、二千五百万ドルってところだろう」

「で、あんたは代わりに何をよこす？」

「何がほしい？」

「現金。それと、女房のアドリアナと息子の安全」

ドン・エルネストはうなずいた。「よし、引き受けた（クラーロ）。安心しろ、言ったことは必ず守る男だよ、おれは」

「悪く思わねえでほしいが、ドン・エルネスト、現金取引きがおれの主義でね」

「こちらも折り入って頼みたいが、この情報をハンス・ペーター・シュナイダー以外のだれに売り込んだのか、教えてくれ」

「いまさら腹の探り合いでもねえだろう」ヘススは言った。「あのハンス・ペーターの野郎、黄金を抱いた金庫を見つけちまったんだよ。ただし、おれが最後の秘密を教えねえ限り、やつは金庫をあけた瞬間、あの世行きだ。あの野郎、金庫ごと、どこか遠いところに運び出そうとするかもな」

「その金庫、いまあるところから無造作に動かして、まわりは無事でいられるのかい？」

「まず無理だな」

「とすると、水銀スイッチが仕掛けてあるとか？　ほんのわずかでも動かした瞬間、爆発するという？」

ヘスス・ビジャレアルは唇を微かに動かした。唇はひび割れていて、すぼめるだけでも痛いのだ。

「で、おまえさんはその金庫の安全なあけ方を知っているわけだ」ドン・エルネストは言った。

「ああ。金庫にどういう仕掛けが隠されているか、それだけならいま教えてやってもいい。で、あんたがディネロ・エフェクティーボ（現金）を持ってきたら、すっぱりと、その解決の仕方を教えてやろうじゃねえか」

11

風にのってアフリカから飛来する塵埃（じんあい）が、マイアミの夜明けを紅（くれない）に染める。水平線からゆっくりと日が昇るにつれ、ビスケーン湾の対岸のビルの窓がオレンジ色に照り映えた。

ハンス・ペーター・シュナイダーとフェリックスは、エスコバル邸の中庭の、芝生にあいた穴のわきに立っていた。

穴はひとまわり大きくなっていた。ウンベルトがツルハシとシャベルで広げたのだ。暗い底のほうから、引いては寄せる波の音が伝わってくる。護岸の下の洞窟（どうくつ）の入口から海水が流れ込むにつれ、不快な空気が穴から吐きだされた。男たちは顔をそむけて悪臭を避けた。

ボビー・ジョーとマテオが、プールハウスから各種の機器を運んできた。

ペリカンの群れが、海中の魚を見つけたのか、頭上を通りすぎて急降下の態勢に入る。

「ヘスのやつ、ドン・エルネストに何を教えたのかな？」シュナイダーが言った。「あの金庫、背後からだろうと正面からだろうと、引きずり出せりゃいいんだが。フォート・ローダーデールの男との連絡はどうなってんだい？」

「ああ、クライド・ホッパーですね、エンジニアの」フェリックスは答えた。「あいつはいろいろと役に立つ工機を所有してますからね。あいつと会えば、名案を考え出してくれますよ。ボートでお会いしたいと言ってますが」

「この携帯に入ってるのかい、そいつの番号？」ハンス・ペーターは、青いプリペイド携帯で掌を軽く叩いた。それはフェリックスの車のトランクから、当人の知らぬ間にとりだしておいたものだった。

「あ、どうしてそれを？　いえ、あのぅ」フェリックスは唇を舐めた。

「おまえの車のトランクにあった携帯だよ。こいつのロックを解くパスワードを教えてもらおうか。教えなきゃ、ボビー・ジョーがおまえの脳みそを吹っ飛ばすよ」

「*669です。それはあのぅ、女房に秘密で女と連絡するために使ってまして
——ええ、そのための携帯で」

ハンス・ペーターは唇をすぼめて携帯をいじり、パスワードを確認した。こいつをじっくり調べるのは後でいい。

「オーケイ、わかった。わかった、わかった。それでだよ、あの金庫、わざわざ引きずりだす必要もないかもな。裏側からぶっ壊してもいいんだ。まずは、この穴から洞窟に入って、様子を見てみようや」

「だれが入っていくんです？」フェリックスは訊いた。

背後にはボビー・ジョーとマテオが立っていた。ウンベルトもいて、洞窟降下用に装着するハーネスを持っている。

ハーネスにつなぐロープは、滑車を通して手廻し式の巻揚げウィンチにつながっており、滑車は穴の真上までのびたハマベブドウの太い枝にとりつけてあった。

ボビー・ジョーがハーネスを差し出した。

フェリックスに向かって、シュナイダーは言った。

「おまえが装着するんだよ」

「で、でも、そこまでやるなんて、契約には入ってませんよ。わたしの身に何か起きたら、うちの事務所が黙ってませんから」

「おまえはね、おれが命じることは何でもやる――そういう契約になってるんだ」シュナイダーは言った。「だいたいさ、おまえの事務所でおれに取り入ろうとしてるのは自分だけだとでも思ってんのかい？」

ボビー・ジョーがフェリックスにハーネスを装着させて、ロープをつなぐ。フェリックスは諦めて、首から下げたメダルに軽く唇を触れた。

ハンス・ペーターはフェリックスの前に立った。防護マスクが装着される寸前フェリックスの顔に浮かぶ恐怖の表情を、すこしでも楽しみたかったのだ。

防護マスクには両頬の部分に大きなチャコール・フィルターがついており、ヘッドギアにはビデオカメラとヘッドランプがとりつけてある。ハーネスにも大型のフラッシュライトと拳銃のホルスターが備わっていた。録音装置も装着されている。

マスクのフィルターを通すと、空気も十分吸い込めない。

頭上を鳥が飛び去り、カラスの群れがタカを追っている。上を見上げたフェリックスの頭に、ある思いがよぎった。なんだ、空って、こんなに素晴らしかったのか。

そんなことを考えたのは生まれて初めてだった。足に力が入らない。

「銃をくれ」

フェリックスが言うと、ボビー・ジョーが大型のリヴォルヴァーをホルスターに差し込み、パチンとフラップで蔽(おお)った。「地下にもぐるまで、さわるんじゃねえぞ」

フェリックスはゆっくりと穴に下ろされた。地下の空気が脚に温かく感じられる。ロープにつかまりながら、すこし体をよじった。

頭が芝生の下にもぐると、もう目がきかなかった。上から落ちてくる陽光は、護岸の基礎のざらついたコンクリートに当たってもさほど反射しない。洞窟の先に進むにつれて薄明が暗闇(くらやみ)に変わる。水面から天井までの隙間は、海水の満ち干に応じて六フィートから四フィートに変化した。腰まで水につかったとき、両足が洞窟の底に着いた。海水はフェリックスの胸まで上がったり腰まで退(ひ)いたりする。洞窟の天井からくねくねと垂れ下がっているのは、ハマベブドウの根っこだった。どれも堅くて、すんなりとわきに押しのけられない。ヘッドランプの放つ光が水面を照らして、根っこの大きな影を壁面に投げかけた。頭上のところどころに、パティオのコンクリートの下部と露出した土が見えた。

　ハンス・ペーター・シュナイダーは、フェリックスのビデオカメラからノート・パソコンに転送されてくる映像に目を凝らしていた。フェリックスのキンキンした声がスピーカーから流れる。

「洞窟の底はでこぼこしてないんで、ちゃんと歩けますよ。水は胸まできています。あ、なんだ、ありゃ――犬の下半身だ！」

「いいぞ、いいぞ、フェリックス。その調子で金庫をしっかり見てくれよ」シュナイダーは言った。「さあ、早く」

　フェリックスはゆっくりと洞窟の奥に進んだ。パティオの支柱が、水に漬かった寺院の柱のように周囲に立っている。全身が汗ばんできた。ヘッドランプの光が最奥部の砂地に届いて、金属に反射した。砂地に散らばる骨や人間の頭蓋骨が強力な光線に浮かび上がる。問題の金庫はかなりの大きさだった。

「縦長のボックスですね。表面は、すべり止め仕様の床のような縞鋼板。へりはすべて溶接されています」

「大きさは？」シュナイダーが訊いた。

「冷蔵庫大、いや、もっと大きい。デリで使っている冷蔵庫並みかな」

「持ち上げるためのリングはついてるかい？　さもなきゃ把手とか？」

「わかりません」

「もっと近づいて、見てみろよ」

　フェリックスの背後で、ブクブクという音がした。反射的に振り返ると、途切れなく密集して浮き上がる小さな泡の連なりが見えた。

　フェリックスは慌てて奥の砂地に乗り移った。

「把手も、持ち上げるためのリングもなし。扉も、蓋もなし。周囲に泥がこびりついているので、全部は確かめられないな」

　背後でまたブクブクという音。反射的に、フェリックスはライトをそっちに振り向けた。目が見えた。暗い海中で、赤く反射して無気味に輝く二つの目。とっさに拳銃を引き抜き、その目を狙い撃った。すいっと、目は消えた。

「もどるぞ、そっちにもどる」水中をよろぼうように、洞窟の天井にあいた穴の下に引き返した。「引き上げてくれ！　早く！　早く！」

　ウィンチが回転して、ロープがフェリックスの目の前で動きだす。水を滴らせながら、ロープがずり上がってゆく。ウィンチがまわる。ロープのたるみが消えた。

フェリックスの体が上昇しはじめた。次の瞬間、フェリックスはとてつもない力で横に振りまわされ、水中に沈みはじめた。フラッシュライトが手中から弾き飛ばされる。拳銃の弾丸が洞窟の天井に当たった。

地上ではウィンチが逆回転して、把手がボビー・ジョーを撥ね飛ばした。四つん這いに転がったボビー・ジョーの前で、ロープが唸りを生じて引っ張られ、ずるずると穴の中に引きずり込まれてゆく。

ロープは洞窟の底を這って、護岸の下の洞窟の入口から海中に引きずられてゆく。そのうちピンと洞窟内で張りつめ、ぶうんと唸り、水滴を撥ね上げてから、くたくたと洞窟の底にわだかまった。

「引っ張り上げろ、早く！」シュナイダーがわめく。

パソコンの画面に、フェリックスのヘッドギアのカメラが撮る映像が映る。海底が物凄いスピードで流れ、ヘッドランプの光線が左右に踊ってはずんだ。マテオとウンベルトがウィンチを巻き上げた。ハーネスが上がってきた。

穴から上がったハーネスは、フェリックスの下半身しか抱えていなかった。ぶらさがった両脚に、ピンク色がかった灰色の内臓がからまっていた。

かなり遠方の湾の海面を破って、フェリックスの片手がポカリと浮かんだ。しばらく波を切っていたと思うと、それはまた海中に引き込まれて姿を消した。

しばらくの間、沈黙が男たちを支配した。

「くそ、おれの拳銃を持ってかれちまった」ボビー・ジョーが言った。

フェリックスの物だった帽子をウンベルトがかぶり、サングラスをかけた。「どうしますかね、屋敷のほうは？」

ハンス・ペーターは、ウンベルトの顔からサングラスをとりあげた。

「あのな、フェリックスの事務所で、このサングラスをほしがってたやつがいるんだよ。うん、帽子はおまえがとっといていいから」

12

朝の早いうちから、カリはキッチンでニンジンをすりつぶしていた。従妹のフリエータが農産物直売所で売るピリ辛ソース(サルサ・ピカンテ)の下地を作るためだった。

近所で鳴く雄鶏の声が気に入らないのか、止まり木にとまった白いコッカトゥーがぶつぶつと文句を言う。

「くそったれが(チュパ・ウエボス)」

カリと同様、フリエータも在宅介護の資格を持っている——母親が医療給付を受けられないまま寝たきりになってしまったいま、それは実に有益な資格だった。

フリエータの小さなアパートメントに置かれた大型の北欧家具は、フリエータとカリが最後まで介護してあげた患者の家族からお礼として贈られたものだった。フリエータとカリは、病人の家族からとても気に入られた。二人とも快活で、病人を苦もなく抱きかかえられるほど腕力も強く、何があっても感情をおもてに出さなかったからだ。大型のソファは何かと便利だったが、とにかく部屋が狭いため、そこにのぼらないと動きまわれない。

リビングの壁には、一九五八年、テル・アヴィヴで催されたコンサートの美しいポスターが貼ってある。廊下に貼ってあるフリエータのビキニ姿の写真は、ミス・ハワイアン・トロピックの栄冠に輝いたときのものだ。

寝室のほうから、赤子の泣き声に負けないような大声でフリエータが呼びかけてきた。「ねえカリ、お願い、哺乳壜(ほにゅうびん)を温めてくれる？」

カリの携帯が鳴った。エプロンで両手を拭(ぬぐ)って、ハンドバッグからとりだした。かけてきたのはアントニオだった。

トラックからかけていた。「やあ、カリ。どうだい、きょう、ざっと四百ドルほど稼いでみたくない？」一瞬、アントニオは携帯を耳から遠ざけた。「何だって⁈ まあ、聞いてくれよ、セニョリータ。ちがう、ちがう、きみが思ってるようないかがわしい仕事じゃないんだ。ちゃんとした仕事だよ(ネゴシオ・レヒティモ、トタルメンテ)。おれは嘘は言わない男だ(トゥ・サベス・ケ・ソイ・ウン・オンブレ・デ・ミ・パラブラ)

ぜ。手を貸してほしいんだよ、カリ。きょうの夕方、あの屋敷の下を探ってみたいんだ。あの洞窟にもぐってみようと思って。手を貸してくれると、助かるんだがな」

13

午後にはお金になる臨時仕事が決まったので、カリはちょっと贅沢(ぜいたく)をした。バスに乗る代わりにウーバーXを利用して――九・二一ドルかかったが――ノース・マイアミ・ビーチまで出かけたのだ。

お目当ての物件はスネーク・クリーク・カナルの近くにあった。小奇麗な家が並ぶ住宅地の一画だった。居並ぶ家は、どれもオーナーが苦労して手に入れたのだろう。庭にはたいていマンゴーの木とパパイヤの木が植えられていたし、マイヤーレモンの木が植わっている家もあった。

荒れ果てたままになっているのは、お目当ての家だけだった。もともと銀行がらみの支払い滞納のために没収された物件で、前の持ち主はICE(移民税関捜査局)

によって引きずり出され、夜の夜中に国外追放処分にされたのだった。以来五年間、空き家のままになっている。紛争当事者の双方が相手側による修繕を封じたため、現況のような状態になっているのだ。この家の裏庭にもマンゴーの木が植わっているのだが、枝が野放図に伸びたままだし、満足な肥料も与えられていなかった。

数か月前、偶然この家を見つけたとき、カリは前庭に立っていた看板の記載内容をすぐにメモした。最初に下見にきたときは、やる気のなさそうな下っ端の銀行員がついてきた。カリが家の中を見てまわっているあいだ、銀行員は車に残って〝トルムー〟チョコレート・ミルクなど飲みながら青白いやわな指でハンドルを叩いていた。銀行員はすでに、カリが〝その物件を購入する見込みはほとんどない〟と上司に報告ずみだった。その日も何度もクラクションを鳴らして、カリをせかしたものだった。

だが、きょうのカリは一人で見にきていた。

〈ホーム・デポ〉で買った、ヴィゴロ果樹用肥料も用意してきている。脇(わき)の庭に入るゲートの戸は蝶番(ちょうつがい)がゆるんでいて、鍵もかかっていない。押しあけて、中に入った。

雑草の生い茂る裏庭。転がっていたプラスティックの牛乳箱に腰を下ろして、マンゴーの木を眺めた。立ち上がって、木の幹にさわってみる。微風が髪を撫で、マンゴーの木の枝葉がざわざわとそよぐ。カリは持参した肥料を根元にまいた。幹には付着しないように気をつけた。マンゴーは幹に肥料をかけられるのを好まないからである。

ゲートのきしむ音に気づいた隣家の女性が、境のフェンスの穴からこちらを見ていた。カリがマンゴーの木の根元に肥料をまいているのを見て、表情がゆるんだ。自分から梯子を持ってきてカリに声をかけ、屋根裏の部屋を見るときに使いなさいよ、と言ってくれた。カリは家の中に入った。

寝室には屋根の穴から陽光が注ぎ込んでいた。二番目の寝室は、塗装が中途半端だった。一方の壁はちゃんと塗装されているのに、隣りの壁は不完全で、塗装しかけたペイントの線がくねくねと下降して、床に転がった刷毛につながっている。壁を塗装していた男は、そこで壜詰めの自家製ワインでも飲み干したのだろう。うねるように反り返ったカーペットに放置された刷毛の横に、空き壜が転がっていた。床はきれいなタイル張りだった。

だれかが狼藉（ろうぜき）を働いた跡も一部残っている。内側の壁には、子供の目線の位置に、〝オガルヴィのやつ、くそくらえ〟の落書き。それと並んで、ロバの耳をした男の顔が稚拙なタッチで描かれていたが、そいつがたぶんオガルヴィなのだろう。だが、床には食料品の包装紙とかコカインの容器の類（たぐい）は転がっていなかった。雨の滴った跡が残る壁板の背後からは、黴臭（かびくさ）いにおいが漂ってくる。整理だんすもガタついていた。

うん、悪くないじゃない、この家、とカリは思った。

問題は屋根裏だった。梁（はり）が腐っている箇所があるのだ。それと、キッチンの天井裏の隅に、草と何かの絶縁材でこしらえた巣があった。カリは梁にひざまずいて、主のわからない巣を見下ろした。ネズミの巣？　ちがう、フクロネズミの巣だ。間違いない。よく見ると、その巣、入口に加えて側面に、かなり出来のいい〝非常口〟まで設けてある。以前、ジャングルで暮らしていたとき、隊の食糧が尽きると、フクロネズミのスープをこしらえたものだった。百日咳（ぜき）の特効薬として、野ネズミのスープをこしらえることも教わった。味はフクロネズミのスープと変わらず、特効薬としてもさほど効果がなかった。たいていのことはできるカリだが、屋根の梁の取り替えとか、タイルの貼り替えになると、まだ経験はない。でも、勉強すればできるはずだ。

突然、天気雨がやってきて、家に激しく叩きつけた。梁にひざまずくカリの真上の屋根を叩いて、ピチピチと雨粒が跳ね返る。屋根の穴からも降りそそぎ、明るい陽光にきらめく水柱が家の中を貫いた。とっさにカリは、両手を雨のなかに突き上げた——そうすれば雨漏りを防げるのではないかと一瞬思って。数分もすると、天気雨は止(や)んだ。もしかすると、虹(にじ)が見られるかもしれない。カリは外に出て、蒸気のたちのぼる地面に立った。思ったとおり、虹が出ていた。

親切にも梯子を貸してくれた隣人は、小柄で皺(しわ)だらけの老女だった。テレーサという名前で、もうだいぶ年をとってからスペイン領カナリア諸島のラ・ゴメラから移住してきたのだという。ラ・ゴメラ島というと、遠く離れた者同士が指笛で意思を交わし合う風習で有名だが、テレーサはこのアメリカにきてからも、二ブロック離れて住む実妹と指笛で会話して携帯の料金を浮かしているらしい。自分の家のマンゴーの木からもいだ実を二つ、カリにプレゼントしてくれた。〈サボル・トロピカル〉というスーパーの、オレンジ色の派手な袋につつんで渡してくれた。

　こちらから訊いたわけでもないのに、テレーサは教えてくれた――この近所のキューバ系の人たちの間では、プリエトロ・マンゴーが一番人気なのよ、息子さんを歯医者の学校に通わせているバルガスさんのお宅なんかがそう。マダム・フランシス・マンゴーが好きなのは、ハイチから移住してきた人たちね。角のトゥッサンさんのお宅がそうで、あそこは娘さんが法律学校に通ってるの。それから、ニーラム・マンゴーがお気に入りなのは、ヒンドゥー教の人たち。インドからやってきて、横丁の奥に住んでるヴィディヤパティさんちなんかがそう。その方、競馬場の出札係をしてるんだけど、息子さんをマイアミ大学の医学部に通わせてるんだからえらいわよね。ジャマイカ系の人たちになると、それはまあ意固地で、マンゴーはジュリー・マンゴーに限ると思い込んでるの。ヒギンズさんちなんかがそうだけど、あそこの娘さんは薬剤師をしているわ。あとはそう、中国系の人たちだけど、あの人たちは意見が割れていて、だから一六三丁目の〈カフェ・カントン〉では、ライチに加えて、マンゴーというマンゴーはぜんぶ出してるわよ。あそこの息子さんのウエルダン・ウィンは日がな一日歌をうたっていて、夜は〝ラヴ・ジョーンズ〟という名前のラッパーとしてクラブに飛び入り出演したりしてるもんだから、年長の人たちからは大うつけ者と思われてるんですって。ところが、あなた、ウェルダンだかラヴ・ジョーンズだか知らないけど、その息子、ポペイエス系列のフライド・チキンのお店を出して大当たりしたもんで、いまじゃ一族中の評判がうなぎのぼりだっていうんだから、わからないもんよね。

〝ポペイエス〟とは、〝ポパイズ〟のマイアミ風の発音だと、カリにはわかっていた。

そのとき、かなり遠くから、よく通る甲高い指笛の音が聞こえてきた。高く低く、数秒ほどつづいた。

「まったく、もう」テレーサは言った。「〝掃除機の紙パックはないか〟、だって！」いきなり二本の指を口に突っ込むと、カリが思わず後ずさりしたほど大きく、指笛で返事を吹き鳴らした。

「これで伝わったと思うけど」小柄な老女は言った。「妹ったら、紙パックはあたしから調達するものと決め込んでるんだから、いやんなっちゃう。だから、いまの指笛で、〈ウォルマート〉にいけば売ってるよ、って言ってやったの。で、あなた、この家をお買いになるの？　うまくいくといいわね。あたし、フェンスの穴からマンゴーの木に水をかけといてあげるから」

14

日が暮れる三十分ほど前、アントニオのプール補修トラックがエスコバル邸から一ブロック半ほど離れた邸宅の私道にすべりこんだ。ハンドルはカリ・モーラが握っていた。

「おれは毎週、この辺の屋敷のプールの修理をしてるんだ」アントニオが言った。「この辺の家主たちがヴァカンスを終えてマイアミにもどってくるのは、たいてい九月の末頃なんだよ」

アントニオはトラックから降りて、ゲートの開閉装置にパスワードを打ち込んだ。

遅いわね、ひらき方が、とカリは思った。もしもの場合、アントニオがいなくてもゲートをひらけるように、パスワードを教えてもらおうか。でも、そこまでは口に出せなかった。

その思いを読みとって、アントニオは言った。「車をゲートすれすれに寄せるとね、自然にゲートがひらくシステムになってるから」入ってこいよ、と手招きする。カリはトラックを中庭に乗り入れてからUターンし、車首をゲートに向けて停まった。

「おれがもどってくるか、電話で呼ぶまで、ここで待っててくれ」

カリはトラックから降りて、アントニオの前に立った。「でも、万一、あなたの身に何かが起きたときはどうするの？　あたしも一緒にいけば、いろいろと手伝えるわ。一緒に泳ぐこともできるし。ジップロックに拳銃を入れて持っていけば、隣りの家の船着き場の下からあなたを掩護(えんご)できるもの。仮にあなたが敵に見つかっても、あの連中を海に近づけないように、足止めしてみせるから」

「いや」アントニオは言った。「その気持ちはありがたいがね、カリ、おれはあくまでも助手役としてきみをつれてきたんだ――ここはやっぱりおれの指示に従ってほしい、いいね？」

「でも、あなたを掩護できる者が現場にいたほうがいいってば、アントニオ」

「おれのやり方に従うか、家に帰ってもらうか、どちらかだな。きみにはきみの仕事がある。おれにはおれの仕事があるんだ。このトラックのそばにいてくれ。で、おれがあっちの、すこし離れた海から陸に上がらなきゃならなくなったら、電話で呼ぶから」ジップロックに入れた携帯をかざしてみせて、「そのときやつらがそばにいたら、急いで駆けつけてくれよ。で、トラックをおれのわきに寄せて停まってくれ。おれは荷台に飛び込む。で、猛スピードで脱出するんだ。心配しなさんな。せいぜい三十分で、ここにもどってくるよ」

アントニオは潜水用具をトラックの荷台から下ろした。

カリの顔を見ると、頬が紅潮している。運転席のグラヴボックスに手をのばして、封筒をとりだした。

「これ、ハード・ロック・カフェのファネスの公演のチケットなんだ。〝やんちゃなアントニオ〟といくのがいやだったら、きみの従妹(いとこ)を誘ってもいいから」

片目をつぶってみせると、アントニオはもう後を振り返らずに屋敷の裏手にまわり、カリの前から消えた。

すぐ生垣の陰で潜水マスクを装着し、タンクを背負う。遠方のガヴァメント・カット水路のあたりで、新婚カップルたちを乗せた船の煙がたちのぼっている。狭い運転席にカリと一緒にいたおかげで、アントニオの体はすこし火照っていた。あの新婚さんたちの船、たぶん、エンジンなどかかっていなくて、煙はお熱いカップルの寝室から出てるんじゃないか、と思ったりした。

西の空は鮮やかな橙色に焼けていた。海面が照り返した陽光がハマベブドウの木に降りそそいで、人間の拳大の、光と影のまだら模様を描いている。

アントニオは、主不在の邸宅の船着き場から梯子伝いに海にすべりこんだ。マスクの内側に唾を吐き、それをガラス一面になすりつける。カメラは手首にとりつけてあった。

そこから六フィートほど下にもぐったまま、ドックの下を護岸沿いに約一五〇ヤード、海中を進んだ。エスコバル邸の隣家のあたりで、船着き場の下に浮上した。夕日の反射光が板張りの下でちらついていた。板張りの下に釘が突き抜けていて、注意が必要だった。蜘蛛の巣が頭髪にからみついた。苦手な蜘蛛に乗り移られたくない。さっと水中にもぐった。雑草のからんだ筏のような漂流物の上に紙コップやペットボトルが乗って、かたわらを流れてゆく。ワニ並みの大きさのパームツリーの葉も、プカプカ浮かんでいる。かたわらを流れ去るクーラーボックスの蓋を日よけにして、数匹の小魚が泳いでいた。

エスコバル邸の地下室では、各種の工具がきょうも唸りをあげていた。地下室の壁の漆喰とコンクリートを、マテオたちが懸命に剝がしていた。エア・ハンマー、鑿、金てこ、電気鋸等が総動員されているのに、作業はいっこうにはかどらない。塵埃がもうもうと宙を舞っていた。

ハンス・ペーター・シュナイダーは、階段から作業を見守りながら、青白い頭を刺繡入りのハンカチで拭っていた。

最初に壁の上部から手をつけた掘り崩し作業は、半日後、どうにか金庫の全貌が現れるまで進捗した。

まず浮かびあがったのは、金庫の表面に描かれた後光だった。次いで、聖なる人物像。女性とおぼしいその像は、漆喰やコンクリートの破片の上から男たちを見返した。マテオがその像の正体に気づいて、胸に十字を切った。「ありゃ、コブレの慈悲の聖母像だぜ」

　エスコバル邸の海岸寄りの庭には、ボビー・ジョーがいた。額に手をかざして、眩しい夕日をどうにか避けながら西のほうを見ていた。トキの群れが頭上を飛んで、バード・キーの野鳥の群生地にもどってゆく。そいつらの一羽でも落として玩具にしてやろうと、先刻来、ボビー・ジョーは何度かエア・ライフルで狙ったのだが、一発も命中しなかった。二階のテラスでは、ウンベルトが椅子にすわり、両腕を手すりにのせてもたれかかっていた。かたわらにはＡＲ－15自動小銃が立てかけてあった。

　屋敷は夕日で茜色に染まり、雲も夕映えに輝きはじめた。

　ボビー・ジョーはトキをあきらめて、こんどはクロスボウで魚を狙い撃った。だが、魚は漂ってきた雑草の筏の下にすいっと隠れてしまった。くそ。ボビー・ジョーは眩しい夕日を呪った。

　捨て石が沈泥に散らばるゴツゴツとした海底の上を、暗い影が移動してゆく。アントニオはその中に留まりつつ、頭上を漂う雑草の筏を隠れ蓑に、エスコバル邸の護岸に接近していった。水面下およそ六フィート。かたわらを通りすぎるボラの群れは、暗い影の下では黒っぽい銀色に、透過光の下に入ると鮮やかな銀色に映える。そのボラを追って水中に没入した二羽の鵜が、頭上をよぎった。折りから湾の五十ヤードほど沖合に大型クルーザーが接近し、大きな白波を蹴立てながら、猛スピードでマナティーの保護ゾーンに進入してきた。前部甲板には三人の若い女、船尾にも一人乗っていた。前部甲板の女たちはビキニのボトムだけを身につけて、ノーブラだった。

二階のテラスから、ウンベルトが見惚れていた。片手で双眼鏡の焦点を女たちに絞り、もう一方の手で股間を撫でていた。

庭のボビー・ジョーを見下ろして、あれを見ろよ、とばかり口笛を吹く。

驀進するクルーザーの音は、海中のアントニオの耳にも届いていた。体の安定を保とうと、棚状の海底にしがみつく。大波がその上を通り、生じた強い水流にあおられて体が反転した。雑草の筏が、ぼろ絨毯のように浮き沈みする。それを突き破って、アントニオの足ひれの一つが海上に浮き上がった。

それはウンベルトの目にも映った。慌てて指を二本、口に突っ込み、庭にいるボビー・ジョーに指笛で知らせて、海のほうを指さした。と同時にトランシーヴァーに向かって早口でまくしたてる。自動小銃をひっつかむと、ウンベルトは階段に向かって駆けだした。

ボビー・ジョーはクルーザーの女たちに見せつけようと、護岸から放尿しているところだった。足ひれに気がつくと、慌ててズボンのジッパーを引っ張り上げながら地面に飛び降りた。

海中のアントニオは、ようやく護岸の下の洞窟に接近していた。入口が見えた。海水が入口に寄せては返すにつれ、海底の沈泥や砂があおられて浮き上がり、近くの海草がゆらゆらと揺れる。洞窟の入口は横長で十分に広く、奥のほうは薄暗かった。入口の前にはオレンジ色の海綿が群がっていた。アントニオは何枚か写真を撮った。

そのとき、海水を突っ切って飛来する弾丸が見えた。それはしゅっと真横をかすめ去った。

護岸にはウンベルトとボビー・ジョーが立っていた。雑草の筏目がけて、二人は掃射をくり返した。弾丸は扇状の軌跡を描いて水中に没入する。サイレンサーで抑えられた銃声よりも、ガチャガチャと鳴るメカニックな銃の作動音のほうが大きかった。ボビー・ジョーがクロスボウをとりに走った。

アントニオは片脚から出血していた。赤く水中に広がった雲が、すぐ灰色に変わってゆく。洞窟の入口が目前に大きく迫っていた。弾丸が水中に白い軌跡を曳(ひ)く。海底になんとか留まろうと、向きを変えて護岸にしがみつきかけた。

雑草の筏の隙間(すきま)から浮かび上がる水泡が、護岸に立つボビー・ジョーの目に映った。あそこだ、あそこだ。嬉(うれ)しげにクロスボウの的を絞って、引き金を引いた。クロスボウの矢につながれた細いロープが張りつめて、水滴をはじき飛ばす。

アントニオの足ひれの動きが止まった。頭上ではアントニオ自身の胸のように、雑草の筏が波のまにまに浮き沈みしていた。


一ブロック半ほど離れた路上に駐(と)めたトラックの運転席で、カリはじっと腕時計に目を据えていた。

四十分経過したとき、アントニオの携帯を呼びだした。答えがない。もう一度呼びだした。

そのとき、アントニオの携帯の入った血みどろのジップロックは、エスコバル邸のプールハウスのテーブルに放置されていた。そばには、血がぬんめりと付着した電気鋸が置かれていた。携帯が鳴って、ジップロックの中で震動する。

　ボビー・ジョーの血まみれの手が、ジップロックにのびた。二本の指で携帯をとりだして、耳にあてる。

「もしもし?」

「あ、アントニオ?　もしもし?」カリは呼びかけた。

「はい、はい、ドウドウってね。アントニオはいまな、デスクを離れてんだよ」ボビー・ジョーは言った。「いま、おれたちのアレをしゃぶってくれてるところよ。何か伝言でもあるかい?」笑いながら電話を切った。周囲の男たちも笑った。ボビー・ジョーはプール補修のTシャツで、両手の血を拭った。

　短い天気雨が訪れて、大きな雨粒がアントニオのトラックに降りかかり、ルーフがピチピチと鳴る。つづいて空を彩(いろど)った虹は、すぐに薄れて消えた。

　運転席にカリがすわっていた。

　腕時計がチクタクと時を刻んでいる。が、その秒針は、まわりながらチクタク鳴っていたわけではない。チクタクという音は、カリの頭の中で鳴っていた。トラックのウィンドウは手動式で、ウィンドウを巻き下ろすと、しめった涼風が吹き込んできた。

目が熱く疼いたけれども、カリは泣かなかった。トラックは名も知らぬ屋敷の前に駐めてあり、かたわらの塀にはオレンジ・ジャスミンが植わっていた。雨があがって、ジャスミンがひときわ匂い立った。

あのときは、ジャスミンも匂わなかった。フィアンセは介添人たちと一緒に車の中で息絶えていた。車はガンマンたちに火をつけられていたのだ。ジャスミンを両手に抱えて教会で待っているところへ、隣人たちが知らせに駆けつけてきた。一報を聞くなり駆けだした。フィアンセのもとに駆けつけた。赤毛の若者は、白いグアヤベラ・シャツを着て、路上に停まった車の運転席で絶命していた。ウィンドウにはギザギザの弾丸の穴があいていた。道路の石を拾ってウィンドウを叩き割り、若者を引っ張り出そうとした。割れた窓から手を突っ込み、若者を引っ張り出して抱きしめようとした。見物人の中の勇敢な連中が引き離そうとしても、若者にしがみついた。ガラスの破片で腕が切れた。そのとき、車のガソリン・タンクが爆発し、地面から吹き飛ばされた。ウェディング・ドレスには乾いた褐色の血がこびりついて、消えなかった。

アントニオが腹をすかしている場合に備えて、カリは肉とチーズのホンデュラス風トルティージャを二つ、ウェストポーチに用意してきていた。のぞいてみると、まだ温かくて、ジップロックの内側が蒸気でくもっていた。そのままポーチからとりだして、床に置いた。シートの下に手をのばす。シグ・ザウエルP229を引っ張り出して、ウェストポーチに突っ込む。トラックから降りて、二度大きく深呼吸した。ジャスミンの香りが力を与えてくれるような気がした。すこし頭がフラついた。

そこから一ブロック半ほど歩いて、エスコバル邸のゲートの前に立った。メールボックスから、各種のチラシやジャンクメールの束をとりだす。だれかに見咎(みとが)められたら、お給料をもらいにきた、と言うつもりだった。

歩行者用ゲートの開閉装置にパスワードを打ち込む。生垣と隣家の塀のあいだには狭いスペースがある。石塀に沿って電線管が走り、庭の照明と排水システム用のブレーカー・ボックスが設置されている。生垣と塀のあいだを抜けていけそうだった。

塀にぴたりと身を寄せて進むカリの頭上で、雨に濡れたカニグモの巣が、夕焼けの空の光を浴びてキラキラ光った。

エスコバル邸の私道では、マテオがハンス・ペーターの車、エスカレードの三列目のシートを倒して、大きなビニール袋をカーゴスペースに積み込んでいた。カリには気づかなかった。

カリは終始生垣の陰に隠れて、屋敷の裏手の海岸寄りの庭までたどり着いた。明かりのついたプールハウスの敷居には、血がべっとりと塗りたくられていた。カリは生垣を離れて、広い裏庭を横切った。プールハウスの扉をゆっくりと押しあける。二本の足が目に飛び込んだ。足ひれをつけたままだった。食事用のテーブルに、人間の胴体が横たわっていた。アントニオがプールの補修を行っている際、逞(たくま)しい脚は何度も見ていた。その脚を夢想することもあった。それは間違いなくアントニオの脚だった。胴体もあった。が、首がなかった。

カリは首を探して床を見まわした。目に入るのは部屋の隅をぬんめりと赤黒く染めている血だまりだけだった。

カリの顔は麻痺していたが、両手はまだ自由に動いた。アントニオの背中に触れると、依然ぬくもりがあった。

ボビー・ジョーが、プールハウスに入ってきた。

ひと巻きのビニールシートとロープ、それにアントニオの指を切断するための剪定ノコギリを抱えていた。荷物が網戸に引っかかり、それをはずそうとして、一瞬、カリに気づくのが遅れた。

ボビー・ジョーの体の前面は、血まみれだった。カリに気づくと、ビニールシートを落としてにやっと笑った。黄色い目がカリの全身をとらえて、ねめまわした。

この女に声をあげさせないようにすりゃ、二度くらいはヤれるなと、とっさに思っていた。ああ、他のやつらに気づかれる前に、殺してしまえとハンス・ペーターから命じられる前に、二度はヤれる。そうよ、この女を気絶させても、まだ温かくて生きのいい体を楽しめら。他のやつらは、その気なら、この女が死んでからでも、一物に唾をぬりたくってヤりゃいいんだ。

全身、痺れるような快楽の予感に貫かれ、剪定ノコギリをとりあげて、最初の一歩を踏みだした。刹那、カリの放った弾丸が二発、胸に命中した。驚愕の表情を浮かべた顔に、カリは三発目を撃ち込んだ。

まだ足がのたうっている体を、カリはまたいだ。母屋のほうから男たちの喚き声が聞こえる。シグ・ザウエルをウエストポーチに突っ込むと、護岸まで突っ走って海に飛び込んだ。下の海面では、雑草のからんだ漂流物が石鹸を塗りたくった革のように泡立ち、浮き沈みしている。海面に没入したカリの体にウェストポーチがぶつかり、髪に雑草の茎が突き刺さった。

緑色の漂流物の向こうに何かがうごめいている。それを横目に、カリは懸命に泳いだ。隣家の船着き場の下に達して初めて浮上し、二度大きく息を吸い込んでから、また水中にもぐった。左側の下方、どんよりと濁った海水を通して、細長く黒っぽいものが動いているのが見えた。力いっぱい泳いだ。が、ポーチが重しになって思うように進まない。息が苦しくなって浮上し、口をあけたとき、むんずと片方の足首をつかまれた。ぐいっと水中に引きずり込まれる。雑草が顔と髪にからみつく。

首を振って顔を拭ったとき、もう一方の足首もつかまれて、下に引っ張られた。

息が苦しい。必死に水を掻いて浮かび上がったとき、また引っ張られた。目をふさいだ雑草を掻きのける。胸が大きくはずんで上下する。水を飲んでしまうのも間近だ。雑草の隙間から注ぐ光で、足をつかんでいるのがウンベルトだとわかった。装着している大きなスキューバ・マスクから、気泡がブクブクと浮き上がっている。こっちを溺れさせようとしているのだ。安全な距離をたもって、こっちが息を吸い込もうとするたびに足首を引っ張る。カリはポーチに手を突っ込んだ。ウンベルトが足首を引っ張る。その力を梃子に、カリは思いきり上体を折ってウンベルトの体に密着した。ウンベルトは重いタンクがあだになって、向きを変えられない。カリはポーチをウンベルトに押しつけた。ポーチの中でシグ・ザウエルをつかみ、つづけざまに二発、ポーチ越しに撃ち込んだ。ワニ捕獲用のステッキ銃で撃たれたように、ウンベルトの体内でガスが噴きあがる。カリは両足でウンベルトを突きのけて水面を目ざした。浮き上がった。胸が焼けつくように熱かった。水しぶきと一緒に空気を吸い込む。げえっとむせ返り、咳き込みつつ船着き場の梯子にしがみついた。板に付着したフジツボで手を引っ掻かれる。何度も何度も、息を吸い込んだ。

トラックを止めてある場所まで、百ヤード。

なんとかたどり着いて、震えながら運転席に乗り込んだ。助手席の座面にしがみつく。指の下の布地が、褐色の血のしみこんだグアヤベラ・シャツのように感じられた。

息をはずませて、ジャスミンの匂い立つ空気を吸い込む。

カリは泣かなかった。

15

ジップロック入りの、肉とチーズのホンデュラス風トルティージャが二つ。水入りの小さなボトル。弾丸が七発装塡されている、アントニオのシグ・ザウエルP229と、予備の弾丸装塡ずみの弾倉。それに加えて、一一〇ドル入りの財布と、バスに乗車中にネイルの手入れをする道具が、いまカリの手元にはあった。短い日傘の柄には、塩素ボンベからはずした三つの鉛の座金が嵌め込んである。カリが深夜バス停でバスを待つことが多いと知って、アントニオが、すこしでも防犯に役立つようにと、頑丈な座金を嵌め込んでくれたのだ。

小さなショッピング・モールの駐車場で、カリはトラックの中の汚れを拭きとった。バックミラーの汚れも拭きながら、自分の顔を映してみる。どんな感情も読みとれなかった。防犯カメラを警戒して、アントニオのフード付きパーカを着込んだ。フードはアントニオのにおいがした――〝マウンテン・エア〟ブランドの制汗剤のにおいと、プール作業にともなう塩素の微かなにおい。パーカのポケットには、コンドームもいくつか。ミラーからぶらさがっている聖人のメダルもはずして、ポケットに入れる。トラックはそこに放置して、バスに乗った。

バスを乗り換える停留所の近くに、スパニッシュ・ライムの木が植わっていた。木の所有者はそれがどんな木かも知らず、路上に転がっている実にも無関心なようだった。マイアミでは珍しいことではない。ライムの実は、バス停の裏の雑草のあいだや歩道に転がっていた。マンゴーの実も転がっていて、腐るがままに放置されていたが、それはフェンスの向こう側にあって手が届かない。カリは小さなスパニッシュ・ライムの実を二握り分拾って、ポーチに入れた。一個だけ手にとって皮をむき、種子を包んでいるジューシーな果肉を嚙みしめる。ライチのような舌ざわりで、甘酸っぱい味がした。

一度、携帯が鳴った。アントニオの携帯からだ。首を切断されたアントニオの死体を見たばかりなのに、答えたいという衝動がつきあげてくる。ポケットの中で、携帯は震動しつづけた。アントニオの携帯はまだ生きているのだ。プールハウスで触れたアントニオの背中の筋肉のようには、ぐたっと弛緩してはいないのだろう。

　こちらの位置情報を伝える機能がオフになっていることを、もう一度確認する。体力をすこしでも保とうと、ライムの実をさらに六個味わった。従妹のアパートメントに向かって長時間バスに揺られるあいだに、じっくりと考えを凝らした。

　あの後でエスコバル邸に警察が急行することがなかったなら、ハンス・ペーター・シュナイダーは、この自分が警察に通報できない事情を抱えているのだと見るだろう。自分は〝十の鐘グループ〟の一員なんだと、あいつは見なすかもしれない。おそらくあいつは、当面の目的を達するまでは自分に手出しをしないはずだ。そして目的を達した瞬間から、舌なめずりして自分を狩り立てるにちがいない。自分を殺すか、あるいはどこか遠隔の地に売り払うために。

　クロード・ペッパー・ウェイのアパートメントの裏口からそっと中に入ったときは、もう夜も遅かった。叔母も、従妹のフリエータも、赤ちゃんも、すでに眠っていた。

　ライムを絞った果汁で、両手をごしごしこすって血のにおいを落とす。赤ちゃんの隣りにすわって、安らかな寝息に耳を傾けた。夜半、赤ちゃんがむずかると、抱きあげて、優しく抱きしめた。疲れ切って熟睡していたフリエータが、気配を聞きつけて身を起こした。

「大丈夫、あなたは寝ていて」カリは言った。

赤ちゃんのために哺乳瓶（ほにゅうびん）を温める。

赤ちゃんがおしっこをしてむずかると、濡れたところをきれいに拭いてパウダーをはたき、おむつを替える。また寝入るまで、優しく揺すって抱きつづけた。

夜も更（ふ）けて、赤ちゃんがまたむずかると、カリは自分の乳首をふくませた。お乳が出なくとも、赤ちゃんは乳房に顔を押しつけてくる。そのうち静かになった。そうして従妹の赤子に乳房をあずけたのは、初めてのことだった。チラチラと頭に甦（よみがえ）るボビー・ジョーの表情、顔に弾丸を撃ち込んでやったときのボビー・ジョーの表情が、そうしていると遠ざかった。後頭部が吹き飛んで、うつ伏せになっていたボビー・ジョー。帽子のストラップの余った端が背後から突き出て、足がまだのたうっていた。

赤子の体を揺すりながら、故国コロンビアの形に似た天井のしみを見上げる。あの詩人は間違っていたと思う。そう、赤ちゃんは〝死を宿すもう一つの小さな家（オトラ・カシータ・パラ・ラ・ムエルテ）にすぎない〟なんて嘘だ。

ゆっくりと目を閉じる。やっぱり、アントニオと一緒に海にもぐればよかった、と思う。したいと思ったときは、腰が抜けるくらいアントニオとセックスすればよかった。あのとき、マッチョ気質がぷんぷんの主張には耳を貸さず、自分も一緒にもぐったほうがいい、と最後まで説き伏せればよかった。それなのにあたしは、自分のほうがずっとよく危険を見通せている敵地に、アントニオを一人いかせてしまったのだ。なんてドジな海兵隊員だったんだろう、あの人は。こんなことになるなんて。

十二歳の少女ゲリラ兵だった頃、カリは洗脳教育の授業をズルけているという理由で、よく罰をくらった――カリにとってその授業は、日曜学校の授業に劣らず退屈だったのだ。が、実践的な戦術の授業になると熱心に聴講し、理解も早かった。カリが有能な兵士であることは、ＦＡＲＣ（コロンビア革命軍）も認めていた。負傷した兵士も大切にしたいと思ったカリは、早いうちから救急医療の実際を身につけた。兵士の顔に手を添えて安心させながら、もう一方の手で止血帯を巻きつけることも学んだ。

武器や各種装備の維持管理も得意だったが、主な仕事は——上官に逆らった罰としてやらされることが多かったが——野外での料理だった。肉が手に入ったときは、よく二十ガロン入りの大鍋（おおなべ）で肉入りシチュー（エストファド・デ・カルネ）をこしらえた。浅く掘った地面で火を焚（た）いて、調理をした。近くには偽装を施したトタン屋根の小屋もあって、アイルランド人の教官が実戦に役立つ講義を行っていた——ガス・ボンベを利用した迫撃砲の作り方とか、手榴弾（しゅりゅうだん）に仕掛け線を取り付ける方法とか、迫撃砲の不発弾の処理の仕方等々。

ゲリラの収入源は、誘拐と掠奪（りゃくだつ）だった。ＦＡＲＣが誘拐した、ある初老の大学教授の世話をすることも、カリの任務の一つだった。教授は元政治家の博物学者で、ボゴタの裕福な一家の出だった。体が弱かった。カリは三年間、その教授の世話にあたった。家族からの送金が途絶えない限り、ＦＡＲＣは老教授の待遇に手心を加えた。人民の敵である大金持ちの邸宅から奪った書籍を、教授に与えたりもした。目の疲れた教授が眼鏡をシャツのポケットにしまっているようなときは、カリが本を読んであげたりした。ＦＡＲＣのリーダーたちは、非政治的な内容の書物なら教授に与えてもかまうまい、と考えていた。与えられるのは、詩や園芸学や自然関連の本に限られていた。老教授は、共産主義の正しさを立証する典拠として、ダーウィンの理論を幼い徴募兵たちに教えることを強制された。

ＦＡＲＣの基地では、旧弊なものと斬新なものが奇妙に同居していた。カリが命を受けて、百日咳と闘うための野ネズミのスープを野外でこしらえているとき、司令官はノート・パソコンをいじくっていた。

パソコンのバッテリーの充電もまた、カリの任務の一つだった。そのために、重いバッテリーを抱えるか、小さな台車にのせるかして、最寄りの充電スポットまで運んだ。充電スポットが近くにあって危険がないと見なされたときは、老博物学者も散歩代わりにカリに同行することが許された。

ある暖かい春の日、十二歳だったカリは虜囚の博物学者と一緒に野道を歩いていた。小川の岸には花が咲き乱れ、蜜バチがさかんに花粉を集めていた。その日カリは、地元の看護ステーションまでいって、老学者の家族が多額の金と一緒に送り届けるインシュリンを受領してくることになっていた。途中、つい最近焼き討ちされて村民が虐殺(ぎゃくさつ)された村を通り抜けなければならなかった。そこは政府側の民兵組織に好意的な村だった。できれば惨状を目にしたくはない。二人は家々の中を見ないようにして歩いた。禿鷹(はげたか)がトタン屋根に爪(つめ)をたて、騒々しく羽ばたきしながら舞いあがった。ある家の庭には、住民が大慌てで家財道具を外に引きずりだそうとした跡が残っていた。低い庭木に蚊帳(かや)がもつれて引っ掛かっていた。一瞬、その蚊帳に目を留めた老教授は、道路沿いに咲く花をしばし見てから、蚊帳をとりあげて折りたたんだ。

「これをもっていっても、かまわんだろう?」

教授が疲れると、カリが蚊帳を持って基地まで運んだ。

午後になって、カリにインシュリンの注射を打ってもらうと、教授には幼いゲリラ兵たちにダーウィンを教える任務が待っていた。講義には進化論が含まれていたが、それを教授は共産主義を肯定する自然秩序の一部と拡大解釈して教えるよう強制されていたのである。教室の隅には政治要員が控えていて、教授が本音を明かさないように監視していた。

それが終わると自由時間で、カリには隊の夕食を調理する仕事が待っていた。ち

よう ど四旬節だったが、夕食はカピバラの料理だった。ＦＡＲＣは多少とも宗教的行事は大目に見ていた。齧歯類は魚であるとヴァチカンが規定して以降、肉類を断つ四旬節にあっても、カピバラは肉の扱いに入らなかったのだ。

「きみに見せたいものがあるんだよ」と、老教授はカリに言った。「この蚊帳を二つに切ろう。たしか、つばが周囲をぐるっととりまいている帽子があったね。それを持って、ついてきてくれないか」

老教授は自分の暮らす小屋の背後の森に、ゆっくりと分け入った。

小川の近くの山麓にハチの巣があって、大きな木の洞の中にハチがむらがっていた。カリと教授は蚊帳を帽子の上からかぶり、シャツの袖のボタンをきちっとはめた。ぼろきれを切り裂いたひもで、ズボンの裾もしっかり縛った。

「もしハチが興奮しすぎたら、日をあらためてやってきて、煙でいぶしだすことにしよう」

教授は、誘拐されて本来の人生を断ち切られる以前、蜜バチを趣味として飼っていたのだ。

ハチは活発に動きまわっていた。カリと老教授は巣の近くに――といっても適切な距離を置いて——立った。

「いいかい、この働きバチたちの任務は、成長するにつれて変わるんだよ」教授は切りだした。「すべてがメスでね。一生働きつづけるんだ。サナギから孵って最初にするのが巣房の掃除だ。それがすむと巣穴を掃除してきれいに保つ。次いで、花の上を飛びまわってきた先輩たちから花蜜や花粉を受けとる。最後に、こんどは自分たちが野原に出ていって花蜜や花粉を採集する。初めて野原に出ていく連中は、まだ仕事に慣れていない。だからほら、巣門の周囲をただぐるぐる飛びまわっているだけのハチもいるだろう。あれは野原からもどった際、すぐ巣を見つけられるように、位置を記憶しているんだよ。巣門には、蜜集めからもどってきた働きバチがとまる小さな台があるのがわかるかね？　もどってきたハチがあそこにとまると、それを迎えたハチたちが、おかえりと言わんばかりに体を撫でてやっているだろう？　新米の働きバチが持ち帰る花蜜や花粉がどんなに少量だろうと、ああして大げさなくらいに誉められるんだ。なぜだと思う？」

「そのハチが、また働きに出たいと思うように？」

「そのとおり。そうして誉められたハチは、それから死ぬまで働き通して、蜜や花粉を集めつづけるんだ。つまり、メスの働きバチたちは、そうしてだまされている（エンガニャール）のさ」教授は澄んだ目で、長いことじっとカリの顔を見つめた。「うまく利用されているんだ。そうして働きバチは何度も何度も、くり返し採集に出かけ、最後はどこかの花の下で息絶える。活発に動いていた羽根も、小さな黒い塊のように萎（しぼ）んでしまってね。巣穴のほうでは、そのハチがいなくなったことなど、だれも意に介さない。悲しむ者もいない。死んだ働きバチが多数にのぼると、また新たな働きバチが誕生する。そこには個々の暮らしなど存在しない。機械みたいなものだ」この子は上官に自分のことを言いつけるかなと思いながら、教授はカリの顔に目を凝らした。「きみが暮らしている基地も同じようなものさ、カリ。そう、この基地の仕組みはね。やはり機械みたいなものだよ。でもカリ、きみの心は生き生きとして、自発的な創意に満ちている。目をしっかり見ひらいて、だまされないようにしたまえ。森の中で仲間たちと盗んだり殺したりする暮らしだけに自分を縛りつけては、もったいないじゃないか。きみの翼は、きみ自身のために羽ばたかせたほうがいい」

それは、破壊活動の見本として最も厳しく弾劾（だんがい）されるたぐいの話だということは、カリにもわかっていた。すぐさま司令官に報告するのが、カリの義務だった。そうすればきっと恩賞が出る——たとえば、生理のときなど、混浴ではなく、司令官にいま仕えている女性助手のように、自分一人で早めに入浴させてもらうとか。そう、きっと恩賞が出る。でも、それが教授の言う〝だまされる(エンガニャール)〟ということなのだろうか。このゲリラ基地に入隊したときの温かい歓迎ぶりを、カリは思いだした。あのときに示された愛情、友愛、自分があれほど欲しがっていた家庭的なぬくもり。

この家族の一員である限り、パーティで自由に飲み食いできる。司令官の許可が出れば、セックスも咎められない。だが、その家族とは同時に、命令次第で反逆者や脱走者を銃殺しなければならない家族でもあった。脱走者を銃殺するかどうかは、投票で決まった。だれもが賛成の手を上げた。カリも入隊して間もないとき、最初のときは、みんなと一緒に賛成の手を上げた。が、それ以降は一度も手を上げなかった。最初のとき、カリには、いったい何が起きているのか、見当もつかなかったのだ。そして賛否の決がとられると、川の浅瀬に立った少年と少女はあっさり銃殺されてしまった。

老教授の言った〝だまされる(エンガニャール)〟という言葉が、頭から消えなかった。

その日、老教授とハチの巣を見にいったカリが、もどってきてカピバラの料理をつくっていると、司令官から呼び出しを受けた。司令官の執務室は、ＦＡＲＣが徴発した小さな家の中にあった。そこでは三人の女性が働いていたが、任務の内容は明らかではなかった。三人はそろって、自分でこしらえたクッションにすわっていた。

　カリは司令官のデスクの前で〝気をつけ〟の姿勢をとった。武器は持っていなかったから、帽子だけを脱いだ。

「あの教授の体調はどうだい？」司令官は訊いた。この男は年齢が三十五、六、管理者としては果断だが、実戦では及び腰のところがあった。マルキシズムの理論家で、学生時代にかけていた鉄縁の丸眼鏡をいまもかけていた。

「だいぶ良くなりました、司令官」カリは答えた。「体重も数ポンド増えましたし、熟したバナナの代わりに青いバナナを食べているせいか、血糖値も良くなってます。あたし、検査結果もちゃんと見てるんです。睡眠中の呼吸も、良くなりました」

「そいつはけっこう。あの教授にはまだまだ元気でいてもらわんとね。次の身代金が送られてくるまで、まだ二週間あるんだ。また当人に家族宛ての懇願の手紙を書かせたほうがいいかもしれん。もし家族が支払いを拒んだら、次の手紙には教授の両耳を同封することになる。その耳はカリ、おまえが切りとるんだ」

　鉛筆の先にひっかけたペーパークリップを、司令官はくるくるとまわした。

「ところでカリ、ホルヘから報告があったんだが、おまえと教授が森の中にいるところを見たと言っている。そのとき教授は、何かカモフラージュのマスクのようなものをかぶっていたそうじゃないか。おまえもそうだったらしいね。ひょっとして、おまえは教授にたぶらかされて、何かの企みに引きずり込まれたんじゃないかと心配になった、とホルヘは言っている。おまえに拳銃を突きつけてここにつれてこようかと、ホルヘは思ったそうだ。どういうことだったんだ、カリ?」

「コマンダンテ、教授は日頃のあなたのご配慮にとても感謝しています。お薬もありがたいと思っているようです。それに——」

「で、その感謝とやらを示すために、森の中でマスクをかぶったというのかい、教授は?」

「あたし、あの先生から蜂蜜の採り方を教えてもらってたんです。あの先生、以前、蜜バチを飼っていたことがあるとかで。あのときかぶってたのは、臨時にこしらえた防護帽だったんです。あの先生は、ダーウィンだけじゃなく、非常の時に生き延びる技術もあたしたちに教えてかまわないだろうと思ってるんです。蜂蜜は栄養補給の面でも、部隊のためになるんですって。特に冷蔵しなくても長時間保存できるし。蜂蜜はほとんど無菌なので、いざという場合傷口に塗ったっていいんだとか。防護帽に使った蚊帳は部隊にもありますし。それから、ハチを巣から追い出すときも、あまり煙を出さない燻し火を使う方法もあると言ってました。それだと、敵の飛行機が偵察にやってきても見つからない、って」

司令官はクリップをくるくるとまわした。三人の女の助手は、突き放すような目でカリを見ていた。

「そいつはなかなか興味深い話だな、カリ。しかし、あの教授に、隊で承認されていないものを着用させるときには、事前にわたしに報告しなきゃいかんじゃないか」

「わかりました、コマンダンテ」

「この前は、授業中の集中力が足りない廉でおまえに罰を与えたが、こんどはおまえに褒美をやろう。何が欲しい？　村の祭りに出かける許可がいいか？」

「だったら、生理のときに、一人だけで入浴させてほしいです、男の兵士たちと一緒じゃなく」

「それはだめだ。隊の理念に反するからな。それは性差別というものだろうが。われわれの戦いにあっては、男も女もない。みんな平等なんだ」

「でも、みんなよりちょっと早く入浴させてもらえたら、と思って。そこにいらっしゃる女性兵士たちみたいに」カリは思い切って言ったのだった。


それから何年もたって、北に向かう長い旅路についたとき、カリはバス停で〃エンガニャール〃のもう一つの実例を目撃することになる。女を食い物にする狼どもが車でまわってきて、食べ物をだしに甘言を弄し、いたいけな少女たちをセックスの餌食にするのをまのあたりにしたのである。狼どもは食べ物やキャンディ、ときには熊の縫いぐるみなどを車の中に用意していた。熊の縫いぐるみなどは、与えるふりをするだけでよかった。車の中で欲望をとげると、狼どもは縫いぐるみをとりあげて、元のバス停で少女たちを放りだしたのだから。ときには少女たちが、スパンコールや花飾りのついた新品のサンダルをもらえることもあったが。

その後、老教授は、家族が身代金を一括して払ったために解放された。解放当日、FARCの幹部たちは教授にひげを剃らせ、誘拐時に着ていて、いまはボロボロになったドレスシャツとサスペンダーを着用させた。カリは教授の顔をじっと見上げて、あたしも一緒につれてってください、と頼んだ。教授は司令官たちにカリの解放を要請したが、拒絶された。では、わたしが後から金を送るからどうだろうか、と教授が重ねて訊くと、考えておく、と言われた。が、結局、金は届かなかった。実は届いたのかもしれないが、ともかく、カリは解放されなかった。

カリが脱走したのは、十五歳のときだった。前歯の一本の角が欠けている、一つ年上の赤毛の少年が一緒だった。二人は、機会があるたびに森で抱き合う仲だった。森のバルサムモミの褥の上で初めて交わったとき、少年は聖なるものを崇めるようにカリを見た。

カリがゲリラ兵士として迎えた最後の日、夜が明けて間もなく、部隊は極右民兵組織側の村落を急襲するよう命じられた。それは、政府側、反政府側、双方が互いに相手側の村落の住民を皆殺しにする蛮行をくり返しているさなかのことだった。

ニュースキャスターたちの中には、古代ローマ軍の刑罰に由来する〝diezmar（村人の皆殺し）〟という言葉を、本来の意味もわからぬまま安易に使う向きもあった。悲劇の多くは、どちらか一方の側がある村落を暴力的に占拠することからはじまった。相手側はすかさず、敵の部隊をかくまったという理由でその村落の住民を皆殺しにする。カリが加わった最後の襲撃も、三週間前、ＦＡＲＣ側の村落の住民を極右の民兵組織が皆殺しにしたことに端を発した復讐が目的だった。極右の民兵組織は、その村落に拠るゲリラ兵はもとより、無関係な住民や子供たち、彼らの飼っていた家畜に至るまで、生あるものを皆殺しにしたのだった。

カリの家族も、カリがＦＡＲＣに入隊して二年後に、同様の襲撃を受けて全員が殺された。その事実を六か月後に初めて知ったとき、カリはショックのあまり二週間というもの口がきけなかった。

その日、ＦＡＲＣの部隊が担った任務は、同じ仕打ちを政府側の村落に加えることだった。極右の民兵たちはむろんのこと、彼らをかくまった村民たちを一人の例外もなく殺し、住居を焼き討ちするのだ。が、村に侵入する際、部隊は近くの森からの銃撃にさらされた。カリは胸を撃たれた仲間の手当てをするために立ち止まって、進撃から取り残された。大きな傷口をポンチョで蔽ってきつく縛り、衛生兵が到着するまでなんとか肺をもたせようと必死に傷口を押さえつづけた。その間、森にひそむ敵兵から二度銃撃され、カリも負傷した仲間のわきにペタッと身を伏せて、仲間の体越しに撃ち返した。その後赤土の道路を離れて、平行して立ち並ぶ木々のあいだを縫って移動した。

目指す村落にたどり着いたとき、部隊の主力はすでに通り抜けた後だった。学校の校舎の壁が吹っ飛ばされており、燃え上がったピアノの弦のあいだを風が通り抜けた。突風は低く高く弦を吹き鳴らし、楽譜が道路の上を舞った。

住居の多くが炎上し、路上に死体が転がっていた。カリを狙い撃つ者はもういなかった。あたしも、無力な住民を銃撃したくはない。そういう破目には陥らないように振舞おうと、カリは決意していた。道路際の家の下で何かが動いた。さっとライフルの銃口を振り向けた。兵士ではない。子供だった。床の梁を支えるコンクリート・ブロックの背後にペタッと身を伏せて隠れている。汚れた顔とぼさぼさの髪が見えるだけで、男の子か女の子かもわからなかった。

カリは子供が目に入らなかったかのように振舞った。人の目が子供のほうに向かないようにしたかったのだ。で、さりげなく立ち止まって腰を折った。靴ひもを結び直すようなふりをしながら、カリは家のほうを見もせずに言った。

「早く、森に逃げるのよ！」

そのとき、戦闘現場には決まってしんがりに乗り込む司令官が、背後のほうから近づこうとしていた。カリは司令官と二人きりになるのがいやだった。そういうとき、司令官は決まってカリのズボンの後ろから手をすべり込ませて、お尻に指を突っ込もうとするのだ。が、それを命令ずくでやらせようとするほどあこぎではなく、あくまでも親愛感を表すジェスチャーのつもりのようだった。

やめてください、とカリは司令官に頼んだ。それは毎日の夕べの祈りに欠かせない願い事の一つになった。神さまにも、あんなことはやめさせてください、とくり返し祈った。が、司令官はやめなかった。

そのときもカリは、司令官に追いつかれないように小走りに歩いた。と、背後で銃声がした。思わず振り返ると、司令官は路上に膝をついて、あの子が隠れている家の床下を目がけて撃っている。「まだ子供よ、子供よ」と叫びながら、カリは駆けもどった。視界の隅はぼやけて、中心が澄み切っていた。ぼうっとした緑の木の葉のトンネルの中を、カリは走っていた。司令官の姿のみが、正面に鮮明に見えていた。

司令官は黄燐手榴弾を家に投げ込み、炎がぱっと燃え広がった。拳銃をかまえて腰を落とした司令官を見て、カリは懸命に走った。司令官は家の床下を狙っている。走るカリの顔から血の気が失せていた。司令官は一発放った。長い指が再び引き金にからみつき、低く腰を落として的を絞っている。カリは路上で立ち止まって、ライフルをかまえた。狙いを司令官の後頭部に絞ると、迷わず引き金を引いた。

気持ちは奇妙に落ち着いていた。家の下から煙が湧きだしている。あの子が家の背後から飛び出して、森の方角に駆けだした。森の寸前まで達したところで立ち止まって、こっちを振り返った。全身、汚れ放題に汚れていた。木立のあいだに、男女の顔が見える。その子のほうに手を振る者がいた。

司令官の体は重いから、炎の中には引きずり込めないだろう。まごまごしていると、いつ部下の兵士たちがやってきて、背後から撃たれた司令官の死体に気づくかもしれない。犯行がわかれば、死刑だ。カリは司令官の死体に駆け寄った。小さな丸眼鏡のレンズの一つは吹っ飛ばされ、もう一つは空を映していた。司令官の所持品だけを見れば、この世のだれよりも好戦的な男だと人は思ったかもしれない。弾薬ポーチの背後には、破砕性手榴弾がとりつけられていた。カリはそれをとりはずした。司令官の手をとって、頭の下にもってくる。手榴弾もそこに突っ込んだ。手榴弾の安全ピンを抜き、レヴァーを飛ばしておいて一目散に走った。道路際の溝に飛び込んで、体を伏せる。軍事訓練で教えられたとおり、口をあけたまま手榴弾が爆発するのを待ち、溝から飛び出した。また一目散に走った。司令官が死んで、夕べの祈りの願い事が一つ減った。

カリは赤毛の恋人と共に脱走した。フエンテ・デ・ベンディシオン村で一年間暮らすあいだ、恋人の少年は製材所で働き、カリは下宿屋の炊事まかないをして稼いだ。二人は結婚を目指した。カリは十六歳だった。

その頃、ＦＡＲＣから脱走して命をまっとうできた者はまずいなかった。その年の暮れ、二人もＦＡＲＣの暗殺チーム（シカリオ）に見つかった。結婚式の当日、少年は、村の教会でジャスミンの花束を抱いて待つカリのもとへ、古い借りものの車で向かった。

その途中、介添人たちもろとも路上で射殺された。

暗殺チームがカリを殺しにきたとき、教会はもぬけの殻だった。カリは村の診療所で、傷ついた腕に包帯をしてもらい、裏口から抜け出た。

暗殺チームが待ち伏せていた葬儀屋に、カリは現れなかった。男たちは棺(ひつぎ)に歩み寄った。路上で射殺した際、カリのフィアンセの顔をめちゃめちゃにする暇がなかったので、そこであらためて数発弾丸を撃ち込み、二目と見られぬ様になった死体を写真に撮って男たちは立ち去った。


一週間後、カリはコロンビアの首都ボゴタのさる豪邸の玄関前に立った。現れた召し使いに、通用口にまわるように言われた。そこで十五分ほど待っていると、サスペンダーでズボンを吊(つ)った老博物学者が戸口に現れた。血まみれの結婚式用の靴をはいたまま、腕に包帯を巻いて、薄汚れた姿で立っていたカリ。一瞬の間をおいて、老教授はカリと気づいた。

「助けて、ほしいんです」

「わかった、いいとも」即座に教授は言って、戸口の上の明かりを消した。「さあ、こっちに入って」

虜囚としてカリの世話になった数年間、教授がカリを抱きしめたことは一度もなかったが、そのとき初めて教授はカリを抱きしめた。カリも教授の体にすがりつき、包帯の血が教授のシャツの背中を赤く染めた。

カリは家政婦に面倒を見てもらい、すぐに全身の垢を洗い流した。夕食をたっぷりと食べ、清潔なベッドで眠りについた。外から覗かれないよう、邸内のブラインドはすべて下ろされた。当時、FARCの脱走者を援助した者には厳罰が下される決まりだった。罰は死刑だった。カリはコロンビアに留まってはいられなかった。

そして、老博物学者はカリをとことん助けてくれたのだった。カリは一週間、教授の屋敷で休養をとった――急ごしらえの必要書類を教授が買い揃えるにはそれだけの時間が必要だったのである。それから教授は、北に向かうバスの旅にカリを送りだしてくれた。南米から中米へ、何日もバスに揺られてカリは北を目指した。コロンビアからコスタリカ、ニカラグア、ホンデュラス、そしてグアテマラへ。車中では両手を交互に使い、歯も使って、包帯を取り替えた。

メキシコ国内もバスで移動するのに十分な資金を教授からもらっていたので、カリは〝野獣(ラ・ベスティア)〟と仇名(あだな)されたメキシコの北行き列車に飛び乗らずにすんだ。その列車ではギャングたちが貨車の屋根のスペースを希望者に売りつけ、そこから転落する者が続出することで有名だった。線路上には切断された手足がいくつも干からびて転がっていたらしい。教授はマイアミ在住のある家族への紹介状もカリに持たせた。ところがその家族は病人がいることもあって、カリを別の家族に紹介した。その家族はカリに、難民は三年間無給で働かなければならないと告げた。が、ラジオ・マンビの放送を聴いていて、それは嘘(うそ)だとわかった。そこからカリの、額に汗する生活がはじまったのだった。

以来カリは、外を出歩くときはすこしでも何か食べる物を携帯するのが習慣になった。食べるのはたいてい夕食時になってからだった。水入りの小さなボトルと、片手で操作できる、法定の長さの折りたたみ式ナイフも常時携帯した。ビーズのチェーンで首にかけているのは、聖ペテロの逆さの十字架だった。聖ペテロは逆さにされてはりつけにされたのだ。十字架の中には、T字形の把手のついた超小型のナイフが仕込んであった。

そしていま、カリは身を寄せている従妹のアパートメントで、赤子の隣りに置いた椅子にすわったまま眠っていた。北の〝自由の大地〟に向かうバスのシートでこっくりしていたように、いまもこっくりしていた。

真夜中に近づいた頃、携帯が鳴った。またアントニオの携帯からだ。赤ちゃんの部屋で闇に輝やく携帯を、カリはじっと見つめた。やっぱり抗えない。電話をボイスメールに切り替えた。ドイツ訛りの声が言った。「やあ、カァリィ。おれと会ってくれよ。悪いようにはしないからさあ」

ああ、いいよ。そっちからあたしに会いにおいでよ、くそったれ。悪いようにはしないから。

赤子をゆっくりと揺すりながら、〝オウムの子守歌〟を低い声で歌った。それはコロンビアの先住民グナ族の一員だった祖母がよく歌っていた子守歌で、お金持ちのパナマ人にもらわれたら、熟したバナナをたらふく食べさせてもらって安楽に暮らせるよ、とオウムに言い聞かせる歌だった。

夜明けに近い頃、浅い眠りの中で、カリは先日見にいった、スネーク・クリーク・カナルの小さい頑丈な家の夢を見た。あの家は、屋根に穴があいていても、悪天候に負けずに建っている。あの家は分厚いコンクリートの土台の上に建っているのだ。土台の下には子供が忍び込んで怪我をするような隙間もないから安心だった。息づまるような一日から解放された眠りの中で、カリはいま、堅固な土台の家と、かたわらではしゃぐだろう幼いわが子の夢を見ながら微笑んでいた。

16

朝の最初の陽光が、ビスケーン湾上の霧を蒸発させる。

キャプテン・マルコのカニ漁船が、巻揚げ機に通した餌かごの綱を流しながら、エスコバル邸の前を北に向かっていた。乗組員たちがせわしげに働くかたわらの海上を、マイアミビーチ警察の快速巡視艇が通過してゆく。巡視艇は漁船が曳く波を蹴り返し、わざと減速して、後ろ足で蹴るように、仕事に精を出す漁師たちに大波を送ってよこした。

マルコ以下四人の乗組員は、大きめのシャツの下に防弾チョッキを着こんで汗を流していた。船はエスコバル邸の前にさしかかった。東を向くと太陽にまともに向き合うことになる。エスコバル邸の二階の暗い窓が、陽光を反射してきらりと光った。

操舵室には一等航海士のエステバンがすわっていた。ライフルの銃口が窓枠にもたせかけてある。エスコバル邸の窓が反射した光は、ライフルのスコープを通してとらえられた。

「二階のあけ放した窓。その奥に、一人います。片手に双眼鏡を持ってますね。そばの椅子にはライフルが」エステバンはキャプテン・マルコに報告した。

大型巻揚げ機で引かれる綱が、水をしたたらせながら次々と餌かごを海底から引き揚げてゆく。ワイヤーと板で作られた餌かごをイグナシオがつかまえて、甲板中央に据えられた大きな受け箱に青いカニを放り出す。空になった餌かごは船尾に積まれて、また餌が仕込まれるのを待つ。ゆったりとした着実な作業のくり返しだった。引き揚げて、獲物をあけ、空になったかごを積み重ねる。

エスコバル邸の船着き場の前を二艇身ほど通過したとき、餌かごをあけたイグナシオの全身が凍りついた。

「くそ！」

キャプテン・マルコが巻揚げ機のクラッチを遮断し、エンジンを切った。

イグナシオはとても餌かごに手を突っ込む気になれなかった。かごをそのまま持ち上げて大きな受け箱に中身をあけると、足をくねらせている生きたカニの群れの中に、ごろんとアントニオの生首が転がった。まだ潜水マスクをつけたままだった。マスクからはみ出た部分は一緒に餌かごに入ったカニに食いちぎられていたが、ガラスに覆われた部分は元の姿を保っていた。くねくねと動くカニの爪のあいだで、両目が空を見上げていた。

エスコバル邸の護岸の上に、マテオが姿を現した。カニ漁船上の男たちに向かって猥らな仕草で拳を振りまわし、両手で自分の股間をつかんでみせる。

「いまなら、やつの麻羅を吹っ飛ばせますが」操舵室からエステバンが叫ぶ。

「いや、いまは止めとけ」キャプテン・マルコは制した。

急遽もどったボートヤードで、ベニートが若い友のむごたらしい顔を見下ろした。

「カリを呼んだらどうだね」

「これを見せるのは酷だろう」キャプテン・マルコが渋る。

「でも、きたがるだろうよ、あのコは」ベニートは言葉を返した。

17

マイアミ・デード警察殺人課のテリー・ロブレス部長刑事（三十六歳、休職中）は、〈パルミラ・ガーデンズ〉の木陰の駐車スペースに車を止めた。エンジンを切ると同時に、携帯に電話が入った。検視局からだった。

「テリー、あたしよ、ホリー・ビンだけど」

「やあ、ホリー」

「実はテリー、けさ、ある浮遊死体から弾丸を摘出したの。その男は二十代で、ヒスパニック系の白人。さっそくＦＢＩのＩＢＩＳ（統合弾道識別システム）で調べてもらったところ、いい結果が出たわ。その弾丸も、あなたの家を銃撃した銃から発射された可能性が高いのよ。ほら、あなたの家の壁から摘出した弾丸があったでしょう？　それと一致する確率が九十パーセント、と出ているの」

「だれなんだ、その死体の主は？」

「まだわからない。殺人課に電話したら、あなたのこの携帯の番号を教えてくれたので。いつ復職できるの、あなたは？」

「これから身体チェックを受けて、パスしないとね。まあ、もうすぐだと思うが」

「奥さんのダニエラの状態は？　訊いちゃ悪かったかしら？」

「これから面会にいくところなんだ。一時間後には、そっちにいくよ」

「その時間、あたしはたぶん授業中だと思うんだけど、かまわないから解剖室に入ってきて。あなたを受講生たちに紹介してもいいわよね？　紹介しなかったら、受講生たちが落胆するだろうし」

「ああ、かまわないよ。いいとも。ありがとう、ホリー」

ロブレスは、妻が可愛がっていたダックスフントのサリーも車に乗せてきていた。膝にのってきたサリーを抱えると、ロブレスは車から降り、こわばった足どりで〈パルミラ・ガーデンズ〉のゲートに向かった。

サウスイースト地区で最良の介護付きホーム、〈パルミラ・ガーデンズ〉は、大木の下に並ぶ一群の古い優雅な建物の一つだった。ゲートは内側からはあけられない。外側の把手でのみあけられるようになっている。

数人の入居者が庭のベンチでくつろいでいた。

生垣の近くの四阿(あずまや)では、高齢の牧師が、この敷地内に暮らすペットの動物たちを相手に説教を垂れていた。四匹の犬、一匹の猫、小さな山羊(やぎ)、放し飼いにされているオウム、それに数匹のニワトリが説教の相手だった。牧師は何度もポケットからご褒美を出して、この会衆たちの興味をつなぎとめていた。聖餐式(せいさんしき)でするように動物たちの舌にご褒美をのせようとするのだが、それを見せたとたん、ぱくっと食べられてしまうことが多い。オウムに対しては、カボチャの種の聖餐を慎重に指でつまんで与えた。会衆の中には一人だけ、人間がまじっていた。初老の男性で、彼にはチョコボールを一つか二つ与えるのが常だった。

牧師はたいていよれよれの革装の聖書を、もう一方の手に持っていた。あの熱狂的な説教で知られるビリー・グラハムを真似(まね)て、その背表紙のところをつかみ、ページを手の両側に垂らして身振り手振りよろしく語りかけるのを好んだ。

ダックスフントのサリーは牧師が隠し持つご褒美のにおいをいち早く嗅ぎつけ、そっちにいきたがってロブレスの腕の中で暴れる。それをあやしあやし、ロブレスは小さな包みと一緒にかかえて建物の中に入った。

〈パルミラ・ガーデンズ〉の理事長は、オフィスで執務中だった。今年四十歳になるジョアンナ・スパークスは、堅実な経営の才でこのホームを着実に運営していた。あのジョアンナを何かで狼狽させることなどまず不可能だろうな、とロブレスは日頃思っている。ロブレスに微笑いかけたジョアンナの膝から、小型犬が飛び降りた。ロブレスがサリーを床に下ろすと、二匹の犬は尻尾を振りながら互いの体のにおいをくんくんと嗅ぎはじめる。

「いらっしゃい、テリー。ダニエラはいま中庭にいるわ。会ったら、こめかみの小さな絆創膏に気づくでしょうけど、弾丸のごく小さな破片が皮膚の下から摘出されたの。鉛ではなくて、弾芯の覆いの一部だから心配しないで。ドクター・フリーマンが診てくださっているから、安心よ」

「ありがとう、ジョアンナ。食事のほうは、問題ないのかな？」

「だいじょうぶ、残さずにみんな食べてらっしゃるから。デザートもね」

ロブレスがオフィスを出ると、ジョアンナ・スパークスは看護師に後を追わせた。

ダニエラは中庭のベンチにすわっていた。葉叢からこぼれた陽光を浴びて、妻の髪がきらめいている。それを見ると、ロブレスの胸は舟の帆のようにふくらんだ。弾んだ息を整えて、胸に独りごちた――さあ、いよいよだ。

ダニエラは、見知らぬ男性と並んですわっていた。シアサッカー地のスーツに蝶ネクタイという、きちんとした身なりの、九十歳は越えていそうな男性だった。ロブレスは抱えていたサリーを地面に下ろした。ダニエラに気づいたサリーは興奮してワンワン吠えながら駆け寄ってゆき、ダニエラの膝に飛び乗ろうとした。するとダニエラは、びっくりした表情を浮かべた。隣りの老人が痩せ細った手をのばして、サリーを払いのけようとする。

「こらこら、だめだよ、やめなさい！」

ロブレスは妻の頭に軽くキスした。髪の生え際に沿って、ピンク色の長い傷跡が走っている。

「あら」

「やあ、元気そうだね」ロブレスは言った。「きょうはおまえの好きなミセス・カティチのくるみ菓子(バクラヴァ)を持ってきたから。それとサリーをね。見ろよ、サリーの喜びよう！」

「ええとこちらは、あたしのボーイフレンド。お名前は……」

「ホレイスです」老紳士は言った。目下(もっか)の自分の立場に戸惑っているように見えたが、反射的に礼儀正しさを発揮してくり返した。「わたし、ホレイスと申します」

「おまえのボーイフレンドだって？」ロブレスは妻に訊いた。

「ええ、そう。あ、ホレイス、いま見えたこの方もね、あたしの素敵なお友だち」

「テリー・ロブレスと申します、ホレイスさん。ダニエラの夫です」

「ロブレスさんですな。お知り合いになれて光栄です、ロブレスさん」

「実は、妻と内密な話がしたいんでね、ホレイスさん。ちょっと外してもらえますか？」

その場の様子を、すこし離れたところから見守っていた看護師が、ホレイスを引き離そうと近寄ってきた。ホレイスはダニエラに促されるまで、その場を立とうとしなかった。

「いいのかね、ダニエラ？」

「大丈夫よ、ホレイス。長くはかからないから」

看護師がホレイスを立ち上がらせ、二人はサンルームのほうに遠ざかっていった。そのサリーはぴょんぴょん飛び跳ねては、ダニエラの膝に前足をかけている。そのサリーを、ダニエラは片手でなんとなく押しのけるような素振りをする。ロブレスはベンチに腰を下ろし、サリーを抱え上げて自分とダニエラのあいだにすわらせた。

「ホレイスって、どういう男なんだい？」

「ホレイスは紳士的なお友だちよ。あなたも、初めてお会いする方じゃないわよね？　友だち同士でしょう、あたしたち」

「そうだよ、ダニエラ。おれたちは友だち同士だ。気分はどうだい？　いま、幸せかい？　よく眠れてるかい？」

「ええ。あたし、とっても幸せ。教えて、あなた、ここのスタッフの方？」

「ちがうよ、ダニエラ。おれはおまえの夫だ。おまえが幸せでよかった。愛しているよ。これはおまえの愛犬のサリーだ。サリーもおまえを愛している」

「あなたは、ミスター……ミスター。ありがとう、あたしのこと、思ってくれて。でも、なんだか……」ダニエラは目をそらして、遠くのほうを見た。

ロブレスは妻の表情を知り尽くしている。いまは自分を避けたがっているのだ。妻のこういう表情は、前にもいろいろな社交の場で見たことがある。そんなときは常に、自分たち夫婦以外の人物を避けたくて、こういう表情を浮かべたものだが。ロブレスの目はうるんでいた。立ちあがって、妻の頬にキスしようと腰をかがめると、妻はさっと顔をそむけてしまう――宴席で、いやな人物からのキスを避けようとするときのように。

「あたし、そろそろ部屋にもどらないと」と、ダニエラは言った。「さようなら、ミスター……」

「ロブレスだよ。テリー・ロブレスだ」

ロブレスは、サリーを抱えてジョアンナ・スパークスのオフィスにもどってきた。

「奥さんの背中に入ったいくつかの破片が、ちょっと悪さをしているのかもしれなくて、いまはシープスキンの上で寝てもらっているんですけどね。血液検査の結果は良好なの。そちらはどうお？　傷の治療とか、可動域のチェックとか、どんな感じ？」

「だいたい順調なんだ。妻と一緒にいたホレイスという人物はどういう――？」

「ああ、ホレイスならまったく無害な男性よ。どこから見ても。毎晩八時半には寝かせているの。ここで暮らして二十年になるかしら。問題を起こしたことは一度もないわ。奥さんがおっしゃったことも、たぶん特別な意味はなくて。まあ、赤ちゃんが口にすることと同じで――」

ロブレスは遮るように片手をあげた。その顔をじっと見て、ジョアンナは言った。

「テリー、奥さんはいま満ち足りた毎日を送っているから安心して。いまの自分の状態を気にしている様子もないし。いちばん苦しんでいるのは、やっぱり、あなただと思う。その後、何かわかったのかしら？　犯人とか――」

ロブレスは一瞬、ジョアンナの声が聞こえなかった。妻がまだ自分を夫と認識していた最後の瞬間が脳裡に甦ったのだ。二人はベッドにいた。ダニエラはロブレスにまたがっていた。窓のカーテンを車のヘッドライトが照射したと見えたとたん、自動小銃の連射が窓ガラスを粉々に砕いた。ベッドサイド・ランプが砕け、弾丸がダニエラの頭部にめりこんだ。ダニエラが前に倒れ込んで自分の頭とぶつかった。

その体を抱きかかえるなりロブレスは床に倒れ込んだ。ひしと抱きしめた妻の血まみれの顔。夢中でナイトスタンドの拳銃をつかんだ。砕け散った窓から、遠ざかる車のテールランプが見えた。自分も被弾していることに気づいたのは、そのときだった。

ジョアンナがじっとこちらを見ている。「ごめんなさい、お気にさわったら——」

「いや」ロブレスは言った。「あの蛆虫野郎——ぼくら夫婦をこんな目にあわせた、あのカス野郎は、あのとき、レイフォード刑務所で六年の刑を終えたところでね。やつを凶悪な武器行使による暴行傷害の廉でそこに送り込んだのは、ぼくだったんだが。暴行歴のある既決重罪犯として刑期を終えて出所したやつは、すぐさま自動小銃を手に入れて、ぼくの家を銃撃したというわけさ。それから三日後にはやつをしょっ引いたんだが。でも、凶器は発見できなくてね。やつはいったいどこでその銃を手に入れたのか？　その銃はいったいどこに消えたのか？　依然、五里霧中なんだ。やつはいま終身刑で服役している。ぼくは草の根を分けても、やつに凶器を与えた人物を捜し出すつもりでいる」

ジョアンナ・スパークスは、ゲートまでロブレスを送ってきてくれた。

あの牧師が、木の下に集まった動物たちと、たった一人まじる人間の信徒を前に説教を垂れていた。

「……人は自らもまた動物であることに気づくでしょう。人間の息子に降りかかることは、動物にも降りかかるのです。人が死ぬごとく動物もまた死ぬ。そう、人も動物も吸う息は一つ。すべては塵(ちり)から生まれ、再び塵にもどるのです」

オレンジ色の夕映えの下、ジョアンナはテリー・ロブレスとサリーを送りだしてゲートを閉めた。サリーは、最後にダニエラに会った場所をロブレスの肩越しに振り返り、ひと声小さく吠(ほ)えてからロブレスと共に車にもどった。

18

マイアミ・デード郡検視局のオフィスの受付けには、解剖室にいかずとも死体を確認できるように、ビデオ・モニターと写真が用意されている。床がふかふかのカーペットで蔽（おお）われているのは、死体を見せられた遺族が失神して昏倒（こんとう）したときに備えるためだ。

両開きの扉の背後にあるラボは万全の状態に保たれている。ドアは密閉されるし、臭気は電子空気汚染物質除去装置で浄化される。保冷室は最大の旅客機の乗客と乗務員を一度に収容できるほどの広さがある。検視台は写真の効果を高めるため、〝コダック・グレイ〟に塗装されていた。

ドクター・ホリー・ビンはいま、アメリカ全土とカナダから集まった未来の検視官たちの小人数のクラスで教えているところだった。生徒たちは、潜水用の足ひれをつけた、首のない男性の死体をとり囲んでいた。死体は解剖される姿勢で横たわっており、摂氏一・一一度に冷却されている。

ドクター・ビンは黒衣の上に解剖用のエプロンを着用し、ズボンの裾（すそ）は紐（ひも）つきの空挺靴（ジャンプブーツ）にたくしこまれている。三十代のアジア系アメリカ人だ。顔立ちは魅力的だが、やや短気な面がある。

「じゃあ、はじめましょうか。これは二十代、引き締まった体格の、ラテン系白人男性よ。昨日の午後、ホーローバー・ビーチ沖に浮かぶトップレス・チーズバーガー・ボートのそばの海上で発見されたの。黄色い悲鳴に気づいた巡視艇が確保したんです。まだかなり新しい死体なんだけど、ごらんのように残忍な仕打ちを受けています。胴体右側の下方四半部の位置に盲腸手術の跡。左の前腕にアメリカ海兵隊の、地球と錨（いかり）の紋章と〝常に忠誠心を（センパー・ファーイ）〟のモットーの入れ墨。死亡時期は最近、たぶん二日前でしょう。でも、カニやエビにだいぶかじられてるわ。では、死亡時刻を確定するために知るべきことは？」答えを待たずにドクター・ビンはつづけた。

「ホーローバーの水温でしょう？　摂氏二十八・九度でした。水中の寒暖の度合については、後ほど触れることにしましょう。ごらんのように、手の指も欠けています。正常な体のときの身長は、五フィート十インチぐらいだったでしょうね」

「首はどんな道具で切り落とされたんですかね、ドクター・ビン?」その問いを発したのは、死体の首の付け根のあたりに立っている若々しい顔立ちの青年だった。

「死体の第三頸椎（けいつい）の中央部が、鋸（のこぎり）の歯で切断されている個所が見える?」ドクター・ビンは言った。「鋸の歯は一インチにつき六つ並んでいて、その間隔は〝ソーゾール電気鋸〟にぴったりなのね。最近では珍しくないわ、〝ソーゾール〟は。近年、アメリカでは、人体を切断する際〝ソーゾール〟の人気が高くて、使用頻度は山刀（マチェーテ）には劣るものの、チェーンソーよりは上なの。本件の場合、この男性はテーブルかカウンター、もしくはピックアップ・トラックの荷台に横たえられて、頭を前に垂らした状態にさせられたんでしょうね。でも、首と手の指を切断されたときは、すでに死亡していたはずよ。どうしてそうとわかるか?——ラボの検査結果を見てごらんなさい。切断された箇所におけるセロトニンとヒスタミンのレヴェルが上昇していないわよね。体内にガスがたまって短時間に浮上するのを避けようと、犯人が腹部にあけた孔（あな）にしてもそう。手指の切断のされ方の違いはわかった?　一本は〝ソーゾール〟で切断され、残りの指はぜんぶ旧来の枝落とし用鋸で切られてるわ。太ももには貫通銃創があるわね。それから腰部に埋没していた弾丸を一個、あたしが摘出しました。では、死因は何か？　首の切断ではありません。そうではなく、胸部の貫通銃創です。弾丸は左の肩甲から没入して心臓を貫き、左の乳首のすぐ隣りから飛び出しています」ドクター・ビンは、胸部の楕円形の射出口と、そのそばにあいた二つの小さな孔の近辺を指で触れた。青い孔のそばを押す、手袋につつまれた指。その爪が手袋を透かして赤く見えた。

「この二つの小さな孔は、どうしてできたんだと思う？　だれか、わかる人？」

「それ、何かの斑点じゃないですか？」一人の生徒が言った。

「ちがうわね。これは射出口だと言ったでしょう。ロブレス刑事、あなただったら、この孔と二つの小さな孔をどう説明します？」

「弓矢の矢かな。たぶん、クロスボウ。魚をとらえる矢」

「どうして？」

「つまり、一本の矢が体を背後から貫通する。矢についているロープを射手が後方に引っ張ると、体の前部に突き出た鏃がすこしねじれて、逆鉤が、後ろに引っ張られた分、胸にめりこんでしまった。そのときにできた孔じゃないかな。きっと、貫通後に拡がるタイプの、三角の鏃だったんだよ。ダイビング・ショップなんかをあたってみるといいね」

「ありがとう。みなさん、マイアミ・デード警察殺人課のテリー・ロブレス刑事をご紹介するわ。刑事はこれまでにも、こういう死体をはじめ、ありとあらゆる犯罪の手口を見てきているんです」

「で、そのクロスボウの矢は確保されたんですか？」検視台の端に立っている青年が訊いた。

「いいえ」ホリー・ビンは答えた。「とすると、犯行後に何が起きたと推測できるかしら？」

答える者がいないと見ると、ドクター・ビンはロブレスのほうをかえりみた。

「犯人はじっくりと時間をかけて、矢を引き抜いたんだろう」ロブレスは言った。

「そうね、犯人にはたぶん、人に知られずに矢を引き抜く時間がたっぷりとあったのよ。射入口の形が崩れていないから、むりやり矢を背後に引っこ抜いたわけじゃないと思う。たぶん、鏃は矢柄の先端にねじ込む式になっていた。だから、貫通した体の前部で鏃をまず外した後、矢柄の本体をすっと背中の側に引き抜いたのよ。そういう作業を隠密におこなう場所があったんでしょうね」

ここで休憩ということにして、ドクター・ビンは生徒たちをラウンジに送りだした。その場には、ロブレスとドクター・ビンが残った。

「DNAはクアンティコのFBI本部に送ったんだけど、結果が出るまで数日かかるみたい」ホリー・ビンは言った。「証拠採取キットで調べると、一か月待たされるのもザラですもの。問題の弾丸は、九十パーセント、あなたの家を銃撃した銃から発射されたと見ていいと思う。223口径、右回転の線条痕、弾頭重量六十六グレン、たぶん、非軍事用のAR－15自動小銃ね。弾丸はきれいなボートテイル形で、おそらく音速以下で飛ぶ亜音速弾だと思う」

「足ひれ、つけたままにしておいたんだね」

「ええ。でもね、授業がはじまる前に、足ひれの下の部分は調べておいたわ」

ホリーは片方の足ひれを取りはずした。踵には、〝GSO＋〟の入れ墨。

「GSは〝グループポ・サンギネオ〟の略だろう。血液型だな。Oプラス型なんだ」

ホリーはもう片方の足ひれもはずした。「知れ渡る前に、あなたがこれを見たがるだろうと思って」

そっちの踵には、〝釣り針から吊り下がった鐘〟の入れ墨がしてあった。

「ねえ、テリー、どうして踵になんか入れ墨をするの？　人目につかないようじゃ、刑務所に入っても身を守る盾にはならないじゃない。首の入れ墨なんかとちがって」

「あれはね、高利貸しから保釈金をせしめるのに役立つのさ。辣腕の弁護士を雇うのにも役立つだろうな。刑務所を稼ぎ場にしている弁護士もいるからね。あれは、当人が〝十の鐘グループ〟の一員であることを示す入れ墨なんだから。金ならいくらでも出せるぜ、という意思表示さ。とにかく、いろいろとありがとう、ホリー」

19

マイアミ・リヴァー沿いのボートヤードに、夜のとばりが降りる。傾いたパームツリーの葉が、風に吹かれてざわついた。前後をテリアのようなタグボートに挟まれた小型貨物船が、ゆるやかに回頭しようとしている。

キャプテン・マルコと二人の部下、それにベニート老人が、扉があいたままの焼却炉の前に集まっていた。炉の中では炎が勢いよく燃えさかっている。暗いボートヤードの周囲で、炉の火明かりと影が踊っていた。

薄汚れたランニング姿の二等航海士イグナシオに、キャプテン・マルコが注意した。

「今夜くらい、ちゃんとシャツを着ろよ、イグナシオ」

イグナシオは頭からポロシャツをかぶって、ランニングの上に着こんだ。そのとき、上腕二頭筋の内側に、〝釣り針から吊り下がった鐘〟の入れ墨が見えた。イグナシオは首から下げた聖ディスマスのメダルにキスした。

焼却炉の中では、大きな歯をむきだした魚の頭に挟まれて、燃えるアントニオの首が男たちのほうを向いている。まだ潜水マスクをかぶったままだった。マスクの中で、溶けかかったゴムがガラスにまとわりついている。二つの目がぎろっと正面を向いていた。黒いゴシック調の十字架のイアリングは、耳たぶから引きちぎられてなくなっていた。

暗がりから音もなくカリ・モーラが現れて、ベニートのわきに立った。オレンジ・ジャスミンの小枝を持っていた。男たちと共に、焼却炉の中を瞬きもせずに凝視していたかと思うと、ジャスミンの小枝を炉に突っ込んで、変わり果てたアントニオの顔の一部を隠した。

ベニートが燃焼促進剤を炎にかける。火花と炎が威勢よく煙突から噴き出した。居並ぶ顔はみな炎で赤く染まっていた。

キャプテン・マルコが、目をうるませながらも落ち着いた声で祈りを唱えた。

「栄えある聖ディスマス、悔悟せる盗人たちの守護者よ、あなたは地獄の業火の中をキリストと共に歩んだ。いまはわれらが兄弟を無事天国に送り届けたまえ」

ベニートが焼却炉の扉を閉めた。火明かりが消えると、周囲は一段と暗くなる。カリは踏み荒らされたボートヤードの地面を見下ろした。それはアメリカ合衆国に渡ってくる前、別の大陸で見慣れたのと変わらぬ、踏み荒らされた大地だった。

「いま、何か必要なものはあるかい？」マルコがカリに訊いた。

「40口径のスミス・アンド・ウェッソンに使う弾丸がほしいんだけど」

「その銃は、適当に処理したほうがいいな。どこかに捨てちまえよ」

「いや」

「じゃあ、おれが持っている銃と交換してやろう」マルコは言った。「ベニート、あんたの甥に頼んで、とりあえずカリの銃の銃身と尾栓前部に手を加えてもらえるかな？」

「どうせなら、エキストラクターと撃針もいじっておいたほうがいいよ」ベニートは手を差し出してくる。

「あとできみに返すから、カリ」マルコは言った。「なあ、カリ、きみもおれたちと手を組まないか。おれがこっちの組のヘフェなんだが」

ヘフェ。頭（かしら）という意味だ。アントニオもそうだった。船着き場の下で、あたしが掩護（えんご）してやるべきだったのに。

マルコがまだ話しかけている。「銃身にきみの指紋がついたかな――あれから、弾倉（クリップ）に弾丸をこめ直したかい？」

「いいえ」

「空薬莢（からやっきょう）は現場に残してきただろう？」

「ええ」拳銃をベニートに手渡した。

「ありがとう、カリ」マルコはボートヤードのオフィスから自分のシグ・ザウエルと弾薬箱を持ってきた。口径・357。これならいい。

マルコはカリの耳元に口を寄せた。

「どうだい、おれたちと組まないか、カリ？」

カリは首を横に振った。「あなたたちと会うのも、あたし、これっきりにしたいので」

暗闇の中で、警報の口笛が吹かれた。キャプテン・マルコと配下たちは顔を引きしめた。

車から降り立ったのは、テリー・ロブレス刑事だった。ボートヤードの上空で、焼却炉から舞いあがる火花が散っている。中に入ると、ロブレスはうずたかく積まれたカニ漁の餌かごのあいだを進んでいった。風にのって甲高い警笛の音が流れ、レーザー照射のビームが自分のシャツの胸を赤く照らした。ロブレスは立ち止まった。IDウォレットをかかげ、二つに開いて警察のバッジを示す。

闇の中から声があがった。「止まれ(アルト)！」

「マイアミ警察のテリー・ロブレスだ。レーザー照射を止めろ。すぐに」

キャプテン・マルコが片手をあげると、レーザーの赤い点がロブレスの胸を離れ、ロブレスのかかげるバッジの上で赤く瞬(またた)いた。

二列に並ぶ餌かごに挟まれた通路で、キャプテン・マルコがロブレスと向き合った。

「傷病休暇で休職中は、バッジを返さなくていいのかい？」

「いいんだ」ロブレスは答えた。「バッジはどこにでもついてまわるんだよ、〝十の鐘〟の入れ墨みたいにな」

「実をいうと、おれはおたくに会えて嬉しいんだよ」マルコは言った。「いや、〝嬉しい〟は言いすぎだ。英語がなってないのは勘弁してくれ。おたくに会うのも〝悪くない〟、ぐらいがいいな。まだ、いまのところはね。何か飲むかい？」

「ああ」

素通しの小屋の中で、キャプテン・マルコはラムをツー・ショット、グラスについだ。二人ともライムの汁は垂らさなかった。

ロブレスの目にはキャプテン・マルコの姿しか映らなかったが、他にも男たちが数人、暗闇にひそんでいるのが直感でわかる。肩甲骨のあいだが、すこしむず痒かった。

「おれはいま、〝十の鐘〟の入れ墨のある死体を一体、押さえている。あんたはたぶん、そいつの正体を知ってるよな」ロブレスは言った。

キャプテン・マルコは両手を広げてみせた。またも前後をタグボートに挟まれた貨物船が川を通りすぎてゆく。その騒々しいエンジン音にかき消されまいと、二人は声を張りあげてしゃべった。

「二十代のラテン系の若者でね」ロブレスは言った。「いい体格をしている。潜水用の足ひれをつけてるんだよ。ただし、首と両手の指が欠けている。踵に入れ墨。血液型（グルーポ・サンギネオ）Oプラス、とも書かれていた」

「死因は、その男の？」

「弓矢の矢、ないしクロスボウによる心臓の貫通。気になるなら言っておくが、おそらく即死だっただろう。拷問（ごうもん）で死んだわけじゃない。指を切り落とされたのは死後だと思う」

　マルコの表情から、ロブレスは何も読みとれなかった。

「で、その男の体に撃ち込まれた弾丸が、おれの家の壁にめりこんでいた弾丸とマッチするのさ」

「なあるほど、そういうことか」

「そういうことだ」

　一匹の蛾（が）が裸電球の周囲を飛びまわっている。その影が二人の男の面上をよぎった。

「これだけは知ってもらいたい」マルコは言った。「お袋の魂に誓って言うけれども、おたくの家を銃撃した男の正体については、おれたちは何も知らない。おれはおたくの家を銃撃しようなんて気はさらさらないしね、そっちだっておれの家を銃撃しようなんて気はないだろうし。おたくのセニョーラの身に起きたことについちゃ、だれもが同情しているよ」

「他人の家に弾丸を撃ち込もうってやつは、いくらでもいるさ。足ひれをつけた若者を撃ちたがるやつもな。あんたのとこの若いので、最近、姿を消したやつはいないか？」

アントニオの脳髄が煮立っている焼却炉で、どすんという音。煙突から火花が渦巻いて空に駆け上がった。

「おれの船の乗組員で、いなくなったやつはいないね」キャプテン・マルコは言った。

「おれが知りたいのは、あの若者を撃った犯人、その際に使われた銃、それと、その銃の出所だ。いまのところ、あんたとおれの関係に問題はない。だが、もしあんたがおれに何か隠していると知れたら、その関係も変わってくるぞ」

「おれがもう長い間まっとうな稼ぎをしていることは、おたくも承知しているはずだ。実は一か月前、カルタヘナで、ある聖餐式が行われたんだが、その家族的な集まりで、一人の重要人物と会ったんだよ」

「ドン・エルネストか」

「まあ、重要人物ということにしておこう」

「その男が、銃の出所を知っているとでも？」

「さあ。でも、その人物が、おたくとサシで会って話したいことがあると言ってる。もしその人物がマイアミにやってきたら、一対一で会う気はあるかい？」

「サシで会って、か。いいだろう、場所と時間はそっちに任せる」

ロブレスは酒の礼のしるしにこくりとうなずき、うずたかく積まれた餌かごと木箱に挟まれた暗い通路を遠ざかっていった。その背後の地面を、レーザー照射の赤い点が追う。

「日どりは来週の火曜日頃になるか」マルコは独りごちた。

焼却炉がぷっと息を吐く。アントニオの頭が炎上し、火花がちりばめられた煙の輪が、聖人の後光のように煙突から天を目指した。

マルコは考えていた――アントニオの素性がすぐには割れないといいが。

もし割れたら、アントニオがプール修理を請け負った邸宅の線を、警察が洗いはじめるのは必至だからだ。

20

アントニオが――所有するトラックの所在不明のまま――欠勤しはじめてから三日目、プール補修会社は社員の一人が行方不明になったと警察に通報した。捜索指令が出されてわずか二時間後、小さなモールの駐車場でトラックが発見された。

喉に氷のパックをあてながら、テレビに映る検視局のビデオを見ていたアントニオの同僚が、特徴的な入れ墨に気づいて警察に知らせた。

アントニオの身元が割れたことは、ハンス・ペーター・シュナイダーもテレビのニュースで知り、時間が切迫していることを覚った。いまごろ警察は躍起になって、アントニオの顧客リストを洗っているだろう。

それ以降、マスコミの伝えるニュースに注意を払いながら、ハンス・ペーターは二日間待った。そのあいだに、失った手下の穴埋めをした。フェリックスを勘定に入れずに、二名の手下がすでに失われていたのである。残るはマテオ一人しかいない。

ハンス・ペーター・シュナイダーは、人種と言葉の混ざり合った面々を手下にすることを好んだ。そのほうが寝首を掻かれる心配がないと見ていたからだ。

インターステート九五号線沿いの、大人の玩具屋を兼ねた売春宿で、ハンス・ペーター・シュナイダーはフィン・カーターを呼び出した。フィン・カーターは道具の扱いに慣れた泥棒で、以前も使ったことのある男だ。ハンス・ペーターを見ると、すこしビクつきはしたが、レイフォード連邦刑務所で五年の刑を終えたばかりのカーターに、仕事を選ぶ余裕はなかった。釣りあげたもう一人は、イモカリーの自動車修理工、フラッコ・ヌニエスだった。この男は盗難車の部品売買も行っていて、DVの前科二犯でもあった。過去に、ハンス・ペーター経営のバーが保健局の命令で閉店に追い込まれるまで、その店の用心棒をつとめていた前歴もあった。

二日たっても警察の捜査の手はエスコバル邸に及ばず、まずは安全と見てハンス・ペーターは仕事を再開した。

カーターとフラッコが大車輪で地下室の壁の破壊にとりかかった。

ハンス・ペーター・シュナイダーは、地下室に通じる階段の上から作業に目を光らせた。アントニオの死体から奪った黒いゴシック調の十字架のイアリングをつけていたが、こいつはおれに似合う、と決めこんでいた。

地下で爆発の可能性があることは、新しい手下たちには黙っていた。そもそも、ヘスの言ってることが全部正しいとは限らないじゃないか？

マイアミ・ビーチは地下水の水位がかなり高いため、地下室を設けることは、ふつう不可能だった。本格的な地下室を作ると、水びたしになってしまうか、母屋(おもや)そのものが水に浮いてしまう。エスコバル邸の場合、ハリケーン襲来時の潮位の高まりに備えて、パティオ同様、母屋も杭(くい)にのせる形でかさ上げされており、全体が盛土で囲まれている。したがって地下室も、土中にあるとはいえ、最大級の大潮でもこない限り水浸しにはならない高さを保っていた。

カーターとフラッコが地下のコンクリートの壁を広範囲に掘り崩した結果、いまでは奥に鎮座する鋼鉄の大金庫の正面がはっきり見えた。そこには扉があり、それを含めた全面に、キューバ並びに漁師たちの守護聖人である〝コブレの慈悲の(ヌエストラ・セニョーラ・デ・カリダ・)

聖母像〟が生き生きと描かれていた。扉にはダイアルや鍵穴はなく、小さな十文字形の把手がついていたが、それはどう動かしても回らない。

カーターの使う大型電気ドリルにはコバルト八%の錐が嵌め込まれており、穿孔刃の先端は黒色酸化鉄でコーティングされていた。二百二十ボルトの電圧は、キッチンのレンジの背後から階段伝いにコードを這わせることで確保していた。

聖母像の胸にドリルの先端を当てる前、カーターは胸に十字を切ってから作動させた。が、派手な騒音の割りには、ごく薄く鋼鉄が剝がれたにすぎない。

それを見て、ハンス・ペーターは考えに沈んだ。ドリルの音に顔をしかめながら、睫毛のない目蓋を半ば閉じる。ヘスス・ビジャレアルの声が脳裡に甦った。〝いいかい、あの聖母はな、えらく短気なんだぜ〟

くそ。大声でカーターに呼びかけて、作業をいったん中止させた。庭に出ていって、電話をかけると、三分待たされて、ようやく相手が出た。人工呼吸器のスースーという音に混じって、コロンビアのバランキージャからヘスス・ビジャレアルのかすれ声が伝わってきた。

「やあ、ヘスス。送った金がもう着いた頃じゃないのかい」シュナイダーは言った。

「セニョール・シュナイダー、もらって当然の残りの金を早く送ってもらわねえとな」

「金庫の扉が見えてきたんだよ」

「おれが教えたおかげでな」

「ダイアルがなくて、ちっちゃな把手がついてるだけなんだ。あれをあけちゃっていいのかな?」

ぐっと息を呑むの気配につづいて、またかすれ声が、「あれはロックされてるぜ」

「こじあけていいのかい?」

「もちっとこの世にいたかったら、やめたがいい」

「じゃあ、教えてくれよ、おれの良き古き友、ヘスス」

「金さえ届きゃ、おれの錆びさついた記憶も、ちっとは息を吹き返すと思うぜ」

「なあ、ヘスス、危険は至るところにあって、時間は短いんだ」シュナイダーは言った。「あんたも家族の幸せを願ってるよな。おれも手下を守りたい。だれかを脅したら、脅したほうにも跳ねっ返るんだぜ——この理屈がわかる程度には、あんたの頭も確かだろ?」

「もらった金はちゃんと数えられるくらい、頭は確かよ。難しいことは言っちゃいない。約束の金をさっさと払いな」そこで数呼吸ほど黙り込んで、酸素を吸う。「もっと金払いのいいやつは、いくらでもいるんだぜ。ま、それはそれとして、おれがあんただったら、〝コブレの聖母〟にはへたに手出しをしねえな」電話は切れた。

シュナイダーはキッチンのレンジの裏に手をのばして、大型ドリルにつながるコードを引き抜いた。階段を降りて、二人の手下に声をかけた。「もうすこし時間をかけるか、この際あれを丸ごと運びだしちまうか、二つに一つだな。うん、どこかじっくりと取り組めるところに、運びだそうや。あんなにでかい鋼鉄の塊だからさ、カーター。人目に立たない場所で、やらないと」

正午のテレビ・ニュースはアントニオの素性をくり返し伝え、情報受付窓口の番号を紹介した。

シュナイダーは、フォート・ローダーデールのクライド・ホッパーに電話を入れた。ホッパーの本業は海上建設だが、マイアミの不動産開発業者の依頼で歴史的建造物の解体も請け負って、ボロ儲(もう)けしている。

マイアミとマイアミ・ビーチにおける歴史的建造物の解体許可を得るのは、並大抵のことではない。敷地内のオークの古木を切り倒して歴史的家屋の解体許可を得るのに、数週間、数か月待たされることも珍しくはない。

ホッパーの所有する日立製双腕解体機にかかれば、建造物監視官が日曜日に自宅で家族と寛（くつろ）いでいるあいだに、わずか数時間で一軒の家屋を瓦礫（がれき）の山にしてしまえる。

この建機の運転席のそばには、小鳥の巣やひな鳥、樹木と共に転落するあらゆる動物の巣を収容するためのごみ袋も備わっている。

不正解体が明らかになると、市の歴史協会が悲嘆にくれ、実行した建設業者には十二万五千ドル程度の罰金が科される——だが、屋根にとまるハゲタカもどきの銀行を意識しながら認可を待つ経費に比べれば、それくらいの出費は物の数ではない。

ハンス・ペーターが何より期待をかけているのは、ホッパーが所有する、小型船搭載の五十トン・ウィンチとクレーンだった。ハンス・ペーターはある額をホッパーに提示し、再度額を提示し直した結果、相手はペーターと会うことに合意した。

「いいか、こんどの日曜日、昼間のうちに運び出すことにしたからな」シュナイダーは、汗だくのランニング姿で地下で待機している手下たちに伝えた。

21

バランキージャ
コロンビア

一台のタクシーが〈慈愛の天使病院〉前の、所狭しと車の並んだ縁石のほうにゆっくりと鼻先を進めてゆく。手押し車を押していた売り子が、駐車スペースを取り合ってタクシーの運転手に突っかかった。が、タクシーの後部シートにすわっているのが尼僧とわかると、胸に十字を切ってすぐに引き下がった。

消毒液のにおいの漂う病院一階の病棟では、一人の司祭が瘦(や)せ細った患者の周囲をカーテンで半ば囲み、〝病者の塗油〟の秘跡を行おうとしていた。蠅(はえ)が一匹、縁の欠けた琺瑯引き(ほうろうび)の洗面器から舞い上がって、聖油にとまろうとする。折りから通りかかった尼僧の看護師を見て、司祭は蠅を追い払ってもらおうと声をかけた。が、尼僧は聞こえなかったのか、まっすぐ前を向いて進んでゆく。通りかかる子供たちには小さなキャンディを与えていたが、手にした籠(かご)に山盛りの果物は与えようとしなかった。

尼僧は病棟の端の個室に果物の籠を持ち込んだ。

ベッドにはヘスス・ビジャレアルが横たわっていた。訪れたのが女と見ると、ヘススも嬉しいらしく、酸素マスクをわきにどけて笑顔を見せた。「すまんね、シスター(グラシアス)」か細い声でヘススは言った。「果物籠にカードはついてなかったかい？　DHL（国際宅配会社）の封筒とか？」

尼僧はにこやかに微笑(ほほえ)んで、僧衣の折りひだの下から封筒をとりだし、ヘススの手に押しつけた。天を指さしてからベッドに歩み寄ると、尼僧は散らかっていたベッドサイド・テーブルの上を片づけ、ヘススが手をのばせる位置に果物籠を置いた。ヘススの鼻先を、香水とタバコのにおいがかすめた。ほう、尼僧もこっそりとタバコを吸うのかと思って、ヘススはにやついた。ヘススの手を撫(な)でた尼僧は、頭(こうべ)を垂れて祈りをささげる。ヘススは、枕にピンで留めた聖ディスマスのメダルにキスした。「神のお恵みを」尼僧から手渡された封筒の中には、二千ドル分の郵便為替が入っていた。

その頃、病院の前にはドン・エルネストの黒いレンジローヴァーが到着していた。ボディガードのイシドロ・ゴメスが助手席から降り、ドン・エルネストのために後部座席のドアをあける。

尼僧を運んできて背後に駐まっていたタクシーの運転手は、タブロイド紙『ラ・リベルタ』をひらいて自分の顔にかぶせた。

病棟の中では患者たちがいち早くドン・エルネストに気づいて、声高に名前を叫ぶ。それを聞き流しながら、エルネストはゴメスを引きつれて個室に向かった。

ちょうど個室から出てきた尼僧が、子供たちにキャンディを配りながら進んでくる。頭巾の下からそっとドン・エルネストの顔をうかがうと、尼僧は笑いを押し隠すようにうつむいて通りすぎた。

ドン・エルネストは、ヘススの個室のひらきっ放しのドアをノックした。

「こりゃまた、ようこそ」酸素マスクを通してささやいてから、ヘススはマスクをわきにのけた。「武器(ハジキ)を持ってるかどうか、体をさぐられずにお会いできて、光栄だよ」

「これから、あんたがさぞかし喜ぶことを伝えようと思ってな」ドン・エルネストは答えた。「聞きたいかい？」

どうぞ、と言うように、ヘススは萎(しな)びた手を振った。「早く知りたくて、死にそうなくらいさ。あの件だといいがね」

ドン・エルネストは、ポケットから一葉の写真と書類をとりだした。「あんたの奥さんと息子さんにな、この写真の屋敷を贈らせてもらおうかと。奥さんと奥さんの妹さんには、もううちのルピタからこの写真をご覧に入れてある。別にけなすわけじゃないが、あんたの義理の妹さんはめっぽう辛辣(しんらつ)で口うるさい人だな、ヘスス」

「そりゃもう並大抵じゃねえ。あの女、おれの値打ちを見そこなっていて」

「それでも、義理の妹さんはこの屋敷を気に入った様子でね。あんたの奥さんとなると、もうぞっこんこの屋敷に惚(ほ)れ込んでいるのさ。しんきくさい妹さんの家よりずっと素晴らしいと思ったようだ。それで奥さんは、すでに不動産譲渡書を判事のところに提出ずみなんだよ。その譲渡書を承認する書付も判事からもらっている。おれはな、この屋敷に加えて、あんたには相当額の金を贈ろうとも思っている。あんたの奥さんと息子さんが、この先永久にこの屋敷を維持できるだけの金額をな。その金ももう、第三者預託にしてあるんだ。これが銀行の受領書だ。これらすべての見返りに、どうだい、何もかも教えてくれんかな。あんたがパブロの命令で何をマイアミに運んだのか。それをどうすれば確実に手に入れられるのか」

「なかなか込み入っててね、そいつが」

「そうもったいぶらんでくれよ、ヘスス。シュナイダーはすでに金庫を発見している。だから、その場所については、あんたはもうおれに売り込むことはできん。おれも、それはとっくに確認ずみだから。そこまではあんた、シュナイダーに売りつけたんだろうが」

「いま言えるのは、ちっとでも金庫のあけ方を間違うと、その結果は数マイル四方に轟きわたるってことで。おれとしては、たしかな保証を――」

「あんた、弁護士は信じるほうか？」

「おれの弁護士を？　とんでもねえ。何てことを訊くんだい！」

「だが、あんたには自分の女房を信じるだけの度量はあるはずだ」

ドン・エルネストは背後のドアを軽く叩いた。すると、ヘススの妻と十代の息子が部屋に入ってきた。険しい顔つきのヘススの義妹もシラサギのようにひっそりとつづき、蔑むような目つきで二人の男を見やって個室内を見まわす。果物籠にも目を留めたが、それは蠟作りのまがい物と見なしたようだった。

「じゃあひとつ、家族会議をして、じっくり話し合ってくれ」

ドン・エルネストはゴメスと共に外に出、運転手も交えて病院の前の階段で待機した。そこでシガリロをほとんど一本吸い終えたとき、ヘススの女房と息子と女房の妹が病院から出てきた。ドン・エルネストは帽子をかたむけて、女たちを迎えた。息子とは握手を交わした。ゴメスが手を貸して、一家を車に乗せる。

縁石沿いには、エンジンをアイドリングさせたままのタクシーも駐まっていた。運転手は新聞で顔を隠している。ゴメスが不審に思って歩み寄り、人差し指で新聞をよけて、運転手の顔を見た。後部シートを見ると、尼僧がすわっている。ゴメスは帽子をかたむけて、敬意を表した。運転手が聴いているのは、モンチー&アレクサンドラの哀調を帯びたバチャータの歌だった。運転手の鼻先を、ゴメスの体が放つにおいがかすめる。高級なコロンと、銃器に用いるトリフロー潤滑油の混ざったにおいだった。運転手は微動だにせずにゴメスが遠ざかるのを待った。

ドン・エルネストは、またゴメスを連れて病院に入ってゆく。

タクシーの中では、尼僧がタバコに火をつけて、携帯をとりだしていた。「セニョール・シュナイダーにつないで。ね、早く!」

五秒ほど待たされてつながったものの、接続はあまりよくなかった。「もしもし」尼僧は言った。「あたしたちの友だち、病院にもどったからね。いまごろは、あの大口叩きと話してると思うよ」

「恩に着るぜ、パロマ」ハンス・ペーター・シュナイダーは言った。「ところで、残念ながら、カーラはあまりいい金にならなかったよ。いやいや、渡した金はとっといてくれ。また、いいのを送ってくれよ。こんどはロシア女がいいね」

病棟に入って、ドン・エルネストがヘススの部屋に向かおうとすると、松葉杖をついた患者に袖をつかまれた。ゴメスが無理やり引き離そうとするのをドン・エルネストが制した。「まあ、いい」

患者は涙ながらに自分の窮状をくどくどと訴える。背中の痛む箇所までドン・エルネストに見せようとする。

「すこし金を渡してやれ」ドンはゴメスに命じた。

「あなたに神のお恵みを(ディオス・セ・ロ・パゲ)」患者は喜びのあまり、ドン・エルネストの手にキスしようと離さない。

すこし離れた個室では、ヘススが、あまり気乗りのしない顔で果物籠を見ていた。籠はベッドサイド・テーブルのほとんどを占めている。と、籠の中で音楽が鳴った。メキシコの軍楽隊吹奏曲〝エル・デグエージョ(みなごろし)〟だった。なんだ、あの音は。籠の中を調べようとするのだが、体にとり付けられたチューブが邪魔をして、ままならない。いくつかの果物が床に転がり落ちた。やっとのことで籠の中をまさぐると、底のほうに携帯が忍ばせてあった。

とりあげると、

「もしもし(ディガメ)」

ハンス・ペーター・シュナイダーの声が言った。「いま、客がきてたんじゃないかい、ヘスス。何か教えたか？　おれの金と引き換えにおれに教えたことを、そいつにも教えたのかい？」

「何も教えたりするもんか。それより、早く残りの金を送りな。あんなはした金じゃなしによ、セニョール・ハンス・ペドロ。いいかい、おれが肝心のことを教えりゃ、あんたも、手下も、命が助かるんだぜ」

「おれの名前はハンス・ペーターだ、ハンス・ペドロじゃない。おまえさんにとっては、〝シュナイダーさま〟だろう。おまえさんの大切なパトロンだ。大切な猊下（ス・エミネンシア）だろうがさ。おれはちゃんと金を払ったぞ。さあ、金庫のあけ方を教えなよ」

「あれをあけるには、手元に図解がねえとな、お偉い猊下さま（エミネンシア・レベレンディシマ）。その図解、おれはもう書きあげて、ここにあるんだ。さあ、早いとこ、残りの金に料金支払いずみ返信封筒を添えて、ＤＨＬで送ってよこしな。あさってまで待ってやるよ、陛下さま（ス・ベアティトゥ）」

　千七十八マイル彼方で、シュナイダーの睫毛のない目蓋が跳ね上がり、目玉がぎろっと見ひらかれた。

「そこにドン・エルネストがいるんだろ？　二人でおれを笑ってやがるな。よし、あいつと話させてくれ。あいつに携帯を渡しなよ」

口元に泡をふきながら、シュナイダーは別の携帯のナンバーをプッシュしていた。

「いや、おれは一人きりよ、人間だれしもそうだろうが」ヘススは言った。「つべこべぬかさずに金を送りな、大馬鹿大将さま（ピンチエ・ヒリポージャス）——いや、つるっ禿げ大将さま（ペーパ・ペローナ）か——じゃねえと、ようやく金を送ってよこしたときにゃ、あんたのタマが火星を飛び越えてるぜ」

言い終わった瞬間、携帯が爆発した。ヘススの頭部は部屋中に吹っ飛んだ。部屋のドアも爆風で吹き飛ばされそうになり、ちょうどドアの外側の把手に手をかけていたドン・エルネストの眉間に破片が飛んで、ざくっと切れた。

ドン・エルネストは黒煙の中に踏み込んだ。なおも痙攣（けいれん）している死体から、血が噴き出ている。天井に貼（は）りついていた頭蓋骨の一部が、ドン・エルネストの頭に落下する。それを払いのけたエルネストの顔は悲しげに歪（ゆが）んでいたが、狼狽（ろうばい）の色はなかった。一滴の血が涙のように頬を伝い落ちる。ベッドサイド・テーブルの残骸を探ったが、何も出てこなかった。

「神のお恵みを（ディオス・セ・ロ・パゲ）」ドンは言った。

22

コロンビアのバランキージャにある〈アカデミア・デ・バイレ・アルフレード〉というダンス・スクールは、バーやカフェの立ち並ぶ繁華街にある。入口にはタンゴを踊る男女の絵が掲げられているが、タンゴのレッスンはこの学校の本当の授業科目には入っていない。

ダンス・スクールと見せて、この学校は〈十の鐘・スリ・窃盗・強盗学校〉の現在の本部なのだ。〝十の鐘〟の名称の由来は、スリの実技の教科において、標的に模した人物の服の要所、要所に十個の小さな鐘を吊り下げることにある。生徒は、その鐘を一つも鳴らさずに懐中の財布を掏りとる術を学ぶのだ。ポケットには、掏りとる難度を増すために、釣り針やカミソリの刃が仕込まれることもある。

二階のスタジオは広々としたダンス・フロアで、昼近くともなれば高い窓を通して涼風や下の通りの雑音が流れ込んでくる。

ダンス・フロアの一画には本物そっくりの空港ラウンジが再現されており、カフェテリア、立ち飲みスタンド、調味料台等が並んでいる。そこにはいま、普通の街歩きの服装をした、十代から二十代前半の若者たち十数人が揃っていた。その出身地もさまざまで、ヨーロッパと南北アメリカの六か国からやってきていた。

教官は四十がらみの男だった。プーマのジャージを着て、眼鏡を額の上に押し上げていた。自分では振付け師のつもりでいて、たしかに、シャツを着て刑務所仕込みの入れ墨を隠してしまえばそう見えた。この男の顔写真は、世界中の主要都市の空港警察掲示板に貼られている。

いま、生徒たちはいくつかのチームに分かれて、〝マスタードのなすりつけ〟の演習をしているところだった。教官が熱弁をふるっていた。

「いいか、〝マスタードのなすりつけ〟では、仕掛けの準備を早めに終えて、フードコートに入ってくるカモを迎えることが肝心だ。こちらが狙（ねら）っている物をカモが左右どっちの手に持っているか、それをいち早く頭に入れる。狙いはカモが左手に持っているノート・パソコンだとしよう。それをしっかり頭に入れる。右手ではなく、左手だ。だから、マスタードやマヨネーズは、背後からそいつの右肩になすりつける。それを拭きとるには、左手を使うしかないように、だ。そこで女性軍の出番だが、歩いているカモに向かって、〝あら、マスタードが肩についてますよ〟と呼びかけたら、すぐにそいつの、あいている右手にティシューを渡すんだ。右肩の汚れを拭くには左手を使わなければならないから、そいつは左手に持ったパソコンを下に置いて、右手のティシューを左手に持ち替えなければならない。そいつはパソコンを下においで、右肩を見ようと首をひねる。一瞬、視線がパソコンから離れるわけだ。カモを手伝うふりをする際は、おっぱいをそいつの腕に押しつけるといい。ワイヤー・サポート・ブラをしていれば、服を通しても乳房の感覚がもろに伝わるだろう。その瞬間に、さりげなく待機していた相棒がパソコンをかすめとる。これでゲーム終了だが、驚くのは、マスタードを反対の肩になすりつけたり、ティシューを渡すタイミングが遅れたりする輩がいかに多いかってことだな。チョンボをしたやつは、小便を必死に我慢しながら、空港の狭くて窓もない部屋で、保釈金立て替え業者を待つハメになる。ようし、じゃあ実技に入ろうか。最初のチームはビンセントとカーリタだ。位置について！　いいぞ、そこでカモの登場。はい、スタート！」

教官は口を片手で押さえて、鼻声で叫んだ。「お客さまにご搭乗便のご案内を申しあげます。ヒューストン行き八八便は、一一番ゲートよりのご搭乗になります。ラレド、ミッドランド、エルパソへのお乗り継ぎは——」

一階のオフィスにいるドン・エルネスト・イバラの耳に、演習の模様が伝わってくる。興奮した叫び声、走りまわる足音、わざと間違った方向を教える声——カーリタが見当違いの方向を指して叫んでいた——「あっちに逃げてったわ！　あたし、見たのよ！」

〈十の鐘泥棒学校〉の校長、並びに卒業生たちの犯罪活動の統括者としての権限において、ドン・エルネストはいま、アントニオの両親宛(あて)に難しい手紙を書いている最中だった。この手紙に添えて、小切手も送ることになる。相当額の小切手だが、受け取った両親はそれでも腹を立てるだろうな、とドン・エルネストは思い、そうであってほしいと願った。そうすれば両親は、小切手を使いながらおれに怒りを燃やすだろう。なまじっかな同情の言葉をかけられるより、そのほうが両親の恨みも発散できるはずだ。
ドアにノックの音がして、ドン・エルネストの女性秘書がプリペイド携帯を手に入ってきた。携帯は指紋がつかぬようナプキンに包まれていて、ドン・エルネストもそのまま受けとった。「五分ぐらいして、電話がかかってきます。相手は、ご存じの方ですから」秘書は伝えた。

ハイチの首都、ポルトープランスの賑やかなアイアン・マーケットにある店、〈トゥール・ド・レーヴ〉では、多数の中古自転車が安値で売られている。自転車の大多数は、マイアミで夜間に盗まれたものだ。すべてはオーバーホールされており、すくなくとも一か月間の保証つき。店主のジャン・クリストフは、その日早いうちに店頭に並べた商品に太いチェーンをかけてロックし、近くのインターネット・カフェにノート・パソコンを持ち込んだ。そこで、コロンビアのバランキージャにeメールを送った。

どの番号に電話すればいいか至急教えてくれませんか、セニョール？

数分もたたぬうちに答えが返ってきた。＋57JK51795.

バランキージャのダンス・スクールで、ドン・エルネストの手にした携帯がぶるっと震えた。

「ジャン・クリストフです」

「ボン・ジュール、ジャン・クリストフ。どうだい、バンドの活動はうまくいってるかい？」

「覚えててくださったんですか？　ええ、おれたち、運がいいとホテル・オロフソンで演奏させてもらってます、人気バンドのブーガルーが他の町で演奏している晩に限ってですが」

「その演奏、ＤＶＤにはいつ落とせるんだ？」

「いまやってる最中なんですよ。ありがとうございます、ドン・エルネスト、そこまで気にかけていただいて。スタジオがなかなかあかないんで、苦労してるんですが。あの、きょうお電話したのはですね、うちに自転車を送ってくれるマイアミの業者から面白い情報が入りましたので。その業者のところに、パラグアイから、しわがれ声の電話が入ったんだそうです。そいつ、体に一本も毛が生えていないんだとか。で、そいつが、ここポルトープランスのゴナイーヴ港で、ある作業に人手を借りたいんで根回しを頼む、と言ってきたらしいんですよ」

「その作業というと、ジャン・クリストフ？」

「何かべらぼうに重たいものを、船でマイアミから運び出したいんだそうで。万事、隠密（おんみつ）に。その重たいものを、ゴナイーヴ港まで運んだら、貨物船からトロール漁船に積み替えるつもりらしいです。これは、あなたにとっても、見逃せない情報かな、と思ったもんで。そういう男に、心当たりはありますか？」

「あるな」

「小型貨物船ヘシ・レーベ号は、一週間後にマイアミを出港します。おれ宛の自転車もたくさんそれに積まれてるんですよ。何でも、明日の晩、その船で打ち合わせがあるそうで、それが終わったら、またおれに連絡すると言ってくれてるんですがね、マイアミの業者は。この番号、設定していいですかね？」

「ああ、そうするがいい、ジャン・クリストフ。その、マイアミの業者に伝えてくれないか。船で打ち合わせをする際にはネッカチーフを首に巻いててくれ、と。派手なオレンジ色がいい。それと、わたしの秘書に、あんたの銀行口座の番号を伝えておいてくれ。よくぞ教えてくれたな。バンドの成功を祈ってるぞ」

ドアにノックの音。ドン・エルネストの助手、パオロだった。額の髪の生え際が目立ってV字形に後退している、三十代の陰気な男だった。

ドン・エルネストが話しかけようと眉を吊り上げたとき、額の傷口を縫った個所がずきっと痛むのを感じた。

「いま、サウス・フロリダにいて、荒事に使えるメンバーというと、どういう面々がいるかな、パオロ？　いま、この瞬間、使える連中というと？」

「タンパの宝石展示会の仕事にとりかかっている、腕のいい連中がいますよ。ビクトール、チョロ、パコ、それとキャンディ」

ドン・エルネストはデスクの書類に目を落とした。アントニオの両親宛のお悔み状でコツコツと歯を叩くと、顔をあげずに訊いた。「ビクトールのチームは、殺しのまじる仕事もやったことがあるか？」

ひと呼吸おいて、パオロは答えた。「それなりのヤマは踏んでるはずですが」

マイアミのボートヤードで、キャプテン・マルコが電話を受けた。

「よお（オラ）、マルコ」

「これはドン・エルネスト、お元気そうで何よりです（ブエノス・セニョール）」

「なあ、マルコ、おまえ、最後に教会にいってからどのくらいたつ？」

「さあ、覚えてませんが、ボス」

「じゃあ、そろそろ神さまへのおつとめをしてもいい頃だな。あすの夕方のミサにいってこい。ボカにお誂（あつら）えむきの教会がある。六時のミサにいけ。手下たちもつれて、アントニオのために祈るんだ。みんなの目につくように、最前列にすわれ。教会前に並んだおまえらの写真も撮っておけ」

「だれとは言いませんが、聖体拝領を受ける資格のないやつもいるんですが」

「そのときは、そいつだけこっそり外に抜け出せばいい。聖体拝領のあいだ、ずっとうつむいててもいいだろうし。で、間の悪い時間がすぎたら、こんどはマイアミの北に一時間ほど走ったところにある高級レストランにいけ。そこで、こんなまずいものは食えるか、と料理を突っ返して給仕たちを怒らせるんだ。そうしておいてから、チップをはずむ。連中がおまえを忘れんようにな。これはみんな、ある件でおまえたちに嫌疑がかからないよう、アリバイを確保するための措置だ。それからマルコ、おまえの友人のファボリトがいまどんな状態か、確かめといてくれ」

23

朝のラッシュをすぎた頃、一台のステーション・ワゴンがタンパを後に東に向かい、アリゲーター・アレーを突っ切ってマイアミを目指していた。後部シートにはキャンディという女がすわっていた。三十五歳。美人の部類だが、半端(はんぱ)ではない人生経験が顔に滲(にじ)んでいる。他の三人の男たちはいずれも三十代で、隙(すき)のない恰好(かっこう)をしていた。ビクトール、チョロ、そしてパコ。

狙いをつけた宝石業者をハメる総仕上げは、後まわしにすることになった。

「やつにはロスでコンタクトしよう」ビクトールが言った。

「もうわかってるしな、あいつの女の好みは」パコが言って、リップ・クリームを唇に塗っているキャンディに意味ありげな視線を送る。

キャンディはうんざりしたようにパコを見返した。拳銃のトリガー・ガードにはさまらないように、リップ・クリームはハンドバッグの携帯用のスリットにしまう。たどり着いた西マイアミの日用品預かり倉庫(トランクルーム)は、淡いグリーン塗装の、窓のない巨大な建物だった。

ソング・ライター志望のパコの目に、それはどこか殺伐とした工場か何かのように見えた。「日用品預かり倉庫か」と、パコはつぶやいた。「はかない夢が屠(ほふ)られるんだ」

キャンディはステーション・ワゴンの運転席に残り、ビクトール、パコ、チョロの三人が中に入った。

応対に出た男は、名乗ろうとしない。で、ビクトールは言った。「じゃあ、あんたを〝バッド〟と呼ばせてもらうぜ」

ビクトールは掌にのせたコインを相手に見せた。三人は、両側にずらっとドアの並ぶ薄暗い通路に案内された。はき古した靴や古い寝具、精液のこびりついた、薄汚れたベッドカヴァーのようなにおいが周囲には漂っていた。挫折(ざせつ)したプランの名残りの品々——離婚で処分した家具、車のチャイルド・シート。パコは微(かす)かに身震いした。

個々の保管室は、天井が簡易宿泊所のように吹き抜けになっており、丈夫な金網で覆われていた。あるドアの前で〝バッド〟が立ち止まり、何かを促すように、じっとビクトールの顔を見据える。ビクトールは帯封でくくった二つの札束をとりだした。

「まずは半分だ、バッド。じゃあ、見せてもらおうか」ビクトールは言って、札束を一つだけ手渡した。

この保管室にはベビー・グランド・ピアノが置かれていた。他には組み立て式のホーム・バーと、ロックされた頑丈な構造のキャビネット。〝バッド〟はピアノ・スツールの座面を持ち上げて、楽譜のページのあいだから鍵を一個とりだした。

「通路をチェックしてくれ」パコに言う。

「大丈夫だ、だれもいない」

〝バッド〟はその鍵でキャビネットをあけ、MAC‐10マシーン・ピストルを二挺、AK‐47を一挺、それにAR‐15アソールト・ライフルを一挺とりだした。

「発射切り替え式のフル・オートだろうな?」ビクトールが訊く。

〝バッド〟は、マシン・ガンに切り替えるドロップ・イン・シアーの組み込まれたAR‐15を差し出した。

「どれも犯行歴がなく(イノセンテス)、最新で(シンパサドス)、足がつかない保証つきに間違いないか？」ビクトールが訊いた。

「あんたの命に賭けて」

「いや、おまえさんの命に賭けたほうがいいよ、バッド」

〝バッド〟は四挺の銃に、装弾ずみの弾倉とサイレンサーを添えてアコーディオン・ケースにおさめた。さらに、銃身の短いショットガンを一挺、バス・サキソフォンのケースにおさめる。

ビクトールがパコをかえりみて言った。「おまえが弾ける楽器、ようやく手に入ったな」

その日の午後、一行は巨大な〈モール・オヴ・ジ・アメリカズ〉で買い物をし、キャンディは髪をすこし染めた。

24

悲しみには慣れているカリは、その後も働きつづけた。

アントニオの首を焼却した翌日は、従妹(いとこ)のフリエータと共にケータリング・サーヴィスの仕事についた。〈ペリカン・ハーバー・シーバード・ステーション〉からバード・キーという島の野鳥生息地に向かうボート・ツアーの船上で、参加者たちに軽食を提供するのだ。それは月に一度の収入源だった。ツアー・ボートで提供する食べ物は、ソースなどが甲板に垂れない、おつまみ的なものに限られていた。

エンパナーダ(パイ)、一口サンドイッチ、楊枝(ようじ)にさしたソーセージ。予算が許すときは、セビチェをつめたアボカドの半身など。飲み物としては、甘いドリンク、ラム、ウオッカ、それにビールという品揃(しなぞろ)えになる。

小ぶりのスペア・リブを試したこともあるのだが、垂れたバーベキュー・ソースで甲板がべとべとになってしまい、あとで甲板掃除をする破目になってしまった。甲板では火を焚くことが禁じられている。が、マリーナでレンジを使う許可が出たため、あらかじめパイをあたためたり、ダンプリングを蒸気滅菌器でふかしたりすることは可能だった。

ツアー・ボートはかなり大型だった。キャンヴァスの屋根を備えたオープン・ボートで、舵輪の横に簡易トイレがあり、舷側の手すり沿いにベンチ・シートが並んでいた。救命胴着は四十人分常備されていた。

三十人のツアー参加者は、仲間と暮らしをエンジョイするのに慣れたマイアミ市民が大半で、この日も参加費に見合う楽しみをたっぷり味わっていた。このツアーの主な目的は、一般市民からの寄付金で成り立っている〈シーバード・ステーション〉への支援を強化することにあった。まずはバード・キーの野鳥生息地の周囲をまわり、日が落ちたらマイアミ・リヴァーをすこしさかのぼって、両岸の高層ビル群が織りなす壮麗な夜景を楽しむ——それがいつものコースだった。今夜はそれに加えて、ベイフロント・パーク前で停船し、華麗な花火を楽しむことも予定に入っている。

今夜のホステス役を務めるのは、〈ペリカン・ハーバー・シーバード・ステーション〉の名誉理事長でもある獣医、リリベート・ブランコ博士だった。博士は、一九六〇年末から六二年にかけて、延べ一万四千人のキューバの子どもたちがＣＩＡの策謀でアメリカに送られた、いわゆる〝ピーターパン作戦〟でアメリカに渡ったことで知られている。そのとき博士は七歳、たった一人で異国の地を踏んだのだった。

このブランコ博士にもカリは気に入られていて、日頃から動物たちの介護のアシスタント役を任されていた。この日の博士は黒いパンツスーツに真珠のアクセサリーというシックないでたちで、かたわらには夫君の姿もあった。夫君はハイアライ球技場の共同経営者をつとめている。

クルーズがスタートすると、ブランコ博士は簡単な歓迎の挨拶(あいさつ)を述べた。

ボートは南のバード・キーを目指して、七十九丁目のコーズウェイの下を悠然と進んだ。バード・キーは草木の生い茂った二つの島から成る。一方は自然の島、もう一方は人工造成された島で、両方合わせて約四エーカーの広さがある。いずれも個人所有の島なので、維持するための資金援助は州から出ていない。

いまはちょうど鳥たちが帰巣する時間だった――トキ、シラサギ、アオサギ、ペリカン、ミサゴ。群れをなして島にもどってゆく。暮れなずむ東の空を背に、トキとシラサギの翼がオレンジ色の夕日に染まって輝いていた。

このクルーズの目玉の一つとして、〈ステーション〉は毎回、鳥を自然に放つ。〈ステーション〉の目的をPRし、寄付金をつのるために、傷が癒えてリハビリを終えた鳥を自然に帰すのだ。今夜解放予定の若いゴイサギは、キャリアに入れられて甲板で待機している。キャリアにタオルがかぶせてあるのは、ゴイサギをなるべく暗くて静かな環境に置いておくためだ。

まだ巣立ちしたばかりの雛鳥(ひなどり)だったこのゴイサギは、ハリケーン・イルマが襲来した際、樹上の巣から吹き飛ばされて、肘(ひじ)を脱臼(だっきゅう)してしまったのである。十分に水分補給をした結果、関節も治り、〈ステーション〉のケージ内の飛翔(ひしょう)訓練で翼も完治、いまはいつでも飛び立てる状態にある。

船長は浅瀬に乗り入れて、ボートをできる限りバード・キーに近づけた。

カリはゴイサギのキャリアを船尾に運んで、手すりにのせた。

テレビで人気の気象予報士が手すりの前に立って、環境問題についてひとくさりしゃべっている。カリは、自分がテレビカメラに映らないように、すこし離れて立っていた。スピーチが終わると、カリはタオルをどけて、キャリアの入口をひらいた。が、ゴイサギは奥のほうを向いていて、集まった乗客たちの目には尻尾（しっぽ）しか見えない。気象予報士はどうしていいか困っていた。

「尻尾の羽根をくすぐってあげて。そうすると正面を向きますから」カリは言った。

体は大柄でも幼いゴイサギは、まだふわふわとした産毛（うぶげ）に覆われている。尻尾をくすぐられたとたん、入口のほうに向き直って、頭を突きだした。見上げた目に、バード・キー上空を旋回するゴイサギの群れが見えたらしく、仲間に加わろうとロケットのように飛び立った。

カリの魂もそのゴイサギと共に舞いあがった。自分も大空を飛翔しているような、胸のときめく昂揚感は、そのゴイサギと島の上空を飛ぶ他のゴイサギたちとの区別がつかなくなるまでつづいた。

ボートはベイフロント・パークの花火を目指して南下する前に、小さな島の鳥の生息地の周囲をゆっくりとまわりはじめた。

多くの乗客が双眼鏡をかまえていた。そのうち、手にしたパイで島のほうを指しながら、一人の乗客が船長に何事か話しかけた。

ひと口サンドのトレイを置いたカリに、船長が、ちょっと見てごらん、と双眼鏡を差し出してくる。

見ると、島の木の枝にからまった釣り糸に引っかかって、一羽のミサゴが逆さにぶらさがっていた。そのわきに垂れ下がった釣り針には、乾燥しかけた魚も吊りさがっている。ミサゴはまだ生きていて、片方の翼を弱々しく羽ばたいていた。嘴(くちばし)を大きくあけていて、黒い舌が突き出ている。足の鋭い爪が虚しく宙を掻(か)いていた。

乗客たちが手すりにむらがった。

「おい、すごいね、あいつの爪！」

「だれかが釣った魚を盗もうとしていたのね」

「あれじゃ、もう盗みもできないだろう」

「何とかしてやったほうがいいんじゃない」

その海域は浅すぎて、それ以上ボートは島に近寄れない。島までは約五十ヤード。マングローヴの一種、オオバヒルギが岸辺を縁どっていたが、樹間の地面は散乱する塵芥や折れ枝でびっしり覆われているのがはっきり見えた。

　大量の塵芥は、バード・キーにとってプラス、マイナス、両面の影響があった。ピクニックを企む連中は塵芥に恐れをなして近寄らない一方、往々にして動物たちが塵芥に足をとられてしまうのである。

　双眼鏡を通して、カリは不運なミサゴに目を凝らした。精悍（せいかん）な目で空を見上げ、大きな爪で宙を掻いている。上空を鳥の群れが旋回していた。そのうちトキの群れが島で夜をすごそうと、翼をきらめかせながら降下しはじめた。

　カリは、身動きのとれないミサゴの姿に胸を締めつけられた。あれでは縛りつけられているも同然だ。


　縛られて水中に立つ少年と少女。両手を背中でくくられた二人は、ただ頬と頬を寄せ合うしかなかった。必死に顔を押しつけあう二人。そのときライフルの安全装置がカチッとはずされ、パン、パン、と銃撃がはじまった。銃殺された二人は、広がる鮮血をショールのようにまとって川面を漂っていった。

「あたし、助けてきます」カリは船長に言った。「しばらくここで停船しててくださればば、あの鳥、助けられますから」

船長は腕時計を見た。「しかし、花火に間に合わせないとな。〈ステーション〉のほうから、だれかにボートできてもらえばいいじゃないか」

「この時間、〈ステーション〉にはだれもいないんですよ。明日にならないと、スタッフも揃わないので」

足をとられて動けなくなった鳥を助けるために、ボランティアが島に渡ることもある。だが、定期的に渡るわけではないのだ。中には、獰猛な鳥を恐がる連中もいる。

「しかし、カリ、きみにはもうしばらくこのボートで働いてもらわないと」

「あたしを島に残していってください。で、帰りに拾っていただければ。お願いです、船長。軽食のサーヴィスは、フリエータがやってくれますから」

梃子でも動かないという意思を、船長はカリの顔に読みとった。公然と船長の命令に逆らうことになれば、カリの失職は免れない。そういう立場には追いやりたくなかった。カリの肩越しに、船長はブランコ博士のほうを見やった。博士のほうでも、こちらのほうを見ている。そして、うなずいてくれた。

「よし、なるべく短時間で切り上げてくれ」船長は言った。「二十分以上かかったら、海上巡視艇に頼んで、きみが終わるまで待機してもらうから」

船のわきの海の深さは、約四フィート。水はかなり澄んでいた。おだやかな水流の下、海底の砂地が揺れていて、海草がゆらめいている。

船長が、船に備え付けの小さなツールボックスをひらいた。「必要なものを持っていくといい」

カリはペンチと電線絶縁用のテープをとりあげた。それと、まだ熱いエンジンなどに触れるときに使う断熱手袋。簡便な救急箱もあったが、中身はそう多くなかった——ガーゼ、包帯用のテープ、バンドエイド、それにネオスポリン軟膏(なんこう)など。

カリは道具類と救急箱をクーラー・ボックスに入れ、乗客の一人のビーチ・バッグからタオルを借用して、それもボックスに入れた。エプロンをはずして、救命胴着を身につける。靴をはいたまま、後ろ向きに海中に飛び降りた。水温は摂氏二十四度くらいで、服が水につかると冷たいと感じる程度だった。両足が海底に着いて、海草がくるぶしをくすぐる。わきで上下に揺れているボートが、とても高く見えた。

船長が、蓋をひもで縛ったクーラー・ボックスを下ろしてくれる。

水面から眺めると、海水から這い上がって浜辺にのびている、たくさんに枝分かれしたマングローヴも、とても高く見える。

海流で洗われるビスケーン湾の底は、船の往き来で擦り減った海底の溝のように、ところどころ深くえぐれている。そんな溝の一つを、カリはクーラー・ボックスを押しながら泳いで越えた。ひもを固く結んだスニーカーをはいてきてよかったと思いながら、強く水を蹴って泳いだ。

再び浅くなって、両足が海底を踏みしめる。こんどはクーラー・ボックスを引っ張って進み、また持ち上げて横のほうに迂回する。もつれたマングローヴの根のあいだを縫うように進んで、岸辺に上陸した。

並び立つ樹木の下には達したものの、肝心のミサゴがぶらさがっているのがどの木なのか、わからない。ボートのほうを振り返ると、船長が、もっと南のほうだと手を振って教えてくれた。が、すんなりとそっちには進めない。岸辺はガラクタで足の踏み場もないくらいだった——大小のクーラー・ボックス、ガス・ボンベ、からまり合った釣り糸、幼児用の椅子、自動車のシート、塩のこびりついたクッション、自転車のタイヤ、はてはシングル・ベッドのマットレスまで。その多くは潮にのって打ち上げられた物で、すこし離れた地点で湾に注ぎこんでいるリトル・リヴァーが吐きだしたガラクタや塵芥類が大半だった。

そのガラクタに向かって水中を歩きながら、この眺め、なんだかあたしの人生みたい、本当にこんなだった、あたしの人生は、とカリは思った。雑多に混じり合ったガラクタの中に、人間の体の一部と思われるものは皆無だった。

ミサゴは地上五フィートの枝からぶらさがっていた。釣り用の丈夫なフッ素樹脂の先糸に肢(あし)がからんでおり、逆さにぶら下がってゆーらりと回転している。片方の翼だけ弱々しく羽ばたいて、鋭い足の爪が空(くう)をかきむしっていた。嘴がひらいていて、淡い藤色の口腔(こうこう)から小さな黒い舌が飛びだしていた。隣りに引っかかっている魚は体もしぼんで、目が陥没している。死んでから数日はたっているのだろう。下に立つと腐臭が鼻をついた。

嘴を意識しながら、カリはできるだけミサゴの近くに立った。樹下の落ち葉と小枝を足で蹴ってかき集め、落ち葉の上にビーチ・タオルを広げる。

ミサゴに手をのばし、もつれた先糸を二本の指にからめておいて、ペンチのワイヤーカッターで枝から切り離そうとした。が、ナイロンの先糸はかなり強靭だった。カッターを強くあてがってもねじれるだけで、切断できない。こうなったら、あれしかない。カリは常時携帯しているポケット・ナイフをとりだした。目に頼らず、親指の感触だけでカチッと刃をひらいた。

カリのナイフの刃先はかなり鋭かった。

刃の鋸歯状の部分が先糸に食いこんで、すぱっと断ち切れた。一・五キロほどの体重でも、片手で支えたミサゴはずっしりと重い。羽ばたく翼が脚を撫でるのを感じつつ、ずきんずきんと脈打つ胴体をゆっくりと下ろしてタオルにのせた。そのままそっとタオルで包み込むと、鋭い足の爪が布地にくいこんだ。

一声甲高く啼いたミサゴを、蓋があいたままのクーラー・ボックスにおさめる。足元がよく見えるように、クーラー・ボックスを頭上にのせて持ち、足を高く振り上げながらガラクタのあいだを進んで波打ち際まで引き返した。水中に入るとボックスを前に浮かせ、倒さないように注意しつつ押していった。

海底で憩っていたアカエイが、驚いてパッと飛びすさる。数匹のネズミイルカがしなやかにわきを通り抜けた。その呼吸音が、ボートの甲板で湧き上がる歓声よりも高く、カリの耳には聞こえた。フリエータがすでに海中に飛び込んでいて、こちらに向かって泳いでくる。水中の二人の若い娘を見て、義侠心にせっつかれたのか、ドイツ人の観光客がぱっとズボンを脱ぐなりパンツ姿で海に飛び込み、長身を生かしてクーラー・ボックスをボートの舷側にのせてくれた。

パラパラと湧いた拍手に迎えられて、三人はミサゴをバー・テーブルにのせた。

その一連の動きを、ブランコ博士は終始見守っていた。

指示を仰ぐようにカリがそちらのほうを見ると、ブランコ博士は言った。

「さあ、これからどういう処置をとる、カリ？　わたしがここにいないと思って、やってごらんなさい」

博士は、ほら、注目して、と言うように、かたわらの夫を小突く。

「見たところ、脱水症状に陥っているようです、博士」カリは答えた。「なので、まずは水分を与え、傷ついているほうの翼を固定して、あとは暗いところでなるべく体を温めるようにして〈ステーション〉まで運びます」

「じゃあ、そのとおりやってごらんなさい」ブランコ博士はカリの処置がよく見える位置に腰を下ろした。

タオルの中をまさぐると、カリはミサゴをしっかりとつかみ、片手の指で両肢をつかんだ。フリエータの手も借りて、傷ついたほうの翼をガーゼのひもで8の字形に縛って固定する。ボートは花火を目指して南に進んでいる。カリはバーで借りたストローに油を塗って、ミサゴの喉に挿入した。うまく食道の入口を見つけると、そのままストローを奥にすべりこませた。

「それじゃ、痛いんじゃないのかい？」乗客の一人が訊いた。

カリは答えず、借りておいた眼鏡をかけると、口に含んだ水をストローに流し込んだ。ミサゴの魚くさい息が、熱く顔にかかった。至近距離で見るミサゴの目の黄色い輪が、異様に大きかった。

水分はうまく与えることができた。あのゴイサギを運んでくるのに用いたキャリアにミサゴをおさめ、蓋にタオルをかぶせた。

「あたし、これがワンコだったら、もっと同情しちゃうんだけど。この鳥は、他の生き物を殺して食べるだけですもんね」乗客の一人が言った。

それを耳にしたブランコ博士が、さりげなく訊いた。「いまお食べになってるの、チキンの手羽先ですか？」

博士はカリの姿を目で追った。カリはバー・テーブルの汚れを拭いながら、先刻のドイツ人の観光客が手伝おうとするのをやんわり断ろうとしているところだった。そのドイツ人は、カリさえよければ、バーのサーヴィスだろうと何だろうと役に立ちたいと、やる気満々だったのだ。

「ねえ、カリ、来週の月曜日にわたしのオフィスまできてちょうだい。お渡しするものがあるから」ブランコ博士は言った。「主人が言うには、どうせ弁護士たちには多額の謝礼を払ってるんだ、何はともあれ――あの世界ではそれが決まり文句らしいんだけど――何はともあれ、あなたの書類にどういう工作を施せるか、お手並み拝見といこう、って。主人が言うには、例の〝迫害される恐れ〟という条項を最大限利用したらどうか、って。そのためには、あなたの腕の傷跡の写真を撮る必要があるらしいの」

テレビの取材班が撮影しているのに気づいて、カリはカメラから顔をそむけ、インタヴューを断った。

夕方のテレビ・ニュースを見ていたハンス・ペーター・シュナイダーは、カリの腕の傷跡に目を留めた。そうだ、別に両腕が揃ってなくたっていいじゃないの、と思う。左右非対称のほうがチャーミングだしさ。フォルダーをひらくと、シュナイダーは片腕のないカリのスケッチをすらすらと描きはじめた。

25

ハイチの貨物船ヘシ・レーベ号は、マイアミ・リヴァーを四マイルほどさかのぼった埠頭(ふとう)に碇泊(ていはく)していた。船橋(ブリッジ)の見張りの目には、トライレール高架線のアーチ形の鉄橋を通過するレインボー・カラーの電車が見えた。見張りのかたわらにはポルノ雑誌。それと、銃身を切り詰めてはあるものの合法的なショットガンが置かれていた。銃身の長さは、銃尾から計ると十八・一インチだった。オレンジ色のネッカチーフを首に巻いたこの見張りには、几帳面(きちょうめん)なところもあって、任務に備えてアボカドを丸ごと二個、昼食時にたいらげていた。

この見張りと並んで船橋に立っているのは、AR－15を片手に、拳銃をベルトに突っ込んだ、ハンス・ペーター・シュナイダーの部下フラッコだった。

夕暮れと共に川沿いに瞬きはじめたライトを、二人はつまらなそうに眺めていた。

下流のレストランから微かに漂ってくる音楽が、フラッコの耳にも届く。ニッキー・ジャムの歌う〝トラベスーラ〟だった。レストランではきっとダンスもやってるな、とフラッコは思った。女たちのおっぱいも上下左右に揺れてるんだ、きっと。フラッコが以前、胸に青い鳥の入れ墨をした女とクラブ・チカで踊ったとき流れていたのも、この曲だった。あのとき二人は店の外に出て、車に乗り込んだ。そして車のキーにのせたヤクを何度か鼻から吸い込んでいるうちにホットなキスになり、それから——ああ、くそ！　いまも岸辺のレストランで女のコにディナーをおごっているんだったら、最高なのに。ところがおれはいま、数分ごとに屁をこく、このくそ面白くもない見張りと並んですわっているんだから。

甲板の下の殺風景な上級船員室では、ハンス・ペーター・シュナイダーが、フォート・ローダーデールからきたクライド・ホッパーと、この船の二等航海士、肩章つきのシャツ姿の若いハイチ人と話し合っていた。二等航海士は、船の滑車装置の操作係である甲板長、通称〝トミー・ザ・ボースン〟も呼び入れた。トミーは自分のその通称が気に入っていた。ジャマイカの方言で、それは〝アレが立ちっぱなしのトミー〟を意味するからだ。

船長はこのとき都合のいい口実をかまえて上陸しており、その場にはいなかった。昇降階段の下には、ハンス・ペーターの部下マテオが十二ゲージのショットガンを抱えて立っていた。

「それはそうと、不動産屋のフェリックスはいまどこだい？」ホッパーが知りたがった。

「ああ、あいつの倅が扁桃腺の手術をしてね」シュナイダーは答えた。「かみさんに言われて、まだ病院で付き添ってるんだよ」

テーブルには、エスコバル邸のパティオの建築見取り図と、アントニオのカメラからプリントした、護岸下の洞窟入口の写真も数枚、シュナイダーの手で並べられていた。

ホッパーは自慢の工機の数々の写真をひろげている。「これがハイ・リフト式油圧ショベルだ。カッター・アタッチメントもついていて、平底船に搭載されている。これだと、クレーンを使用する際、方向転換をする必要がないんだな。それに加えて、五十トンの油圧式ウィンチもあるし。どうってこたない、ブツは簡単に運び出せるさ」

「一回の引き潮だけでな」

「ああ、一回の引き潮だけで。それから、本当に船に運び込まなくていいのかい？」

「言ったとおりにやってくれよ。あんたは小型の平底船に積み込むだけでいいんだ。そうしたら、カーゴ・ネットで包んで、この船まで運んでくれ」

シュナイダーは二等航海士のほうをかえりみた。「この船に引き揚げるための滑車装置、準備はいいよな。そうだ、肝心の、運び出した物を置く場所を見せてくれ」

三人はボースンも伴って船倉にもどった。

「ここですよ」若い航海士は言った。「昇降口(メイン・ハッチ)からこの船倉に入れます。そうしたら、その上に自転車をたくさんのせて、見えないようにしますから。甲板にも自転車をわんさとのせて、ハッチを隠してしまいます」

船橋の見張りの男の目に、川沿いの道を接近してくる一台の移動キッチン車が見えた。スピーカーからは盛大に〝ラ・クカラチャ〟が流れている。

見張りの男は下腹を押さえた。アボカドのげっぷを洩らしてから、「ちょっと糞をたれてくら。すぐにもどる」

船橋にはフラッコが一人残り、失われたロマンスの思い出にふけりながら、鼻先の空気を手で払いのけていた。

移動キッチン車を運転していたキャンディは、埠頭に乗り入れて止めると、外に降りた。

思いっきり短いショート・パンツをはき、ブラウスを腰に巻いている。色気をむんむん発散していた。

貨物船の船橋のフラッコに、さりげなく呼びかける。「ねえ、とってもホットなエンパナーダがあるよ」

「ちげえねえ、そのパンツの下にな」フラッコはつぶやいた。

「冷えたプレジデンテ・ビール付きで一ドル五十セント。他にも仲間がいるんでしょ？　みんな飲みたがってるんじゃない。一ドル五十セント。あたしにも一本、おごってよ」

すこし待ってから、キャンディは肩をすくめてキッチン車にもどりかけた。

そのとき、

「おめえのものを、どうやっておめえに奢るんだい？」フラッコがタラップを降りてきた。

「そりゃ、あんたのお金でさ」キャンディは答えた。フラッコのシャツに、拳銃の形が浮き出ている。ライフルは船橋に置いてきたのだろう。

キャンディはキッチン車の後部ドアをひらいた。中は半分ほどふさがっていた。ホットなエンパナーダと冷えたビール入りのクーラー・ボックスが二つ。それと、一段と大きなアイス・ボックスにブタン・ガスのバーナー。

ビールを一本あけて、フラッコに手渡した。「ねえ、あそこのベンチにすわらない？　パイを持っていくから」ショルダー・バッグを肩にかけて、パイを手にとった。

二人並んで埠頭のベンチに腰かけた。船には背を向けている。

フラッコの太ももを撫でながら、キャンディは言った。「ね、美味しいでしょ？」

フラッコはパイにかぶりついていた。「さっき、スピーカーで〝ラ・クカラチャ〟を流してたな。食い物の宣伝にゴキブリとは笑わせるぜ」口いっぱいに頬ばって言う。目線がキャンディの胸の谷間に吸い寄せられていて、なかなか呑み込めない。

背後では、ビクトール、チョロ、パコの三人が足音を忍ばせてタラップをのぼり、船に乗り込んでいた。

「おめえ、いい女だな」フラッコは言った。「他にも売ってくれるモノがあるんだろ？　なあ、あのキッチン車の中にシケ込もうや」

キャンディは一隻の船が通過するのを待った。他にも近づいてくる船があるかどうか、上流と下流に目を配る。接近中の船は皆無だった。

「最初にな、コカインをキーにのせて吸わせてやるよ。終わったら、これがおめえのもんだ」百ドル紙幣を見せびらかす。

キャンディは車のリモート・キーのロック・ボタンを押した。キッチン車のハザードランプが点滅する。

次の瞬間、貨物船内で二挺のＭＡＣ－10の連射音が響き、舷窓に閃光が走った。

キャンディはショルダー・バッグ越しにフラッコを撃った。肋骨のあいだに、つづけざまに二発。腕の下にバッグを押しつけて、さらに二発撃ち込んだ。

フラッコの顔を見る。もう目が死んでいた。百ドル紙幣をポケットにねじ込み、ビール壜と食べかけのエンパナーダ、それとナプキンを川に投げ込んだ。

パイにつられて、魚が一匹水面に浮かび上がった。レストランの音楽がかすかに水上を流れてくる。静寂の中で、子づれのマナティーが息を吸おうと浮上した。

貨物船のキャビンでは、ホッパーと若い航海士、それにボースンがこと切れていた。マテオの姿はなかった。

ハンス・ペーター・シュナイダーは、頭から血を流してテーブルの下にもぐりこんでいた。ビクトールが追い打ちの一発を放った。が、弾丸はシュナイダーの上着とシャツをかきむしっただけで、こまかい布切れが宙を舞った。テーブルにはまだ書類が広げられていた。チョロがシュナイダーの財布をまさぐる。

「いこう！」ビクトールが叫んだ。「さあ！　急げ！」

ビクトールとパコは甲板に通じる前部昇降階段に駆け寄った。が、チョロはまだぐずぐずしていた。シュナイダーの腕時計に目を奪われていたのだ。そいつをはずそうとしかけたとき、息を吹き返したシュナイダーの銃に弾丸を撃ち込まれた。シユナイダーはすぐ立ち上がって、後部昇降階段の方角に駆けだした。ビクトールとパコが気づいて、連射する。唸(うな)りを生じて弾丸が金属に当たり、跳ね返った。

どうにか甲板に出たシュナイダーは、背中から手すりにもたれて、そのまま逆さに海中に落下した。水中に沈むシュナイダーに、ビクトールとパコがなおも弾丸を浴びせた。二人はチョロを捜して船倉に駆け下りた。

ビクトールがチョロの首筋に手を当てる。「くそ、だめだ。こいつのIDカードだけ持っていこう」

二人はタラップを駆け下りて埠頭に降り、マシーン・ピストルを大きなアイス・ボックスに投げ込んだ。

その頃、マテオはシュナイダーの車で逃走していた。

「図面や書類を持っていかないとね。どこにあるんだい?」言いながらキャンディは空薬莢(からやっきょう)をバッグに放り込み、スピードストリップ装弾装置で弾丸をこめ直していた。

「書類なんてどうでもいい――さあ、いこう」パコが言う。

「だめだったら。書類を持っていかないと。チョロは本当に死んだの？」

「もし生きてたら、置いてきぼりにするわけねえだろう」ビクトールが答えた。

キャンディはリヴォルヴァーの弾倉（シリンダー）をカチッと閉めた。「さあ、いいよ」

三人で船倉にもどり、図面一式をキャンディのバッグにつめ込んだ。チョロの死んだ目は、急速に光を失いつつあった。三人はそれっきりチョロを振り返らなかった。

三人で埠頭に引き返す。パコは路上に駐（と）めてあったステーション・ワゴンに駆け寄り、キャンディとビクトールは移動キッチン車に乗り込んだ。二台の車は猛スピードで走り去った。遠くのほうでサイレンの音が響いていた。

鉄橋の下の海中を泳ぐ魚には、高架線の電車が轟然（ごうぜん）と接近してくる音が感じとれた。トライレールの電車が川を渡るにつれ、鉄橋にへばりついていた虫が振り落とされて、海面に落下する。それを待っていた魚がパクパク呑み込んで、なめらかな川面に波紋が生じた。

26

移動キッチン車のハンドルは、キャンディが握っていた。空港の明かりが見えてきた。標識灯が旋回している。頭上低く飛行機が通過するので、助手席のビクトールには大声で話しかけなければならない。

「紙にはなんて書いてある？　どのガレージ？」

「Dコンコースの向かい側らしいな」ビクトールが答えた。「国際線搭乗口の真向かいだ。おれたちの乗る便は、四十分後に出発だぞ」

車は鉄道の踏切に接近していた。踏切の信号が点灯し、警告音が鳴りはじめる。

「くそ」キャンディはスピードを落として停止した。その前を遅い貨物列車が地響きを立てて通過する。キャンディはルームミラーを自分のほうに向けて、化粧を直そうとした。とたん、その顔が血しぶきと共に炸裂した。背後から、前席を薙ぐようにマシーン・ピストルが連射されたのだ。助手席のビクトールも即死していた。キャンディの体がくたっとハンドルにもたれかかって、ホーンを鳴らす。信号の警告音と貨物列車の轟音に重なって、〝ラ・クカラチャ〟がくり返し響きわたった。キャンディの足がブレーキを離れた。移動キッチン車は、通過中の貨物列車にじりじりと接近してゆく。

キッチン車の後部ドアが跳ね上がって、血まみれのハンス・ペーター・シュナイダーが降りてきた。ずたずたに裂けたシャツの下に、防弾チョッキがのぞいている。手にはマシーン・ピストルを握っていた。背後から一台のタクシーが近づいてきた。運転手が変事に気づき、急ハンドルで逃げようとする。が、助手席のウィンドウ越しに弾丸をくらって、ハンドルに突っ伏した。シュナイダーがその体を地面に引きずり下ろす。代わってタクシーの運転席に乗り込むなり移動キッチン車後部のブタンガス・タンクに短い連射をくれた。爆発音と共に燃え上がった火勢で、タクシーも揺すぶられる。シュナイダーはハンドルにしがみついて、その場から走り去った。

タクシーのメーターを倒し、ラジオを低く鳴らしながらシュナイダーは走った。助手席側のウィンドウには穴がいくつもあいていたが、完全に下ろすことができた。シートとハンドルには小さな骨片がへばりついて、べとついていた。

この車はおそらく、盗難追跡システムの網にはまだかけられていない。が、タクシー会社はGPSで現在位置を確認できるはずだ。シュナイダー本人が捜査線上にのぼるまでには多少の時間を要するだろうが、このタクシー自体は即刻捜索対象になってもおかしくない。いま、シュナイダーは全身血まみれで、シャツもズタズタに切り裂かれている。運転しながら甲高い鼻声で歌い、ときどき〝ヤヴォール(イエス・サー)〟とドイツ語でわめいたりした。

バス停が近づいてきた。ベンチに老人がすわっている。花柄の半袖(はんそで)シャツに麦わら帽、よく冷えたコロナ・ビールの大壜を紙袋に入れて持っていた。

シュナイダーは脚とドアのあいだに銃を隠し、助手席側に身をのばして呼びかけた。

「おい。おい、爺(じい)さん」

老人はようやく目をひらいた。

「なあ、そのシャツを百ドルで買ってやろう」

「シャツっていうと？」

「いま、爺さんが着ているシャツだよ。ほら、こっちにきな」

シュナイダーは紙幣をかざして、助手席の窓に身を寄せた。老人が立ちあがって近寄ってくる。足を引きずっていた。しょぼついた眼でシュナイダーを見て、

「だったら、二百五十ドルがとこ、もらえねえかね」

シュナイダーの口角に泡が浮かんだ。さっとMAC-10をとりあげると、老人の頭に突きつけた。

「いいからシャツをよこせって。いやなら、その脳天吹っ飛ばすぞ！」

だが、撃てばシャツが血まみれになるな、という思いも頭に浮かんだ。

「ま、よく考えりゃ、百ドルでいいや」老人はシャツをするっと脱いで、車のウィンドウの中に突っ込んだ。シュナイダーの指先からさっと百ドル紙幣をつまみとって、「あのな、このズボンもな、そりゃ値打ものなんだがよ――」言ったときには、シュナイダーはすでに走りだしていた。老人はズボンにアンダーシャツ姿でベンチに腰を下ろし、紙袋に包んだビールをぐびっと飲んだ。

シュナイダーは最寄りの地下鉄の駅まで走った。

マテオの携帯に電話を入れると、当人が出た。

「ボスの車で逃げたんです」マテオは言った。「すみません。てっきり、ボスは——そのぅ——やられたかと思いまして」

ハンス・ペーターは銃をフロア・マットにくるんで小脇に抱え、マテオが自分を拾いにくるのを待った。


ビスケーン湾に臨む倉庫の中には〝オン・ライン覗き見ショウ〟のスタジオがあるのだが、その隣りに、ハンス・ペーターは自分専用の私室を二つかまえていた。その一つはフロック加工の壁紙で装われ、カーペットは贅沢な赤ワイン色のベロア仕上げ。チンチラの掛け布もあちこちに置かれていた。

もう一つの部屋は防音仕様のタイル張りで、床の中央に排水口が設けてある。大きなシャワーとサウナ。前後左右の壁にはノズルが備わっている。それに冷蔵庫と人体液化装置。いくつものマスクと黒曜石のメス二本も用意されていた。メスの刃渡りはそれぞれ六ミリと十二ミリ。いずれも時価八十四ドルで、鋼鉄製の刃よりずっと切れ味が鋭かった。

シャツ姿のままシャワーの下にうずくまると、ハンス・ペーターは熱い湯を勢いよく噴き出させて血を洗い流した。湯は防弾チョッキの下まで染みとおってくる。チョッキを脱いで、先刻の老人からせしめたシャツと一緒にシャワー室の隅に放り投げた。

そこには音楽が流れていた。リモコンはコンドームに包まれていて、丸い先端がアンテナのように突き出ている。リモコンは常時石鹸の皿に置かれていた。流れている音楽は、シューベルトのピアノ五重奏曲『鱒』だった。パラグアイの実家でよく流れていた曲だ。日曜の午後など、両親からの厳しいお仕置きを待つあいだ、夕方まで途切れなく流れていたものだった。

タイル張りのシャワー室で、音楽がしだいに高まってゆく。隅にもたれてすわりこんだシュナイダーのズボンから、シャワーに打たれて血が洗い流されていった。ぐったりとしながらも、シュナイダーは素早く手を動かして、〝アステカの死の笛〟を口にあてた。そして息のつづく限り、吹き鳴らした。吹きに吹いた。その甲高い音は、モンテスマの戴冠式に生贄に供された一万人の犠牲者の悲鳴にも似て、『鱒』

の調べを圧倒した。とうとう吹きくたびれて、シュナイダーは、タイル張りの床に倒れ伏した。床の中央で横向きになった顔の、一つだけひらいた目は、渦巻きながら排水口に吸い込まれる赤い水を視野いっぱいにとらえていた。

27

ハンス・ペーターは体をきれいに拭(ぬぐ)って、いまはベッドに横たわっていた。シャワー・ルームに脱ぎ捨てた衣類の血も、すでに洗い落とされている。

気持ちの安らぐ場所を探して、ハンス・ペーターは脳内の、古い記憶のしまわれた部屋をさすらう。昔の記憶、そのまた昔の記憶の部屋を経めぐって最後にゆきついたのは、パラグアイで青春をすごした頃のウォーク・イン型冷凍庫だった。

その大型冷凍庫には父親と母親が閉じ込められていて、二人の話す声が冷凍庫の扉越しに聞こえた。父親から結び方を教えられたとおりに、冷凍庫の扉はチェーンでしっかりくくりつけてあった。揺すぶってもびくともしないくらい結び目も締めつけてあるため、両親はどうあがいても外に出られない。

いま、マイアミでベッドに横たわりながら、ハンス・ペーターは天井で揺らめく映像に自ら声を与えた。父と母の声が、それぞれの特徴も入り乱れて、唇から放たれた。

父…あいつはふざけてるんだよ。すぐに出してくれるさ。そうしたら、ぐうの音も出ないくらいに殴りつけてやる。

冷凍庫の扉の中から呼びかける母の声…ねえ、ハンス。ふざけるのはもうおよし。これじゃあたしたち、風邪をひいてしまうわ。出たら、温かいタオルとお茶を用意してちょうだいよ。おお、さむ。

手を口に当てて、冷凍庫の扉越しに聞いた声をくり返しているうちに、ハンス・ペーターの声はくぐもってきた。はるか昔のあの晩、朝まで聞きつづけた、くぐもった哀願の声。

「パタ、パタ、パタ」ハンスはつづけた。大型冷凍庫の給気管にテープでつないだ車の排気管が震える音を真似たのだ。

四晩を経て冷凍庫をあけると、両親はすわり込んでいたが、抱き合ってはいなかった。凍りついた目玉がギラッと光ってこっちを見た。ハンス・ペーターが斧を振り下ろすと、二人ともパリッと砕け散った。

弾んでいた破片はやがて止まった。マイアミの、ハンス・ペーターの温かいベッドを見下ろす天井の絵のように、それはまた人の形をとった。

ぐるっと寝返りを打つと、ハンス・ペーターは殺された猫のように眠りこんだ。


真っ暗闇の中で、目を醒ます。腹が減っていた。

ハンス・ペーターは、ぺたぺたと冷蔵庫に歩み寄り、扉をひらいた。闇の中、冷蔵庫のライトにハンスの白い裸身が突然浮かびあがった。最下段の棚の、氷水を満たしたビニール袋の中に、カーラの腎臓が保存されていた。生理食塩水を灌流させてあって、きれいなピンク色を保っているから、いつでも臓器バイヤーに引き渡すことができる。一対で二万ドルの値をつけるつもりだった。エスコバル邸の一件にかかずり合っていなければ、生前のカーラを故郷のウクライナまでつれてゆくこともできた。そこで臓器を摘出していれば、二十万ドルにはなっただろう。

ハンス・ペーターは食事時とテーブルの儀式が大嫌いなのだが、いまは腹が減っていた。キッチン・タオルの一方の端を濡らしておいて、冷蔵庫の把手にかける。別のタオルを床に広げた。

一羽分のロースト・チキンを両手でつかむと、いまも暗記している祈りの言葉、それを家族の食事の席で言ったがゆえに手ひどく父に殴られた、その祈りの言葉を唱えた。

〝この、くそ美味くもない料理を、呪いたまえ〟

あけたままの冷蔵庫の前に立つと、まるでリンゴにかぶりつくようにロースト・チキンにかぶりつき、口いっぱいに頰ばって、顔を上下に振りながら、ろくに嚙みもせずに呑み込んだ。ひと休みして、あのカリ・モーラが飼っていたコッカトゥーの決まり文句を口真似する。〝どうすりゃいいのよ、カルメン？〟。それからまた、むしゃむしゃと頰ばる。冷蔵庫から牛乳をとりだし、すこし飲んで、残りをざっと頭からかぶった。脚を伝って流れ落ちた牛乳は、排水口に流れてゆく。

冷蔵庫の把手にかけておいたタオルで顔と頭を拭き、シャワーの下に立ってドイツ語で歌いだす。

Kraut und Rüben haben mich vertrieben; hätt mein' Mutter Fleisch gekocht, so wär ich länger blieben.

お気に入りの歌なので、こんどは英語で歌った。

Sauerkraut and beets have driven me out; had Mother cooked meat, I'd have lingered about.（酸っぱいキャベツと蕪がおれを追いだしたのさ。母ちゃんが肉料理をこしらえていたら、ずっと居残っていたのに）

上機嫌に歌いつづけながら、ハンス・ペーターは、いまマイアミの美容外科業界で大人気の黒曜石のメスを消毒器に入れた。この火山ガラスの繊細な刃の扱いには、十分注意した。並みのカミソリの十倍は切れ味が鋭いこのメスは、刃厚三十オングストロームの刃で、普通の生体細胞を崩すことなく両断できる。それくらいだから、うっかり自分の指を切ってしまっても、血が流れるのを目にするまで、切ったことに気がつかないのだ。

ハンス・ペーターの口から、こんどはカリ・モーラの声が流れた――〝いい肉なら、〈パブリックス〉というお店で買えますから。いい肉なら、〈パブリックス〉というお店で買えますから。いい肉なら、〈パブリックス〉というお店で買えますから〟。

濡らしたキッチン・タオルで両手を拭った。〝移動キッチン車も利用できますよ〟。またカリ・モーラの声色で言う。〝あたしがいちばん気に入ってるのは、〈コミダス・ディスティンギダス〉ですけど〟。

それからまた、コッカトゥーの真似。〝どうすりゃいいのよ、カルメン？〟

そこでアステカの瀕死(ひんし)の悲鳴の笛を手にとると、排水口に向かってなだらかに床が傾斜している部屋で、いつ果てるともなく吹き鳴らした。すぐそばに据えられた人体液化装置のアルカリ溶液が、ゆるやかなメトロノームのように左右に揺れていた。

28

午後十一時をすぎてほどなく、ハンス・ペーターの倉庫にイムラン氏が到着した。ヴァンの三列目のシートにすわっていた。二列目のシートがとり外された箇所には、毛布でうずたかく覆われたものがあり、ヴァンが停止するとそれは微かに動いた。

イムラン氏は、グニスというモーリタニアの大富豪の代理で、今夜は商品の買い付けに訪れたのだ。このグニスという雇い主には、ハンス・ペーターはまだ一度も会ったことがない。

運転手が先に降りて、イムラン氏のためにスライド・ドアをあけた。運転手はひしゃげた耳の、無表情な巨漢だった。この男が両腕の袖(そで)の下にアーチェリーのアームガードをはめていることを、ハンス・ペーターは見逃さなかった。それで、ヴァンにはあまり近寄らなかった。イムラン氏にも近寄りすぎないように心がけていたのは、この顧客、何かというと衝動的に嚙みつく癖があるのを知っていたからだ。念のため、スタンガンをハンス・ペーターはポケットに忍ばせていた。

二人はハンス・ペーターのシャワー・ルームの椅子に腰を下ろした。

「電子タバコ(ヴェイプ)をやってもいいかい？」イムラン氏が訊く。

「もちろん。お好きなように」

イムラン氏がボタンを押すと、いい香りの蒸気がたちのぼった。

人体液化装置が低く唸りながらゆっくりと揺れて、カーラの死体を苛性アルカリ溶液で洗っている。

ハンス・ペーターはカーラのイアリングを自分の耳につけ、彼女の父親の写真入りのロケットを胸に垂らしていた。ロケットに入っているのは自分の父親なのだ、とハンス・ペーターは思うことにしていた。ロケットには一酸化炭素も充塡(じゅうてん)されている。

イムラン氏とハンス・ペーターは、野球中継に熱中する男たちのように物も言わず、数分というもの液化装置に目を凝らしていた。ハンス・ペーターは溶液に若干蛍光色を加えていたので、水流が上向くにつれ浮き上がるカーラの頭蓋骨と、まだ原形を留める顔の一部が、妖しくきらめいた。

「こいつはぴったりの色だね」イムラン氏が言った。

二人の目と目が合った。二人は互いに、こいつを生きながら溶かしたらさぞ面白いだろうな、と腹の中で思っていた。

「この女、生きたままこの装置に入れたのかい？」イムラン氏が声をひそめて訊く。

「いや、残念ながら。この女、夜中に逃げ出そうとしたときに致命傷を負ってね。ま、死体になっても、熱の当たり具合で面白い動き方をするから」

「どうだろう、グニスさんの私邸の部屋にこの装置を置いて、そこに、まだ息のある女を入れてご覧に入れるというのは？　そいつは可能かい？」

「ああ、問題ないよ」

「きょうは何か、見せてもらえるものがあるそうじゃないか」

ハンス・ペーターは、花柄模様の表紙の、大判の革装フォルダーをイムラン氏に手渡した。中には、エスコバル邸内や庭で働くカリ・モーラを望遠レンズでとらえたスナップ写真が入っていた。それと、ハンス・ペーターが提案する〝加工〟後の肢体の素描の数々。

「これだ、これ！」イムラン氏は言った。「いやぁ、グニスさんはこれを見て、飛び上がらんばかりに喜んでね。よくぞこれをグニスさんに送ってくれたな、感謝するよ。実に素晴らしい。で、この腕の傷はどうやってついたのかな？」

「さあ、それはわからないんだ。でも、〝加工〟作業が進む過程で、この女自身が話すんじゃないか――作業はあるんだろう？」

「ああ、もちろん」イムラン氏は言った。「その作業中の会話を見聞きする特権を、わたしも与えられるといいんだがね――なんてったって、生きたまま〝加工〟される女とグニスさんが交わすやりとりこそは、何より美味しい部分だからな」にやっと笑った。イムラン氏の歯はネズミのように後ろ向きに反っていたが、その色は、エナメル質の鉄分が濃いビーヴァーの歯の、鉄錆びがかったオレンジ色に似通っていた。口の両端には黒っぽいシミがあった。

「〝加工〟作業そのものはあちらの国で行なったほうがいいと思うよ、ミスター・イムラン。終わった後の彼女を移動させるのは大変だろうから。空港で腎臓を摘出するのとはわけがちがう」

「グニス御大にとって、これは実地体験型のプロジェクトだからな」イムラン氏は言った。「御大は、作業のあらゆる過程で、積極的に参加したがっていらっしゃるんだ。どうかね、グニスさんもスペイン語に磨きをかけておいたほうがいいんだろうか？」

「それも悪くはないと思うが。カリ・モーラは完璧に二か国語を操るんだ。しかし、究極の苦痛を味わうときは、反射的にスペイン語が口から飛び出すだろうからね――たいてい、そうなんだよ」

「グニスさんは、カレン・キーフに熟練の技をふるってほしいとお望みだ――彼のご母堂の似顔の入れ墨を入れてほしいんだそうだよ。最初の作業の現場ですべてが終わり、女も苦痛から立ち直った際、女の体に似顔の入れ墨を入れてほしいとおっしゃっている」

「残念ながら、カレンはいま服役中でね。刑期がまだ一年残っている」

「それでも、このプロジェクトの長いスケジュールに容易に組み込めるさ。グニスさんのご母堂の誕生日は、この先も永遠に、一年に一度訪れるんだから。で、カレンは、出所後に外国にいけるのかな？」

「大丈夫。重罪の前科者だって、罰金さえ負ってなきゃパスポートは取得できるんだから」

「なにしろグニスさんは、カレンが施す入れ墨の陰翳や中間色に惚れ込んでいらっしゃるんでね」

「ああ、カレンの技はピカ一だよ」

「残りの服役中、刑務所で案を練れるように、グニスさんのご母堂の顔写真をあらかじめカレンに送っておくというのは、どうかな？」

「じゃあ、カレンに訊いておくよ」

「で、いつ引き渡してもらえるんだろう、その女、何といったかな……」

「モーラだよ」ハンス・ペーターは答えた。「カリ・モーラというんだ。もしグニスさんがマイアミまで船を派遣してくれるなら、それに合わせて調整できるんだがね。その際、同時に別の物も運んでもらうかもしれない。そうでかくはないが、重たいものを」

「その女にはチューブ栄養を補給する必要があるだろうな」イムラン氏は言った。

「それは、船に乗せたところからはじめるか」イールスキンの表紙の日記に、何事か書き込んだ。

人体液化装置が、カーラを揺すぶりながらカタカタ言いはじめた。

「チェーンメイル・ビキニが鳴ってるんだよ」ハンス・ペーターは言った。「肉が溶けて骨が残ると、着ていた鎖帷子のビキニとじかに当たって、カタカタ鳴るのさ」

「そのビキニも一つ、手に入れておこうか」イムラン氏は言った。「ビキニの元のサイズを変えるのは、難しいのかい？」

「そうでもない。最初に、追加用のスナップリンクが無料でついてくるし」

「そろそろ、商品を見せてもらおうか」

ハンス・ペーターは冷蔵庫からカーラの腎臓をとりだした。

氷水に漬かった腎臓を包んでいるビニールを、イムラン氏は軽くつついた。「ちょっと尿管が短いな、両方とも」

「でも、ミスター・イムラン、これは二つとも骨盤の中に、膀胱(ぼうこう)から一インチのところに、おさまるんだから。本来の腎臓の位置にではなしに。最近は、代わりの腎臓を本来の腎臓の位置におさめるなんてことはまずないよ。それが最新の手術法でね。尿管の長さはこれで十分さ」

生理食塩水に漬かった二つのピンク色の腎臓を抱えて、イムラン氏は辞去した。どうせ受容者(レシピエント)は腎臓が一つあれば生きられるのだし、しかるべき体の部位を二か所、切開だけしておけば一つ足りなくてもわからんだろうと思って、イムラン氏は車中で腎臓の一つを食べてしまった。

眉根(まゆね)をぐっと吊(つ)り上げて、イムラン氏は言った。「うーん、塩味がきいていて美味いな！」

29

バランキージャの波止場に面して建つ小さな魚缶詰工場、〈オーロ・デル・マル(海の黄金)〉。その駐車場に、漁師たちのオンボロのトラックと並んで、ドン・エルネストの、両開きのドアを備えた六三年型リンカーンが駐まっていた。

最上階の一室では、いましも会議用テーブルをはさんで、ドン・エルネストが、テキサスのヒューストンからきたJ・B・クラークと工場長のセニョール・バルデスを相手に協議をしている最中だった。ドンが取り仕切っている議題は、新商品の立ち上げだった。テーブルには、エスカルゴをのせた二つの皿とワインのボトル。入口のドアを見張れる位置に、椅子からはみ出そうな巨体のゴメスが控えて、帽子でパタパタと顔をあおいでいる。ボディガード役がその務めだが、吐く意見はドン・エルネストも大目に見ていた。

　クラークは宣伝マンだった。手元のポートフォリオをひらいて、おもむろに口をひらく。「お望みの宣伝コピーには、希少性と名声を強調する文句をお入れになりたいわけですね。たとえば、〝プレスティヒオーソス（名声）〟とか」

「〝カラコレス・フィノス・イ・プレスティヒオーソス（選び抜かれたエスカルゴの逸品）〟なんかどうだい」ドン・エルネストは言った。「ラベルにちゃんとおさまるかな？　ちょっと長すぎるか？」

「いえ、きちんとおさまりますね。それ、いただきましょう」とりだしたのは、持参した缶詰のラベルのデザイン案だった。一つはエッフェル塔の絵と並んで、〝カラコレス・フィノス〟というフレーズが強調されている。もう一つは、〝エスカルゴの逸品〟という文字とフランス風のモチーフが中心。三番目はフランスのシャトーを背景に、木の枝を這うカタツムリの絵が前景にあしらわれている。いずれのラベルにも、〝コロンビア製〟の文字。

「なんで〝コロンビア製〟なんだ？　〝フランス製〟とすりゃいいだろうに」ゴメスが言った。

「それは違法行為になりますのでね」クラークが答えた。「製造はこの地で行なわれるわけですよね？　フランス風のモチーフは、あくまでも宣伝手段ですから」

「そうなんだ、それは商道徳に反するんだぞ、ゴメス」ドン・エルネストもたしなめる。

それならば、とゴメスは言った。「コマーシャル・ソングには、ホンデュラスのバンドが流行らせた〝エスカルゴのスープ〟って曲を使っちゃどうです」

「それ、フランス語ではないですね」と、クラークが念を押す。

「ラベルには動物性の膠が使われるわけですな。それを舐めないと、貼りつけられませんか？」工場長が訊いた。

「いや、心配要らんよ、セニョール・バルデス。マーケット・リサーチを終えたら、自動ラベル貼りつけ機を購入する予定だから」ドン・エルネストは答えた。「あんたは缶詰の製造工程にだけ専念すりゃいい。どれ、カタツムリを見せてもらおうか」

バルデスはテーブルに箱をのせ、一握りのカタツムリを殻ごととりだして並べた。

ゴメスが一つとりあげてにおいを嗅ぎ、鼻に皺を寄せる。「古いバターとガーリックのにおいがするな。レストランのやつら、これを洗いもしないで身をつまみ出しゃがるんだ。ただ殻の内側の突起をこすり落とすだけでな」

「洗浄液に浸してみたんですが、洗剤のクロロックスを使うと、色が落ちてしまいますんで」

「そうか、じゃ、ファブって洗剤を使ってみな、レモンの香りのホウ砂が成分だ」

まだ独り身のゴメスが言った。

ドン・エルネストがデザインの図案を押しのけて、「ラベルには、何かこう簡潔で優雅な絵柄をあしらってもらえんかね、セニョール・クラーク。たとえば、ロウソクの灯の下、ワイングラスの脚をつまんでいる女の手、とかさ。雰囲気としては……こういう高級なエスカルゴで淑女をもてなせば、相手から、まあなんて趣味のいい方かしらと思われますよ、と煽(あお)り立てるような、そんな感じが出せんだろうか」

「で、このエスカルゴをたいらげたとたん、女はホイホイとガティータ・ドルセを差し出してくると。ガティータ・ドルセってのは、〝甘いプッシー〟って意味だぜ」

ゴメスはわざわざ訳してみせた。

「たいした物知りなんだよ、この男は」ドン・エルネストが言う。「それはそうと、バルデス、本物のフランス産のエスカルゴはどれだ?」

「緑色の皿にのってるほうです」

「なるほど。とすると、一方の皿には最高のフランス産エスカルゴ、もう一方の皿にはわが工場の製造になるエスカルゴがのっているわけだ。見たところ、両者の見分けはまったくつかんな。うまさもまったく変わらんはずだ。どうだい、ひとつ味比べをしてみるか?」ドン・エルネストは訊いた。

だれもが、ぞっとしない表情を浮かべた。

バルデスが言った。「お言葉ですが、ドン・エルネスト、もしできますれば――」

「そう言うだろうと思ったから、アレハンドロを呼んでおいたんだ。つれてこい、ゴメス」

ドン・エルネストが緑色の皿からフランス産のエスカルゴを一つ選び、大げさなしぐさで食べようとしかけているところへ、ゴメスがアレハンドロを伴ってもどってきた。アレハンドロは年の頃三十五、六、アスコット・タイを締め、胸のポケットからポケットチーフを垂らして、麦わらのボルサリーノをかぶっていた。

ドン・エルネストは手にしたエスカルゴを青い皿に置いた。「アレハンドロはなかなかの趣味人でね、高名なグルメであると同時に食品評論家でもあるんだ。それから、セニョール・クラーク、アレハンドロは住宅雑誌界にも顔がきくんだぞ」

アレハンドロは椅子に腰を下ろして、クラークと握手を交わした。「ドン・エルネストはお優しいから、そう言ってくださる。なに、ぼくはただ料理を楽しむのが好きなだけでしてね。ぼくのことを、ただの知ったかぶりと見なす連中も世間にはいるんですから」

ドン・エルネストはアレハンドロにワインをついでやった。「ま、皿のエスカルゴをきれいにたいらげてくれよ、アレハンドロ。まず皮切りに、フランスはプロヴァンスの南海岸に産するエスカルゴを試してくれ」

ドン・エルネストはフランス産のエスカルゴをすすめた。

アレハンドロはエスカルゴを口に含み、よく噛んでから口中でぐるっとまわす。ワインを飲んで、力強くうなずいた。

次にドン・エルネストは自社工場製のエスカルゴをすすめた。

「そしてこっちはだね、同じくフランス産だが、ブルターニュ地方のエスカルゴなんだ」

アレハンドロは殻からそれをとりだして、口に含んだ。そして、嚙んだ。何度も何度も嚙んだ。「うん、味は似ていますね、ドン・エルネスト。でも、この二番目のやつは、もっと……その、食感と味わいがもっと、その、ねちっこい感じかな」

ゴメスが吹きだしそうになって、ネクタイの太い部分で口元を覆った。

「あんた、自分の金を出して、それを買おうって気にはなるかい？」ドン・エルネストは訊いた。

「率直に言って、最初のエスカルゴのほうが好みですが、それが手に入らなかった場合は、ええ、二番目も買うでしょう。この二番目のエスカルゴだけど、塩素消毒水で洗われているのかな——水道水に含まれる塩素の味にはイラつくんですが——その味が微(かす)かに残ってますね。この点は、生産地のブルターニュですか、そこの製造元に注意喚起しておいたほうがよろしいでしょう」

「つまり、あんたらワイン通お得意の、〝テイスティング〟で表現するなら、口あたりが官能的、ということかな？」

「まさにそのとおり」アレハンドロは言った。「口あたり、食感が官能的で、味わいがねっとりしているんです」

「その点は、宣伝のコンセプトから言っても、われわれの目指している方向性と合致しますね」クラークが言う。「いま宣伝の一環として考えているのは、食料品店の棚に特製のリップカードを置かせてもらうんです。そこに、〝セ・シ・ボン――これよ、この味！〟というようなメッセージを添えたりしたらどうかと」

「いや、セニョール・クラークもアレハンドロもご苦労、ご苦労。ま、ワインを一杯やって寛いでくれ。後で駐車場で会おう」

ゴメスが自分のグラスにワインを注いだ。「ううん、このワインの舌ざわり、すこしねちっこいってか」

工場長のバルデスが作業室の扉の鍵をあけ、ドン・エルネストとゴメスが通り抜けてから、またロックした。

ドン・エルネストはバルデスに耳打ちした。「ハイチのゴナイーヴで、ちょっと重たいものを積み替える必要が生じるかもしれんのだ。甲板には、重量約八百キロの物を持ち上げられる滑車装置を準備しといてくれ。船から持ち上げて、トラックに移す。そいつをカパイシャンまで運んで、こんどは輸送機に積み替える。空港ではフォークリフトが必要になるぞ」

「かなり大型の輸送機ですな」

ドン・エルネストはうなずいた。「DC‐6Aを考えている」

「その輸送機の搬入口には、リフトも備わっていますか？」

「ああ、大丈夫だ」

「台車も中に備わっていますか、それとも、こちらで用意しますか？」

「台車も備わっているから、安心しろ。その輸送機には皿洗い機や洗濯機も多数積み込まれることになっていてな、そのあいだに隙間（すきま）が設けられて、そこにこのブツを置くんだ。肝心なのは、そのブツを置く位置をきちんと決めておくことだな。実行する八日前には、おまえさんに知らせるから。場合によっては、間際（まぎわ）になって、積み込み先を輸送機から貨物船に換えるかもしれん」

「かしこまりました（エン・ス・セルビシオ）、ドン・エルネスト。で、書類のほうは？」

「通関の書類は、おれに任せておけ」

　作業室の奥ではエスカルゴの缶詰製造がおこなわれており、鶏肉加工場に似た生産ラインが稼働（かどう）していた。移動するラインには、尻尾を固定されたネズミの死骸（しがい）がずらりとぶら下がっている。なかには変わったフクロネズミもまじっていた。ラインの両側に並んだ女子工員たちが、まわってくるネズミの皮を次々に剝いで、肉を切り身にしてゆく。そこからは手動の型抜き機が主役をつとめる。この物々しい外観のニッケル張りの機械は、まわってきたネズミの切り身一つから代替エスカルゴを三個製造するのだ。

「この機械はな、一万二千ユーロ払って、パリで購入したんだぞ」ドン・エルネストは自慢する。「フランスでは、あの伝説的なシェフ、エスコフィエの時代から、この機械でエスカルゴを製造してきたんだ。ネコの肉をエスカルゴに変える機械の鋳型も、一緒に無料でついてきたよ。人によっては、有機飼育のネズミよりネコの肉のほうがエスカルゴに似ていると言うからな」

ドン・エルネストはクリップボードをとりあげて、チェックずみの印をつけた。

ある有名なスープのコマーシャル・ソングのメロディで、ゴメスが即興の歌をがなっていた。

〝ニャンコからエスカルゴ、お味はサイコー、ヤム・ヤム・ヤム！〟

工場から駐車場に向かう途中、ゴメスはボスのドン・エルネストに黒いネクタイと喪章を手渡した。「車の中でつけるより、ここでつけといたほうが楽ですぜ」

リンカーンは工場の駐車場に残して、二人はパオロの運転する装甲RV車で墓地に向かった。ヘスス・ビジャレアルの葬儀に参列するためだった。

車の中で、ドン・エルネストはパスワードでガードされた電話を二回受けた。一回はパコからだった。メデジンからかけてきた。マイアミ・リヴァーでの銃撃戦の後、ステーション・ワゴンで逃げたパコだけが生き延びて飛行機に間に合い、三つの空席を眺めながら帰国したのだった。

で、ハンス・ペーター・シュナイダーはくたばったのか？

わかりません、とパコは答えた。シュナイダーの手下二人の死体と、船の乗組員らしい二人の死体はこの目で見ましたが。

ドン・エルネストは落ち着いた声でパコと会話し、終わると、しばらく無言で窓の外を眺めた。あの女、キャンディ。サン・アンドレス島の美しいホテルのベッドで、息を弾ませながらキャンディと忘我の喜悦にふけった思い出が甦（よみがえ）っていた。

ドン・エルネストは予定時刻より三十分前に墓地に到着し、RV車の黒いウィンドウから、ヘスス・ビジャレアルの葬列が到着するさまを見守った。懐(ふところ)からとりだした書き付けをひらいて、もう一度文面に目を走らせる。ヘスス・ビジャレアルの未亡人から届いたメモだった。

〝親愛(エスティマード)なるセニョール、もし葬儀に参列いただければ、ヘススもさぞ喜ぶことでしょう。わたしども、ヘススの身内同様、あなたにとっても心休まる結果が待っていると思います〟

クライスラーで到着した未亡人とその息子のかたわらには、銀髪の目立つ、ハンサムな中年の男が付き添っていた。

葬列に加わった男たちを、ゴメスが双眼鏡でチェックしながら報告する。

「黒い上着の男は銃器(ハジキ)を隠し持っています。ズボンの右のポケットに、ポケット・ホルスター。後ろを向いたところはと――右側にショルダー・ホルスター。左利きですぜ、野郎は。運転手がトランクの前に立ってます。脇の下に吊るすホルスター。手には車のリモコン・スイッチ。あの車のトランクには、たぶん、ライフルが入ってるな。運転手の制服の下に、防弾チョッキ。列の後ろのほうに、オグニサンティとケバス。ねえ、ボス、おれが未亡人のところに挨拶にいって、ボスからの伝言を届けるってのは、どうです?」

「いや、その必要はない、ゴメス。それよりパオロ、あの銀髪の男は何者だ?」

「やつはバランキージャに住むディエゴ・リーバです。ゲイの弁護士ですよ。例の、バスをハイジャックしたホランド・ビエラを弁護したことで有名ですがね」

見ていると、ディエゴ・リーバは黒い革の包みを未亡人に手渡した。未亡人はそれをハンドバッグの下に隠し持った。ビジャレアルの墓の前に集まった参列者は、およそ三十人。墓といっても、品のいい大理石の墓が並ぶバランキージャ墓地の一画にあいた、一つの穴にすぎない。ドン・エルネストの知るカルタヘナの墓地には、大理石の天使に守られた素敵な墓がある。いずれその墓を、正当な主の名前をうまく削り落とせしだい、ビジャレアルの未亡人に進呈しようとドン・エルネストは考えていた。

セニョーラ・ビジャレアルは、地味な喪服に身を包んでいた。かたわらの息子は、堅信礼の服を着て真面目くさった顔をしている。

ドン・エルネストは二人に近づいていった。まずは息子の手を握って、「これからは坊やがお母さんを守らんとな。坊やとお母さんに何か必要なものがあったら、いつでもわたしに電話をしなさい」

次ぎは未亡人に向かって、「ヘススはどこをとっても立派な男でしたよ。何よりも、信義に篤い男だった。わたしも、同じことを世間から言われたいと願っているんだが」

セニョーラ・ビジャレアルはヴェールをあげて、ドン・エルネストの顔を見た。「いただいたお家、とても住み心地がいいわ、ドン・エルネスト。お金もきちんと振り込まれていましたし。ありがとう。ヘススから言われていたんです――すべてが片づいたら、これをあなたにお渡しするように、って」黒い包みを、ドン・エルネストに手渡した。「まずはこれを注意深く読んで、それから行動に移すことが何より肝心だ、と主人は言っておりました」

「これがディエゴ・リーバの手にあったのは、なぜなんだね、セニョーラ?」

「ああ、あの人はヘススの顧問弁護士なものですから。この包みを敵に奪われたりしないように、ディエゴ・リーバの金庫に保管してもらっていたの。何から何まで、ありがとう、ドン・エルネスト。あ、それから、ドン・エルネスト。神のお恵みを(ディオス・セ・ロ・パゲ)」

エルネスト・コルティソス国際空港では、ガルフストリームⅣが待機していた。葬儀が終わって二十分後、ドン・エルネスト一行はマイアミに向け飛び立った。機中、ドン・エルネストは、ヘスス・ビジャレアルの遺(のこ)した文書をトレイ・テーブルに広げていた。最後まで精読してから、マイアミのキャプテン・マルコに電話を入れる。

「どうだ、ハンス・ペーター・シュナイダーは死んだと思うか?」

「さあ、わかりません、ボス。姿を見かけないのは事実ですが。あの屋敷にも動きはありません。警官の姿も見えんのです」

「いま、そっちに向かっているところだ。いよいよ、あの屋敷に乗り込むぞ。友人のファボリトがいまどうしているか、調べはついてるだろうな。あいつとは連絡がつくな？」

「はい、ボス」

「カリという娘は押さえているのか？　役に立ちそうか、その娘は？」

「ええ。しかし、この一件には関わりたくないと言ってましてね、本人は」

「そうか。よし、その娘が人生にかけている望みは何なのか、突き止めておけ、マルコ」

30

合衆国陸軍四級特技兵イリアーナ・スプラッグズは、マイアミ退役軍人病院の個室にようやく移ることができた。いまはギプスに包まれた片脚を吊り上げられて、ベッドに横たわっている。体つきは太めで、青白い肌にそばかすが浮いていた。せっかくの若々しい顔立ちも、みじめな状態のせいで、いまはやつれて見える。ギプスに包まれた足がむず痒(がゆ)くて、午後がとても長く感じられた。両親は可能な限り足しげく、アイオワから見舞いにきてくれていた。

隅の鏡台には、犬の縫いぐるみと激励のカードが何枚かのっている。壁にテープで留めた風船は、だいぶ前にヘリウム・ガスが抜けてしまって、いまは萎(しぼ)んだ乳房のように垂れている。カッコウ時計も棚にのっているのだが、止まっているのは一目瞭然だった。この時計は正しいのかもしれない、とイリアーナは思う——たぶん、時の歩みはいま止まっているのだ。

同僚の患者ファボリト、三十五歳。血色のいい明朗な兵士だが、残念ながら個室に移ることはできず、大部屋で我慢していた。同室の海兵隊の兵士たちの暇つぶしは、部屋の隅のテレビの音を消して、メロドラマを見ることだった。登場人物たちのパクパクとした口に合わせて、勝手に猥らなセリフを重ねるのだ。

いまも下士官の一人が、テレビ画面の純情な少女の口の動きに合わせて、声を振り絞っているところだった。

「ああ、ラウール、ラウール。それはウィンナー・ソーセージ？　それともあなたのお股のポコチンかしらん？」

ファボリトはすっかり退屈していた。で、車椅子に乗ってイリアーナの個室までゆき、カッコウ科の医師、ドクター・ファボリトと名のった。どれ、その時計のカッコウちゃんを治して進ぜよう、と言って時計を棚から下ろす。車椅子をベッドの近くに寄せ、セットされていた食事のトレイにカッコウ時計をのせる。作業の一部始終をイリアーナが見られるように、時計の裏面を彼女の顔に向けた。

「ええと、最初に問診なんだが」ファボリトは言った。「あなたがカッコウちゃんの健康管理士であることに、間違いないね？」

「ええ」

「いま書類を見せていただくには及ばんが、カッコウちゃん、保険には入っているかね？」

「いいえ、入ってないと思う」

「カッコウちゃんが顔を出さなくなって、どのくらいたつのかな？」

「異変に気づいたのは二週間ほど前なんです」イリアーナは調子を合わせて言った。

「最初は、ちょっとやる気がなさそうな感じで」

「それ以前は、きちんきちんと時計の扉がひらいて、カッコウちゃん、顔を出していたんだね？」

「ええ、一時間に一度は顔を出していました」

「それはまた勤勉な。さてと、ではあなたの記憶を振り絞ってもらいたいんだが、最後に顔を見せた何回かの場面で、カッコウちゃんの声はしゃがれていたかな、あるいは妙に元気がなかったとか、やけに疲れた顔をしていたとか？」

「いえ、ぜんぜん」

「ところでイリアーナ、きみの美しい指の爪から察すると、マニキュア・キットを持っているだろうね」

イリアーナはベッドサイド・テーブルのほうに顎をしゃくる。ファボリトは小さなポーチを引き出しからとり出した。中からピンセットと爪ヤスリをとりあげる。嬉しいことに、インスタント・ネイルグルー（接着剤）もあった。

ファボリトが時計の機械仕掛けをすこしいじくると、ピン、と小さな音がした。「うん！　これこれ、これ、これがほしかったんだ。いま聞こえたのがね、専門用語でいうと、〝シング・ピン〟なんだな。これがもっと小さな時計になると、〝クラン・トワン〟になる」

ファボリトは片手を丸めて口元を囲み、時計にぐっと顔を寄せてカッコウに語りかけた。「裏口から話しかけて、ごめんよ。でもね、もうすぐ正午なんだ。きみはもう二週間、顔を見せてないだろう。イリアーナが心配してるんだよ」ピンセットを機械仕掛けに突っ込んでいじくると、こんどは〝ボン〟という音。「よしよし、〝シング・ボン〟だ」と、イリアーナのほうを向いて、「正式には、〝めでたい音（ベアトス・ソノ）〟

といってね、これが出ると、もう回復間近なのさ」

時計のゼンマイを巻いて、正面をイリアーナのほうに向けた。自分の腕時計を見下ろし、カッコウ時計の針を正しい位置に合わせる。そして、腕時計からカッコウ時計へと何度か視線を往復させながらカッコウ時計の針を進めた。が、おかしい。腕時計の秒針は進むのに、カッコウ時計の秒針が動かない。それから、ああ、なあんだ、と合点がいった。イリアーナも面白がっていた。肝心の、カッコウ時計の振り子を振るのを忘れていたのだ。

分針が十一時五十九分から十二時の位置に動いた。イリアーナも加わって、カウント・ダウンがはじまった。

「五、四、三、二、一」

時計の扉がひらいて、カッコウが姿を現した。カッコウ、と一度鳴いたと思うとさっと引っ込んで、ぴしゃりと扉を閉めてしまう。

二人は思わず笑いだした。イリアーナはしばらく笑ったことがなかったので、顔がこわばっているのを感じた。

「でも、一度しか鳴かなかったわね、カッコウ、って」

「正午だったら、何度鳴いてほしい？」

「そりゃ、十二回じゃなくちゃ」

「それはちょっと、きついかな」ファボリトは言った。「なにせ、病み上がりのカッコウちゃんだから、すこし時間を与えてやらないと」

そのとき、病室のドアを軽くノックする音がした。

「どうぞ」せっかくのお楽しみを邪魔されて、ムッとしながらイリアーナは声をかけた。

顔を覗(のぞ)かせたのは、キャプテン・マルコだった。

「よお(オラ)、ファボリト！」

「マルコか！　久しぶりだな(コモ・アンダ)？」

「お楽しみ中、申しわけないが。話があるんだよ」イリアーナに向かって、「すぐにすみますのでね。お約束します」

「じゃあ、ちょっと待っててくれ」カッコウ時計の中を軽くいじってから、ファボリトはふっと息を吹きかけた。

マルコと一緒に廊下に出ると、車椅子にすわったまま、ちょっと静かに、と指を一本立ててみせる。個室の音に耳をすまして五から逆に数えはじめた。室内では、カッコウ、と鳴く音がつづけて十二回くり返された。満足そうにうなずいて、ファボリトはキャプテン・マルコのほうを向いた。

「うん、話を聞こう」

「あんた、日中はこの病院から抜けだせるか？」マルコは訊いた。

「そうだな、治療の合間に、二時間くらいなら」

「実はな、あんたに直してほしい時計があるんだよ」マルコは言った。

31

ドン・エルネストのリムジンが駐車場にすべり込んできた。周囲に並んでいるのは、安っぽい車ばかりだった。シートのへたった大衆車。オンボロのピックアップ・トラックが数台。それに、アステカの悪徳の神トラソルテオトルの顔がボンネットにペイントされている、中途半端(はんぱ)に車高を下げたシボレー・インパラ。ゴメスが先に降り、周囲に目を光らせてから後部ドアをひらく。ドン・エルネストが降り立った。遠くのほうで雄鶏が鳴いていた。

車の中で待つようにゴメスに命じてから、ドン・エルネストは団地の一棟の入口をくぐった。サマー・スーツにパナマ帽という出(い)で立ちで階段をのぼり、各戸の戸口の番号を確かめてゆく。

目指す家の戸口はあけっ放しになっていた。が、すぐ内側に置かれた扇風機に邪魔されて、中には入れない。手すりにかかっているキルトを乾かしているらしい。横に置かれたケージの中で、大きな白いコッカトゥーが口をもぐもぐやっていた。

雄鶏がまた鳴いた。

「どうすりゃいいのよ、カルメン？」と、コッカトゥーが応じる。

寝室のほうから、カリが従妹を呼ぶ声がした。「フリエータ、ちょっと手伝って、お母さんに寝返りを打たせるの」

フリエータが両手を拭きながらキッチンから出てきた。戸口に立つドン・エルネストに気づいて、

「あら、何かご用？」

集金人にしては立派な身なりだと思ったのだ。

ドン・エルネストは帽子を脱いだ。「実はカリに話があるんだがね、仕事の依頼の件で」

寝室でカリが呼んでいた。「ねえ、フリエータ、お母さんの洗濯ものを持ってき

てよ」

「初めてお目にかかる人のようだけど」フリエータはドン・エルネストに言った。

カリが玄関ホールにやってきて、居間を覗き込んだ——片手を背中に隠して。

ドン・エルネストが微笑（わら）いかけた。「やあ、カリ。わたしはアントニオの知り合いでね。あんたとぜひ話がしたかったんだ。どうやらお取り込み中らしいね。かまわん、仕事をつづけてくれ。しばらく外で待たせてもらうから。この建物のわきに、ピクニック・テーブルがあった。あそこで待っているから、手がすいたらきてくれるかね？」

カリはうなずいて部屋の奥に消え、背中に隠していた、持ち重りのするものを下に置いた。

駐車場の周辺では子供たちがサッカーに興じていた。

団地の建物と建物のあいだの、草と樹木の茂る一画にコンクリートのテーブルが据えてあった。表面にチェッカー盤が描かれており、チェッカーの駒（こま）代わりのビール壜（びん）の蓋（ふた）がたくさん入ったコーヒー缶が置いてある。テーブルの隣りには、あちこち傷んだバーベキュー・グリルもあった。グリルに残った食べかすをついばんでいたカラスが、近くの木に飛んでいった。恨めしげに低く啼く。ドン・エルネストは、椅子の埃をハンカチで払って腰を下ろした。カリが近づいてきたのを見てまた立ちあがり、一緒にテーブルをはさんですわり直した。

「叔母さんの介護をしているのかい？」

「ええ、従妹と二人で。二人とも仕事で手があかないときは、日中、専門の介護の方にきてもらってるの。あなたのことは知ってるわ、ドン・エルネスト」

「わたしも、あんたがコロンビアで苦労を重ねたことを知ってるよ。大変だったな、本当に。それはそうと、カリ、わたしはアントニオの友人として、ここにやってきた。きみとも友人になりたいんだ。なんでもきみは、パブロ・エスコバルの屋敷の管理人を長年つとめていたんだそうだな。だとすると、あの屋敷の各種のシステムについては詳しいんだろうね」

「ええ、ひととおりは」

「それから、ハンス・ペーター・シュナイダーの手下たちは、顔を見てすぐにわかるかね？」

「ええ」

「隣人たちも、あんたのことは見慣れているんだろう？」

「何人か、知り合いになった人はいるわ。使用人の方々もね」

「周辺の家で雇われている連中だな。そういう連中は、仕事先の屋敷に着いてから、あんたと言葉を交わすのには慣れてるんだろうね？」

「だと思うけど」

「実は、あんたに仕事を提供したいんだ。応じてくれれば、叔母さんにも大きなプレゼントを贈ることを約束しよう。このマイアミで最高の介護施設はどこだい？とびきり高級な介護施設は？」

「〈パルミラ・ガーデンズ〉ね」

「これから話すことは、アントニオからのプレゼントだと思ってほしい。あんたの将来のためにもなることだ。まず、あんたの叔母さんが生涯〈パルミラ・ガーデンズ〉で暮らせるだけの資金をあんたに提供しようじゃないか。それから、あのエスコバルの屋敷でこれから手に入れる物についても、応分の分け前をあんたに差し上げたいと思っている」

プルメリアの頑強な老木が二人の頭上で花を咲かせていて、ハチを引きつけている。ぶうんという微かな羽音が、頭上の空気をふるわせていた。

カリは死んだ父が恋しかった。密林で警護してあげた、あの老博物学者が恋しかった。だれか相談に乗ってくれる信頼できる人物がいてほしかった。ドン・エルネストを見て、この人についていければ、という思いに一瞬誘われた。あの老博物学者の面差しが、ドン・エルネストの顔に、父の面差しはなかった。頭上でハチの羽音が聞こえた。

「で、何をすればいいの、あたしは？」カリは訊いた。

「わたしを狙う者がいないか、見張ってほしい、ということが一つ」ドン・エルネストは言った。「知人のヘスス・ビジャレアルという男は、女に、爆弾で殺されたんだ。女に対する最良の防御は、女だからね。わたしの背後を見張ってほしいんだよ。それと、あの屋敷に関するあんたの貴重な知識を伝授してほしい」

テーブルを追われたカラスが、早くそこをどいてくれ、と言わんばかりに近くの木に登ったり降りたりしている。このドン・エルネストの目はあのカラスの目にそっくりだな、とカリは思った。

ドン・エルネストのほうでは、移民としてのカリの足場はきわめて脆弱にちがいないと、睨んでいた。おそらく、いまはTPS（一時的滞在許可）の効力だけで、かろうじてアメリカに居住できているのだろう。だが、このTPS、アメリカの大統領の手にかかれば、そのときの彼の気分しだいで、いつでも無効にされてしまうのだ——もし大統領が、TPSの何たるかを知っていれば、だが。

この娘はおそらく——とドン・エルネストは考えていた——仮に、もっと安定した移住を保証する書類や高額の謝礼を提示されたならば、このおれとあの金塊を喜んでICE（移民税関捜査局）に売り渡すだろう。幸い、いまのところはまだ、そういう挙には出ていない……いまのうちに、しっかりとこちらの陣営に引きずり込んでおくに限る。

カラスがぶつぶつと文句を言っているのを聞きながら、ドン・エルネストは微笑した。この先の展開が頭に浮かぶ。あの金庫をあけるまでの、長い緊張がもたらす苦痛。狭い危険な場所での恐怖のにおい。

どうすりゃいいのよ、カルメン、とドン・エルネストは心中つぶやいた。この娘はきっと役立ってくれるはずだ。

「なあ、カリ、どうだい、あのコッカトゥーも一緒に屋敷につれてきたら?」ドン・エルネストは言った。

32

エスコバル邸は静まり返っていた。映画撮影用のマネキンや各種のフィギュアが、掛け布で覆われた家具の並ぶ部屋で向かい合っている。

窓の自動ブラインドは、午前中には上がり、暑い午後には降りていたのだが、調節のできるカリ・モーラがいないため、ほとんど降りた状態で止まっていた。ときおりタイマーが誤作動すると、でたらめに上がったり降りたりをくり返す。そのせいで、屋敷内はほぼ一日中、薄暗かった。庭のスプリンクラーも一時間に何度か動いては止まっていた。

夜が明ける直前、流しの下のキャビネットから一匹のリスが現れ、壁際に留まったまま、いなくなったコッカトゥーが床にこぼしていた種を見つけては食べていた。

最初の陽光が射しそめる頃、植木屋のトラックがゲート前に止まった。カリ・モーラが降り立って、ゲートの開閉装置にパスワードを打ち込む。ゆっくりとひらいたゲートを通って、キャプテン・マルコの運転するトラックが邸内に進入した。トラックにはマルコの配下たち、イグナシオ、エステバン、ベニート、それにカリが乗っていた。

そこから一ブロック離れた路上には、ゴメスの運転する車が、ドン・エルネストを乗せて止まっていた。

「口をすこしあけていたほうがいいぞ、ゴメス」ドン・エルネストが言った。「大音響があがって、爆風が押し寄せてくるかもしれんからな」

屋敷の玄関近くの車回しには、ボビー・ジョーのトラックがまだ放置されていた。

ウィンドウは閉まっており、運転席のドアだけがボビー・ジョーをいまなお待っているかのようにひらいていた。前夜は雨だったから、トラックの中はびしょ濡れだった。

カリはそのトラックに目を走らせた。雨に濡れたボディの色は、ボビー・ジョーの脳漿（のうしょう）の色に似ていた。

マルコ以下、武装した男たちが、ポケットをドアストッパーでふくらませて降り立った。玄関の扉の両側に立って、ドアがロックされているかどうか確認する。ロックされていた。が、カリが鍵を持っていた。扉を押しあけて中に入ると、男たちの銃に掩護（えんご）されながら、カリが警報装置のパネルをチェックする。すべて解除されていた。カリは二階に上がって、動作センサーのスイッチを入れた。

「部屋に入るときは、仕掛け線（トリップ・ワイヤー）に注意して」

エステバンが、隠し持っていたインキンタムシ用のエアゾール缶を上にかざす。

カリが首を振った。「ここにはセンサー・ビームを飛ばしてないから大丈夫」

再び外に出る。男たちは窓の下に身をかがめて、屋敷の側面をぐるっとまわった。側面の入口のドアがひらきっ放しになっていた。男たちの足音を聞いて、リスが、キャビネットの戸をあけ放したまま流しの裏に消えた。

中にもどると、男たちは一階の部屋を順ぐりにあらためていった。無人であることを確かめるたびに「異常なし！」と叫ぶ。

そのうち、二階で人声がするのに男たちは気づいた。動作センサーのライトに目が走る。妙な動きはない。カリが警報装置を遮断し、エステバンが大階段を掩護する位置に立った。カリはAK－47を首から吊り下げ、低く腰だめにかまえてマルコと共に階段を駆けのぼった。

二階の小さな寝室をそっと覗くと、だれかが急いで立ち去った形跡があった。衣服が脱ぎ捨てられていて、テレビもついたままだった。このテレビの音が下に聞こえたのだ。ひらいた窓からハチが一匹飛び込んできて、天井にぶつかった。

がらんとして何もない部屋は、ハンス・ペーターが寝ていた主寝室とマテオが使っていた部屋だけだった。残りの部屋には、すでにあの世にいった男たちの所持品が散乱していた。シェイビング・キットや片方の爪先に金属検知器がとりつけてあるスニーカーも一足あった。

部屋の片隅に立てかけてあったAR－15は、ウンベルトのものだった。アントニオの首をカニの餌かごに入れ、カリの足を水中で引っ張って溺れさせようとしたウンベルトも、すでにこの世にはいない。

プールハウスを調べに入ったマルコは、不動産屋のフェリックスが庭の穴から降下した際に装着したハーネスを見つけた。ストラップには血と砂がこびりついており、マルコはしばしそこから目を離せなかった。プールハウスから船着き場までは、生々しい血の跡が残っていた。マルコはエステバンに命じて、プールハウスの床の血を洗い流させた。

そこから地下室に移動して階段に立ち、大金庫の正面に目を走らせた。それには触れるな、という指示をマルコは受けている。

大金庫の扉に描かれた〝コブレの慈悲の聖母像〟はあまりにも生々しく、この地下室に礼拝堂のような雰囲気をかもしだしている。この絵には、難破船から海に投げ出された三人の漁師が〝慈悲の聖母〟に助けられるさまが描かれている。聖母の側面にドリルで穿(うが)たれた浅いくぼみから、剝落(はくらく)した金属片が垂れさがっていた。床には大型のドリルも転がっていた。

絶望的な表情の漁師たちを気遣う聖母を見て、キャプテン・マルコは胸に十字を切った。

その頃、路上の車で待機していたドン・エルネストの携帯が、ぶるっと震動した。電話をかけてきた相手は、アントニオの携帯を使っている。一瞬、手中の携帯を見つめてから、ドン・エルネストは電話を受けた。

「とうとう屋敷に乗り込んだな」ハンス・ペーター・シュナイダーの声が言った。

「でもな、五分後には警官隊をそこに送り込んでやれるんだぜ、おれは」

「それを止めたいとしたら？」ドン・エルネストは訊き返した。

「三分の一をよこしなよ。安い値段だろうが」

「換金できる心当たりがあるのか、おまえには？」

「もちろん」

「その相手はおれにもキャッシュで払えるのかな？」

「もしくは、そっちの指定する場所に、電信送金で送るって手もある」

「わかった」

「それと、もう一つ」ハンス・ペーターは自分のたっての望みを低い声で説明しはじめた。

目を閉じて聞いていたドン・エルネストが、きっぱりと言った。

「それはできん。それはできんよ」

「わかってないね、ドン・エルネスト。二千五百万ドルの三分の二が、あんたの懐に入るんだぜ。そのためなら、何をしようとかまうこっちゃないだろうがさ」

電話は切れた。

33

エスコバル邸の地下室で、傷痍軍人用の車椅子にすわったファボリトが、精査を終えた書類のコピーと絵図面に目を凝らしていた。いずれも、ヘスス・ビジャレアルの未亡人からドン・エルネストに提供されたものだった。図面の一つは大金庫の透視図で、いくつか付箋がついている。ファボリトは首から聴診器を下げ、小さなツールボックスを手元に置いていた。大金庫の正面に描かれた等身大の〝コブレの慈悲の聖母像〟は、数基の撮影用投光器に照らされて、明るく浮かびあがっている。ファボリトに加えて、マルコと、その部下の一等航海士エステバンも狭い部屋に詰めていた。

地下室の入口のあたりで動きがあり、男たちは脱帽してもごもごと挨拶した。階段に立ったドン・エルネストは鷹揚に手を上げて、男たち全員に、ご苦労、と声をかける。かたわらには、ゴメスとカリがいた。

カリはマルコとエステバンに軽く会釈した。カリを見ても、二人は別に驚いたふうでもない。

ドン・エルネストはテーブルに歩み寄って、ファボリトの肩に手を置いた。

「おひさしぶりです、ボス」ファボリトは言った。「セニョーラ・ビジャレアルから受けとったのは、これで全部ですか？　ヘスス本人から、何か特別なことは聞いてませんかね？」

「それがな、資料といったら、そこにある書類と絵図面しかないのだ、いずれもあいつの死後に渡されてコピーしたものだが。オリジナルはここにある。といっても、コピーしたものより特に鮮明なわけでもない」

オリジナルの資料が、あらためてテーブルに広げられた。

「この写真で見ると、金庫の容量は三四〇リットル、ステンレス・スティール製で、厚さは五インチ以上ですね」ファボリトは言った。絵図面に指を走らせながら、

「内部のこの位置に爆弾が仕掛けてあります。起爆装置が光電管電池だから、もし

強引に金庫に穴をあけた場合、外部の光が射し込んだ瞬間、それがどんなに弱い光だろうと増幅されて、爆弾に点火される仕組みですね。これだと、別に強い光線が当たらなくとも、点火されて爆発します」

「その装置、常時充電しておく必要があるんじゃないのか？　もうかなりの時間が経過しているはずだが」マルコが言った。

ファボリトは書類を軽く叩いた。「おそらく、近くに電源があるんだよ。たとえば、パティオのライトの電源から引いているとか。充電池の入ったボックスがあるんだろう、どこかに。パティオの照明は、タイマーで操作してるんじゃないのかい？」

カリが階段の上から答えた。「そうよ、タイマーで操作しているの。システム全体が、食糧貯蔵庫にある二十アンペアの二連ブレーカーにつながっているわ。パティオの照明の点灯時間は、夜の七時から十一時まで。作動しなかったのは、ハリケーン・ウィルマが襲来した際の、四日間だけだったわね」

突然若い女性の声を聞いて驚いたのか、ファボリトが階段のほうを振り向いた。

「カリといってな、信頼できる娘だ」ドン・エルネストが言う。

「カリか」ファボリトは大金庫の扉の絵を指さした。「あれは慈悲の聖母（カリダ・デル・コブレ）だけど、何か関係があるのかな？」

「ある程度はね」カリは答えた。

「この図面だけど、こいつは伝聞をもとに描かれたんじゃないのかな」本題にもどって、ファボリトが言う。「ほとんど概略だし、配線図も描かれていない。お粗末な図面としか言いようがないね。ところどころに、〝イマン〟と書いてあるけど」

「イマン、磁石のことだな」ドン・エルネストが言う。

「こうなると、あの金庫の裏側をどうしても見る必要があるな。そこに何か、弱点があるかもしれない」ファボリトは言った。

「あの金庫の側面から、穴をあけちゃどうなんだ？」エステバンが訊いた。

「いや、もっと確実なことがわかるまで、あれを変に揺すぶらないほうがいいよ」ファボリトは答えた。「あの金庫、周囲をしっかりコンクリートで固められてるじゃないか。あのコンクリートと鉄筋を突き破るには、どのくらいの時間を要するだろう？」

「昼夜兼行でやったとして、二日かな」エステバンが言う。

「まずは、金庫の裏側を直接見たほうが早いだろう」キャプテン・マルコが言った。

「あの、海側の洞窟(どうくつ)から入って、金庫の裏側に立つしかない。よし、おれがいく」

マルコは、アントニオを死地に追いやった責任を感じていて、自分を試す覚悟ができていた。

ドン・エルネストの携帯がぶるっと震えたのは、そのときだった。ちらっとディスプレイを見てから、ドン・エルネストは外に出てプールハウスに入った。床の血はホースで洗い流されていたが、壁の漆喰にはまだアントニオの血がしみついていて、そこだけ褐色に見える。いまは蟻(あり)が上にたかっていた。

電話の相手は、ヘスス・ビジャレアルの顧問弁護士、ディエゴ・リーバだった。カルタヘナのドン・エルネストの事務所の回線経由でかけてきたらしい。

「ドン・エルネスト」揉み手(もで)をするようなリーバの声が流れてきた。「昨日、ああいう悲しい式の席とはいえ、お会いできて光栄でした。最初に事務所のほうにお電話を差し上げたんですが。いま、カルタヘナにいらっしゃるので？ ぜひお話ししたいことがありましてね」

「いまは商用の旅に出ているところさ。どういうご用件かな、セニョール・リーバ？」

「実は、ぜひともお役に立ちたいことがありまして。セニョーラ・ビジャレアルが危険を冒してあなたに提供した例の情報ですが、あなたとしては近日中にも、あれを利用なさるおつもりでしょうね」

「ああ、そのつもりだが」ドン・エルネストは舌の先で頬の内側をつついた。

「その点に関して、気がかりな事実が判明いたしまして。これはある情報筋から仕入れたんですが、セニョーラ・ビジャレアルからあなたに渡ったあの資料、実はあなたの競争相手が、あなたに先んじて入手して一読していたらしく、その際、資料の一部に意図的に手を加えたというんです。つまり、あなたがあの資料に全面的に従った場合、大変な危険に直面する可能性があるわけで。それが心配になったものですから。その悪質な手直し前の、正確な資料をあらためて入手されたほうがあなたのおためではないかと思いまして」

「これはよくぞ手まわしよく教えてくださった」ドン・エルネストは言った。「で、手が加えられた箇所とはどの部分なのかな？　ファクスの番号をお伝えするので、ぜひ教えていただけんだろうか。もしくは正しい資料をスキャンして、この携帯にメールで送っていただいてもかまわないが」

「いえ、それより、直接お目にかからせていただいたほうがよろしいかと。わたしのほうで、カルタヘナに参上いたしましょう。ご理解いただきたいのだが、ドン・エルネスト、この件に関しては、わたしも多大な危険を冒しているわけでして。セニョーラ・ビジャレアルと、彼女のあの口やかましい妹の目を盗むだけでも一苦労なのですよ。で、わたしとしてはこの際、ちょっとした思し召しを賜れないかと。まず百万ドルほどが妥当な対価ではないかと思いますが」

「なんと！」ドン・エルネストは言った。「百万ドルとはべらぼうな対価だな、セニョール・リーバ」

「ですが、この情報なしには、あなたの部下の命までも、危険にさらされるのですよ。わたしほど道義に篤くない人間なら、さっさと官憲当局に売り込んで報奨金を得ようとするでしょうし」

「で、その額を払わなかったら？」

「この先何か月かして、あなたがじっくりと過去を振り返るとき、すでにほかの連中に利益を横取りされていたら、後悔先に立たず、の戒めを思い知ることになるでしょうね」

「わかった、セニョール・リーバ、七十五万ドルで手を打たないか？」

「いえ、これは最終オファーでして」

「よし、近いうちにあらためて連絡する」

ドン・エルネストはゴメスを呼んで、ディエゴ・リーバがかけてきた電話の内容を打ち明けた。「あやつ、後悔先に立たず、だとぬかしたよ」

「なるほど。後悔ねぇ」ゴメスは言った。「後悔、ときやがったか」

「仮におれが言い値を払っても、あやつはその後でおれたちをＩＣＥ（移民税関捜査局）に売るだろう。それでだ、まずはあやつとヘススの墓の前で会う段取りをつけたいのだ。そこで、おまえはだな、あやつ自身が本当の後悔の何たるかに気づくように、手を貸してやれ。映画の中で、ドラキュラがレンフィールドの首をしめつけようとしたシーン、覚えているか？」

「ええ」ゴメスは答えた。「でも、そのシーン、オン・デマンドで、もう一度見直してみるかな。その件についちゃ、おれの叔父に片棒かつがせたいんですが、いいですかい？　かなり腕の立つ男ですから、叔父は」

「いいとも。この金庫の件が片づきしだいとりかかってくれ」

「わかりました。でも、ボスのガード役はどうします？」

「それは心配要らん。だれかをいつもそばに置いておく」

「いまいる連中から選ぶんで？　だれを選ぶにせよ、あの娘も置いておいたほうがいい。あの娘はかなりできますぜ。おれの目に狂いはありません。ヘススを殺ったのも、女でしたからね」

あの大金庫の絵図面に致命的な改竄箇所があることを、ドン・エルネストはゴメスに告げなかった。ファボリトにも、他のだれにも告げなかった。

ドン・エルネストがわかっていることが、二つあった。一つ――もしディエゴ・リーバが自分たちのことを官憲に密告すれば、平生、非合法な金が楽々と流通しているマイアミの金市場は甚大な打撃をこうむるだろう。それっとばかりにFBIとSEC（証券取引委員会）が捜査に乗り出し、市内の金精錬業者に目を光らせることになる。あの金庫が抱いている金の延べ棒の中にはナンバーが刻印されているものもある、とヘススも言っていた。状況が悪化した場合、金塊を鋳直すためには、国外に持ち出すほかなくなる。だが、仮にもあの金庫に動作センサーがセットされているとしたら、中の金をへたに動かすこともできない。

もう一つ――あの金庫が爆発した結果生じる最悪の事態は何か？　その場合は目撃者も証拠も消失し、ただあの屋敷近辺一帯が甚大な物的被害を受けることになる。腕の立つ部下も何人か失うだろう。が、それさえ我慢すれば、こちらが特に深刻な打撃を受けるわけでもない。

　としたら、とにかくあの金庫をここで、即刻、こじあけることだ。そして手に入れた金塊を、ディエゴが密告する前に運びだす。

　それしか手はあるまい。

　ドン・エルネストはハイチに電話をかけた。ポール・ド・ペ空港で、茶色のオーヴァオールを着た男が、その電話を受けた。男はそのとき、機齢六十年の飛行機の燃料フィルターを洗浄しているところだった。ドン・エルネストとの短い会話で命じられたのは、五百ポンド分の切り花と三台の洗濯機の輸送準備だった。

穴の上に広げた大きなパラソルの目的は、日よけと同時に、警察のパトカーや沿岸警備隊のヘリの目から作業を隠すことにあった。

34

夜が明けてほどなく、脱出時引き揚げ用の新しいハーネスを装着したキャプテン・マルコがプールハウスから姿を現した。血と乾いた沈泥のこびりついたフェリックスのハーネスを手にしていたが、それはプールを囲むタイルに下ろした。

ドン・エルネストがマルコの肩に手を置いた。

「何もおまえがもぐることはないんだぞ、プロのダイヴァーを雇ってもいいんだから」

「アントニオをもぐらせたのはおれですからね。こんどはおれがいきます」

「そうか。さすが、キャプテンだな」

屋敷に残されていた小型のスーツケースとバックパックをぶらさげて、イグナシオが外に出てきた。

それぞれの中身を地面にぶちまけながら、「死んだやつらが残した品だ。スーツケースにはマリファナ。種と茎が大部分だけど。それから、レザーマン社製のツール。それに、ポルノ……」カリが背後にいるのを思いだして、イグナシオはいったん手を止めた。「……雑誌類だな。『トリプルＤＤＤの巨乳パレード』とか、加工したサイコロなどもいくつか……へえ、こいつは……クラップ賭博でサイコロを放るための、ビロード張りの丁半カップまであるぜ。こんなのを持ってたんじゃ、マイアミじゃ生きられなかったな。この街じゃ、こんなものを使ったらすぐ殺られちまう。こいつは処分しときましょう」

「血まみれのハーネスもな」

マルコは言って、パラソルの下に入った。ちょうどそのとき、沿岸警備隊のヘリが頭上を通過したのだ。

ベニートもパラソルの下に入ってきて、釣り竿用のロッド・ケースをひらいた。

長さ五フィートほどの、ダイヴァーなどが使うサメ撃退用の長いステッキ銃をマルコに手渡した。

「でかい音を出さにゃならんときは、これを使うといい。あんたのために、甥が特別に作ってくれたんだ」掌にのせた一発の弾丸を差し出した。それには蠟が緊密に塗られていた。「これはな、本来弾頭のあるネックに・357の弾薬を倒置した・30-・30弾なんだよ。ほら、こんな形だ。自分でこめてみたいだろう」

マルコはステッキ銃の先端の安全装置を確かめてから、受けとった弾丸を銃の先端に装塡した。

この銃の先端を標的に押しつけると・357の弾薬が炸裂し、その推力で細長い弾丸のような形態の・30-・30弾を薬莢ごと標的内に撃ち込めるのだ。

よし。ベニートとマルコは互いの前腕をタッチさせた。

「じゃあ、はじめるか」マルコは言った。「この暑さにこのハーネスじゃ、体が溶けちまう」二基のチャコール・フィルターとビデオ・カメラの備わったマスクをかぶって、ファボリトのほうを見た。ファボリトはノート・パソコンに流れるビデオ・カメラの映像をチェックしているところだった。ＯＫのしるしに両の親指を突き立てる。二人は前腕をタッチさせた。

　手動ウィンチで、暗い穴の中に下ろされてゆく。やや左右に振られながら、マルコはゆっくり降下していった。フラッシュライトで周囲を照らす。生温かい淀んだ空気が頬を撫でた。

「もうすこし、もうすこし下ろしてくれ」両足をぐっと下に伸ばす。「もっと、もうすこし」洞窟の底に着いた。海水は腰までの高さで、寄せ波と共に一フィートほど水位が上下する。フラッシュライトで正面を照らすと、金庫の裏側と人間の頭蓋骨が浮かび上がった。洞窟の天井から、木の根がシャンデリアのように吊り下がっていた。引き波で足首が引っ張られるのを感じる。細長いステッキ銃をメジャー代わりに、要所要所の寸法を測った。

「船着き場の橋桁の幅は十分広いから、あの金庫も引きずり出せるな、ウィンチを使えば」

　マスクの中でくぐもった声で話しながら、さらに前方に進んでゆく。腰を低くかがめ、顔を水中につけるようにして木の根の下をくぐった。「埋め立てに使った鉄鋼スラグ運搬船の船首が水面から突き出ている。でも、邪魔にはならない」

金庫と頭蓋骨の前に着いた。近くの浅瀬に、八分の一ほどに嚙みちぎられた犬の死骸が転がっていた。

ポケットから磁石をとりだす。ぴたっと金庫に貼りついた。

「正面と同じステンレス・スティールだ。この裏側にも、付け入る隙はないようだ」

「継ぎ目なんかはあるかい？」ノート・パソコンの映像をチェックしながら、ファボリトが訊いてくる。

「きれいにビード溶接されてるね。ほとんど継ぎ目がわからない。正面とおなじティグ溶接だよ。ここに下ろされる前にやったんだな、これは」

「表面を軽く叩いてくれ」ファボリトが指示する。

護岸の下の洞窟の入口あたりで、水を吸い込むような音。と同時に、泡がぶくぶくと浮き上がる。

キャプテン・マルコはベルトから小型のハンマーを抜きとって、金庫の表面をこんこんと叩いた。叩く位置が中央から隅のほうに移動するにつれて、音もすこし変わってくる。

「正面と同じだな。たぶん、厚さは五インチくらいだろう。上部の隅のほうを見てみる。どうだい、いい映像がとれてるか？」

「カメラのレンズを拭（ふ）いてくれ、マルコ」

マルコは携帯したビニール袋から布切れをとりだした。まずレンズを、次いで自分のマスクの表面を拭（ぬぐ）う。

「ほ、ほう。小さな斑点があるぞ、見えるか？」指先で金庫の表面の一点を指した。「鉛筆の太さくらいだ。こいつはヤバいかも。よし、もう出ていく」

海岸に面した洞窟の入口あたりで、水を吸い込むような音。それがしだいに接近してくる。

地上の穴から水中に射し込んでいる光の柱を目指して、マルコは歩きだした。爪先に何かが当たって、つまずいた。ゆらっと浮きあがったのはフェリックスの上半身だった。異様に膨張して、随所に噛みつかれた跡があった。両断された箇所から、臓器が垂れさがっている。

ぎょっとして飛びすさろうとして、マルコはかえってフェリックスを踏んづけてしまった。フェリックスの目玉が飛びだした。マスクをかぶっていても、悪臭でむせ返りそうになる。マルコがステッキ銃を振り上げると、フェリックスの上半身が動きだした。

水を吸い込むような音が近づいてくる。マルコは無我夢中で水中を進んだ。体に巻きつけた命綱がどんどん穴の上に引き上げられてゆく。

「もっと！　早く！　早く！」マスクの中で、マルコはくぐもった声を張り上げた。

膝頭(ひざがしら)が体にくっつくほど両足をあげ、左右に揺れながら明るい地上のほうに上昇してゆく。それを下から追うように、泡が柩(ひつぎ)の形に密集して水中をのぼってくる。エステバンとイグナシオが懸命にウィンチを回す。マルコの両足を追ってガシッと顎(あご)が水を嚙む音。次の瞬間、マルコは陽光の中に引き揚げられていた。

ウェット・スーツを腰まで脱いで地面にすわり込み、ぜいぜいと息を吸う。差しだされた水をひと口ふた口飲んだものの、すぐ花壇に吐きだしてしまった。これで口をゆすいで、とカリが冷たい水を差しだし、ラムをひと口飲ませた。

祝福を与える司祭のように、ドン・エルネストがマルコの頭に触れる。

男たちの目が、ノート・パソコンの画面に注がれた。マルコのビデオ・カメラがとらえた映像が再生されていた。

「FBIの金属検知器に引っかかったのは、埋め立てに使われた、あの鉄鋼スラグ運搬船だったんだろう」ドン・エルネストが言う。

「やつらもきっと、このあたりを何度か掘って、あの運搬船にぶち当たったんでしょうね」と、ファボリト。

パソコンの画面には、ゆらめくフェリックスの死体が映った。切断面に並ぶ一定間隔の穴を指して、ドン・エルネストが言った。「イリエワニが噛みついた跡だ。どうだ、ゴメス、覚えているか、あのセサールが相棒と組んでローンの支払いをチャラにしようとした後、やっぱり二人共、イリエワニに食われてしまったよな？」

「ええ、エンリキージョ湖の、野郎の事務所付近の橋の下でやられたんですよね、イリエワニに」ゴメスはドンを真似て、もったいぶった口調でつづけた。「あのワニに目をつけられたらもう一巻の終わりでさ。遠くまで運ばれちまって、ま、食われたんでしょう」

「ワニという動物はな、咀嚼ができんのだ」ドン・エルネストは言った。「だから、獲物が腐って、やわらかく食べやすくなるまで、水中の食糧貯蔵庫に保存しておくのさ。このフェリックスにしても、いったんくわえて運び去ってから、またここにもどして、腐るのを待ってたんだろうよ」

ファボリトがパソコンの画面を指さした。「やっぱり、金庫の裏側を見てよかったですね。ほら、マルコが気づいた、この斑点を見てください」

「中に水銀スイッチが仕掛けてあるのね」カリが言った。「あのスイッチはどんなに小さな揺れでも検知するの。やっぱり、あの金庫、動かせないんじゃない」

「この斑点は、ここに穴があけられた跡ですよ。それを後からハンダでふさぎ、ヤスリをかけて表面をきれいに均(なら)したんです」ファボリトが言った。「中に爆弾を仕掛けた箱を、後で密封するとします。その際、たとえばあの金庫の側面の穴のように穴をあけ、そこにワイヤーを突っ込んで水銀スイッチをセットするんです。その後、ワイヤーを引き抜いて穴を埋めてしまう。だれかがその箱を動かそうとすると、ドカン！ IRA（アイルランド共和軍）がよく使った手だよな」

カリがうなずいた。「コロンビアのゲリラ基地にいたとき、アイルランド人の教官から、コサン・ガス社のボンベを迫撃砲に作り替える方法を教わったことがあるの。そのとき、水銀スイッチのことも教わったんだけど。その教官、できあがった迫撃砲の一つ一つに自分の名前を刻ませていたわ。〝ヒュー・G・レクション〟って」

「そりゃ、もちろん、偽名だろうぜ」もっともらしい口調でゴメスが言う。

「それじゃあ、あの金庫はあのまま動かさずに、裏側の表面をプラズマ・トーチで焼き切ることはできんのかな？」ドン・エルネストが訊いた。

ファボリトは首を横に振った。「あの金庫をセットしたのがおれだとしますね？　そしたら、そういう動きを事前に察知できるように、内部に赤外線センサーを仕掛けておきますよ」ふうっと長い溜息(ためいき)を洩(も)らして、なおもつづけた。「こうなると、あの金庫をセットした当の技術者を捜し出すしかないな。あの金庫を動かすには、水銀スイッチを液体窒素で凍らせるしか手がない。でも、凍結された状態を維持するには、零下三十九度以下に保たなくちゃならないんだ。さもないと、ドカン、です。光学的な方法については、おれはちょっとわからないし」

「しかしだ、パブロ・エスコバルのやつは、金塊を永久にあそこに封じ込めるつもりだったわけじゃあるまい。いつかはとりだす肚(はら)でいたはずだ。としたら、扉をあける方法が絶対にある。なんとかできないか？」ドン・エルネストは訊いた。

「考えさせてください」ファボリトが言って、自分の麻痺(まひ)した脚を見下ろした。

「ときどき、頭がうまく働かないことがあって」

「三十分やる。じっくり考えてくれ」

男たちはパソコンの映像に目を凝らした。画面に映った金庫の溶接部分を、ファボリトが指でたどる。「こういう溶接、だれにでもできるわけじゃないんだぜ。ティグ溶接だからな、これは。タングステンを利用した電気溶接法だよ。ほら、この個所なんか、ようく見てくれ。これはね、トーチをローリングさせながら接合部を溶接していったんだ。見事な手際だよ。ごく限られたやつにしかできないね、これは。そうだ、パティオの工事をしたときの建設許可書を見てみようじゃないか。そのときだろうからな、この金庫を地下に運び入れたのは」

それからファボリトは、写真編集アプリ、〝フォト・プラス〟を起動させて金庫の写真をあらためて映し出し、解像度を上げるボタンを押した。

すると、

「やったぁ！　お手柄だぞ、マルコ！」

金庫の側面の下部、フラッシュライトの影に隠れていた箇所に、耐熱耐候マーカーで記された三つの文字が浮かび上がったのだ。

「T-A-Bとある。Thunder Alley Boatyard社の略だ。ドン・エルネスト、ここに問い合わせればいいか、わかりましたよ。でも、こいつはかなりの飴玉(ドゥルセ)が必要だろうな」

「金か、女か、どっちだ？」

「両方用意しとくんですね」

35

心地よく満腹したワニは南に向かって泳ぎ、船に遭遇するたびに水にもぐってやりすごした。全長十四フィート。メスのイリエワニで、エヴァグレーズ湿地で、ビルマニシキヘビの子供や、ネズミ科のマスクラットや、ビーヴァーに似たヌートリアを食べて腹をくちくした。が、そこよりもっと気に入っているのは〈サウス・ベイ・カントリー・クラブ〉の入り江で、ゴルフコースのフェアウェイ近辺の陸地でのんびり日を浴びてすごすのが快適な日課だった。

ゴルフコース近辺の入り江には、他のワニも棲(す)んでいた。ナイルワニが一、二匹。それと淡水泉の近くにはアメリカワニも何匹か棲みついていて、みなゴツゴツした鎧(よろい)のような体に温暖な日を浴びてぬくぬくとすごしていた。

ここに棲む最大の利点は、ゴルフ場が害虫駆除の一環で蛾(が)や蝶(ちょう)まで退治してくれることだった。蛾や蝶はワニの涙を飲もうとして、トゲのある肢で涙腺(るいせん)をくすぐる。ワニにとってはいい迷惑なのだ。

このメスのワニも、そこでまどろんだり、バミューダ・ショーツで歩きまわるゴルファーたちを眺めたりしてすごしていた。

残念ながら、好物の犬はゴルフコースに入ることを禁じられている。それでも、ときおり近所の住民が——コースの会員でない者が多かったが——ウンチ・スクーパーとビニール袋を手に、こっそりとコースに入ってきては、水際で愛犬を遊ばせたりする。

ワニは咀嚼ができないため、大きな生き物を殺した場合は、死体が腐敗してやわらかくなるのを待ってから、何度かに分けて丸呑(まるの)みにする。だが、チワワやコーギー、ラサアプソー、シーズーなどの小型犬は一度で丸呑みできる。だから、このメスのワニにしても、そうした犬どもはエスコバル邸の下の洞窟に隠し持つ貯蔵庫などで腐敗させる必要もなく、新鮮な味を楽しめるのだ。

このメスのワニは、フェリックスを除くと、人間はたった一人しか食べたことがない。それは、あるとき、酔っぱらいたちを満載していたボートから転落した男だった。転落時にはだれも気づかず、行方不明になった原因も調べられず、だれにも悼まれないまま忘れられてしまった。この酔っぱらいを食べてから一時間あまりは、メスのワニもほろ酔い気分に陥ったものだった。

ワニは人間を主食にしているわけではない。が、捕獲した食べ物の味や捕獲場所の記憶は確かで、人間という動物には剛毛や羽毛や硬い皮膚、角、嘴、蹄等がないから実に食べやすいということはよく覚えている。つかまえた後で苦労させられるペリカンなどとは大違いだった。

短パンから白いぽってりした脚をむき出しにして、夕暮れどきにこっそりペットを遊ばせている愛犬家ほど、このワニにとって魅力的な存在はない。しかも、日が暮れれば、彼ら人間は夜目がきかないのだ。ワニに必要なのは忍耐だけだった。

あのフェリックスを食べたときは、頭についていたヘッドランプの処理に困って、フェアウェイのそばに吐きだしてしまったのだが、それを見たグラウンド・キーパーたちは、何でこんな物がこんなところに、と大いに困惑したものだった。

36

弁護士のディエゴ・リーバは、ハリウッドでも活躍した俳優シーザー・ロメロの孫と詐称（さしょう）しているハンサムな男だった。その顔には、見かけ倒しの容姿を備えた男ならではの不機嫌そうな表情がいつも貼（は）りついていた。

人と何かを分かち合うことがこの男は不得手で、周囲の連中が仲良く何かを楽しんでいるのを見ると、いつも不愉快でならなかった。

最近とりわけ不愉快だったのは、ドン・エルネストが住み心地のいい家をヘスス・ビジャレアルの未亡人に与えた一件だった。その家にしても、援助資金にしても、ディエゴ・リーバの事務所を通さずに与えられたため、リーバはその分け前にあずかることがまったくできなかったのだ。

ヘススの死後セニョーラ・ビジャレアルを訪ねたときも、収穫はゼロだった。自分には当然一定の手数料を受け取る資格があると指摘したのだが、召し使いにかしずかれて贅沢な居間にすわった未亡人はまったく聞く耳を持たなかった。部屋の隅に控えた陰険な妹が、ときどき辛辣な助言をして未亡人を助けるのも癪にさわった。その日の午後、事務所にもどったディエゴ・リーバは憤懣やるかたなく、首をカメのように引っ込めて、部屋の隅々を見まわしながら対策を考えたのだった。

で、マイアミの大金庫のあけ方についてヘススが残した絵図面や指示書きを改竄してやったのだが、さて、ドン・エルネストが正しいあけ方を知るために大金を払うかどうかはわからない。それに、ドン・エルネストがもし教えを乞わぬまま金庫をあけようとすれば、ある日突然マイアミ・ビーチで大音響が起こり、ドン・エルネスト以下悪人どもがみな天国にいってしまって、結局、金を払ってくれる者などいなくなってしまう。

そこでちょっとした調査をしてみると、昨年アメリカ合衆国政府が公益通報者に支払った最大の報酬額が一億四百万ドルであることがわかった。密告に対する報酬は、その結果確保された貴重品の時価の十パーセントから三十パーセントだという。

さっそくチビたゴルフスコア鉛筆で計算してみたところ、あの金庫におさまる金塊の時価が二千五百万ドルだとして、最低でも二百五十万ドルが直接自分のポケットに入ることがわかった。

となれば、もうドン・エルネストを密告すしかないではないか。

さっそくワシントンDCにある連邦証券取引委員会の公益通報窓口に通報したところ、あちこち電話をまわされたあげく、最終的には国土安全保障省の愛嬌たっぷりの女性の声にたどり着いた。

不満の鬱積した銀行員や復讐欲に燃えた大企業の下っ端社員の扱いに慣れたその女性は、ディエゴ・リーバの怒りの淵源もそつなく探り出し、あなたは本当にまっとうで公正なことをなさろうとしているんです、と請け合った。〝不都合な状況を正す〟とか、〝正義が行われることを目指す〟といった形容をその女性は巧みに用いた。密告者のことも、〝告発者〟と呼んだ。

ディエゴ・リーバとの会話は、法令でさだめられた警告抜きに録音された。女性のデスクの録音機のかたわらには、〝バンバン内部告発をしよう！〟というスローガンを記した小さな標識板が置かれていた。

一般に、公益通報の案件によっては、それを扱う内国歳入庁、証券取引委員会、司法省、国土安全保障省の各省庁間で一定の協力が行われる。まずはその通報を受けた人間がその密告者を鼓舞激励し、その後適切な当局に案件がまわされるのが通例となっている。

その日、通報を受けた女性は、たとえディエゴ・リーバが他の部局にすでに通報ずみだったとしても、証券取引委員会による報奨金の支払いは以前の通報から百二十日間有効であると確約した。

ディエゴ・リーバは、その報奨金に関し書面による確約がほしいと要求し、自分の通報の結果、アメリカ本土で大量の爆薬と金塊が保全されるよう望む、と訴えた。

国土安全保障省の女性は、それには数時間の猶予をもらいたい、と答えた。対するディエゴ・リーバは、書面による確約が得られるまではこれ以上の情報提供はできないと応じて、電話とファクスのそばを離れずに返答を待った。

その後、リーバ宅は、カルタヘナの国土安全保障省海上コンテナ安全対策局から急遽(きゅうきょ)手配された捜査官の監視下に置かれ、その監視任務は、夕刻になってボゴタのＩＣＥ（移民税関捜査局）の捜査官に引き継がれるまでつづいた。

37

ファボリトは、金庫の扉に描かれた〝コブレの慈悲の聖母像〟をじっと見つめた。聖母のほうでも、車椅子(くるまいす)のファボリトを見返してくる。聖母の前景に描かれた荒海では、なんとか舟を操ろうと漁夫たちが苦闘している。

ファボリトはカード・テーブルを前にしていた。テーブルには、磁極間の磁束密度を計測するガウスメーター、電圧を計るボルトメーター、六個あまりの強力な磁石、それに聴診器がのっている。

ドン・エルネスト、ゴメス、マルコ、エステバン、それにカリが成り行きを見守っていた。カリとエステバンは、狭い地下室にすこしでも余裕を持たせるべく階段に立っていた。ドン・エルネストのかたわらにはゴメスが控えている。もし緊急避難という事態になったら、ゴメスは車椅子ごとファボリトを抱え上げて階段を駆けのぼる手筈になっていた。

薄暗い地下室で、金庫の扉の聖母像だけが明るい照明に浮かび上がっている。

「さてと。金庫の溶接が〈サンダー・アリー・ボートヤード〉社で行なわれたことは、もうわかりましたよね」ファボリトは言った。「あの社の連中の話だと、最初の作業が行われたときはパブロ・エスコバル自身が様子を見にきたらしい。それから、連中はこの屋敷の建設現場に、金庫をトラックで運び込んだ。そして、クレーンで地中に下ろしたんですね。当時、この地下室の上はまだ硬い地面だったんです。金庫内に複雑な仕掛けを施したところは、〈サンダー・アリー〉社の連中はだれも見ていません。きっとパブロがコロンビアのカリからだれかを呼び寄せて、やらせたんでしょう。いま、都市ガスは外の道路で遮断されてるよね？」

「ええ、大丈夫」カリが答えた。「あたしが止めておいたから」

そのとき、マイアミ国際空港からベニートが電話をかけてきた。ドン・エルネストに命じられて空港に赴いたベニートは、飛来するＤＣ－６Ａ機を出迎えて、その旧型機の貨物搬入装置をチェックすることになっていたのだ。ベニートは昔、ＤＣ

－6Aに何度も貨物を運び入れたことがある。リフトに問題はないし、給油も完了、準備はすべて整ってますわい、とベニートはドン・エルネストに報告した。

もうぐずぐずしてはいられない。やるしかなかった。

ファボリトは手元の磁石をチェックした。目の前のテーブルには、ヘスス・ビジャレアルの未亡人から渡された指示書きと絵図面が広げられている。ファボリトはタバコに火をつけた。

「おい、大丈夫なのか、ここでタバコを吸って？」

ゴメスに訊かれて、

「ああ、大丈夫さ」ファボリトは答えた。「よし、はじめよう。この絵図面によると、まず二つの磁石を漁夫たちの横にある円盤状の突起に吸着させることになっている。ここと、ここだ。そして、三個目の磁石で、絵の下部に書かれている文章をなぞるんだ。YO SOY LA VIRGEN DE CARIDAD DEL COBRE（わたしはコブレの慈悲の聖母）とあるだろう。VIRGIN が、VIRGEN と綴られているね。その LA VIRGEN の中から、〝AVE〟の語を綴るように、磁石でその三文字を軽く叩け、とあるんだ」

ファボリトは両手の汗をペーパー・タオルでぬぐった。「ドン・エルネスト、もしこの場にいたくないという人間がだれかいたら、いまがその最後のチャンスです。一つ、お願いがあるんだ。いま、この瞬間から、すべてが終わるまで、全員がおれの指示に従ってほしい。申し訳ないが、あなたも例外ではないんです、ドン・エルネスト」

「御意のままに（ア・スス・オルデネス）」ドン・エルネストは答えた。

ファボリトはタバコをゆっくりと一服してから床に落とし、車椅子の車輪で轢（ひ）いて火を消した。明るく浮かび上がっている〝コブレの慈悲の聖母像〟を見あげて、胸に十字を切る。

絵の下のほうで苦闘する漁夫たちに指で触れて、「おれたちもいま、同じボートに乗り合わせているのさ」

まさにそのとき、そこから千二十二マイル離れたディエゴ・リーバの事務所で電話が鳴り、ファクスが文書を吐きだしはじめた。

エスコバル邸の地下室では、ファボリトが車椅子を金庫の扉すれすれに寄せて車輪をロックした。

最初の磁石を左側の円盤状の突起に吸着させる。聴診器を扉にあてて耳をすました。二番目の磁石を右側の円盤状の突起に吸着させた。扉の中で、カチリ、という音。ファボリトは何度かまばたきした。目蓋(まぶた)も、カチリ、と鳴ったような気がした。

「じゃあ、AVEをなぞるぞ」と、独りごちる。「Aveだ。Aveと言ったら、Ave(ようこそ)なんですよね、聖母さま」Aを軽く磁石で叩き、Vを軽く叩く。

Eを見つけて、軽く叩いた。一瞬の間をおいて、カチリ、という音。

金庫の扉の把手(とって)をまわしてみた。動かない。が、聴診器の奥で、ごく微(かす)かに、カチッ、という音。もう一度、こんどはすこし大きく、カチッ。それはしだいに大きくなり、周囲の男たちの耳にも聞こえてきた。カチッ、カチッ、カチッ。

「緊急避難！」ファボリトは叫んだ。絵図面に目を凝らしたまくり返した。「外に出ろ。遠くに。道路まで逃げろ。腰を低くして、塀の外に出ろ」

「おまえもつれてゆく」ドン・エルネストが言った。「ゴメス！　早く！」

巨漢が前に進んで、ファボリトを抱え上げようとする。

「おれはいい！　約束したろう、セニョール」ファボリトは拒んだ。

「みんな、外に出ろ」ドン・エルネストは命じた。「急げ！　逃げろ！」

男たちは急ぎ足で屋敷から出た。屋敷の中では走るのが憚られたが、芝生に出ると、みな恥も外聞もなく走りだした。キッチンでコッカトゥーが鳴いた。「どうすりゃいいのよ、カルメン？」

カリがそれを聞きつけてキッチンに飛び込み、籠の戸をあけた。

地下室では、ファボリトが磁石を片手に握っていた。それを、絵の下部の文章の上下に走らせる。カチッ、カチッ、という音がさらに早く、さらに大きくなった。心臓の音とカチッという音が、恐ろしい強弱のリズムを刻んで共鳴しはじめる。ファボリトは絵図面を持ち上げ、明るく照らされた金庫の絵と図面を同時に見比べた。金庫の絵を照射する光が裏から図面を透過した。と、何かでこすられて、そこだけ薄くなった紙の一点が、浮かび上がった。金庫の絵では、聖母の上半身の背後に、時計の時を示すような点々が後光のように円形に描かれているのだが、聖母の頭の真上、時計で言えば十二時にあたる位置のすぐ左側の点が、図面では抹消されていた。ファボリトはさっと磁石をつかんだ。車椅子から伸びをするように手を上に伸ばす。が、聖母の頭の上までは届かない。車椅子をあらためてロックし、なんとか背伸びして思い切り手を上に伸ばした。カチッ、カチッ、という音はいまや銃声のように、雷鳴のように、大きく響きわたっている。ファボリトは聖母の顔にひたと目を据えて、叫んだ。

「お慈悲(カリダ)を！」

その声を、上の階のカリが聞きつけた。パタパタと羽ばたいているコッカトゥーをソファに投げだすなり階段を駆け下りて、カチッ、カチッという音と光が渦巻く混沌(こんとん)の中に飛び込んだ。

ファボリトが磁石を投げてよこす。

「後光の十二時の位置の左、黒い点だ！」

カリは夢中で駆け寄った。長い脚の三歩で金庫の前に立ち、スラム・ダンク・シュートをするように上体を思い切り上に伸ばして、聖母の頭の上の一点にぺたっと磁石を貼りつけた。

カチッ、**カチッ**、カチッ。音は止んだ。金庫の扉の把手がひとりでにぎいっとまわる。ファボリトとカリは大きく息を弾ませていた。カリがファボリトの上にかがみ込み、二人は腕も折れよとばかり互いを抱きしめ合った。激しく乱れた息遣いが、やがて笑いに変わっていった。

38

十五秒というもの、世界中でカチッという音が止まったかに思われた。最後にもう一度、カチッという音がしたとき、カリとファボリトは飛び上がった。それから、弾(はじ)かれたように動きだした。

車椅子のファボリトは、金庫内の隅々にまでは手が届かない。カリも手伝って、二人は派手な色彩の、ぐるぐる巻きにされた起爆コードをとりはずし、淡褐色の起爆装置をテーブルに移した。爆破効果を増すべく無数の釘が詰め込まれたプラスティック爆弾は、金庫の中に放置した。

起爆装置がはずされたとはいえ、まだ金庫の近くで携帯を使う気にはなれない。カリはファボリトを地下室に残して外に出た。コッカトゥーを拳(こぶし)にとまらせた腕を大きく頭上で振りまわして、危険は去ったという合図をする。

屋敷は一転して騒然とした空気に包まれた。

さながら火事場から貴重品を運びだす消防隊員のように、男たちは金庫から各種の金塊を運びだした。国際的な取引可能なグッド・デリヴァリー・バー。キロ・バー。イニリダ鉱山から掘り出された非正規の金塊。ジッポー・ライター程度の大きさの小さなトラ・バーの詰まった袋。搬出用のヴァンの中には、洗濯物を上部から出し入れする洗濯機が三台用意されていた。いずれも、ボートヤードで溶接された鉄筋で頑丈に内部が補強されていた。

ゴメスが車椅子のファボリトの背後に立った。ツールボックスと一緒に、ファボリトを車椅子ごと階段に移して、一階に運び上げる。

数分もたたぬうちに、ヴァンは小雨の中、空港に向かって走りだした。ジュリア・タトル・コーズウェイにさしかかったとき、一行は反対方向のマイアミ・ビーチに向かって急行する官憲当局の車列とすれちがった。

39

ジュリア・タトル・コーズウェイを進んだ車列は、さまざまな部局の合同部隊だった——各六名の捜査官が乗り込んだＩＣＥ（移民税関捜査局）の二台のヴァン、四名の捜査官の乗り込んだＦＢＩの車両、マイアミ・デード郡のＳＷＡＴチームの乗り込んだ車両、そして爆弾処理ロボットを擁した爆弾処理班の車両。コーズウェイの中間点まで盛大にサイレンを鳴らしていた車列は、そこから一台の救急車のみのサイレンに切り替えて、マイアミ・ビーチに進入した。

湾に面したエスコバル邸に最初に到着したのは、マイアミ・デード郡のＳＷＡＴチームと一台の消防車だった。マイアミ・デード郡の二隻の海上巡視艇も、無灯火でサイレンも鳴らさずに現場海域に到着していた。ＳＷＡＴチームは屋敷の正面と裏口から同時に突入した。

上空には警察のヘリも一機滞空していて、屋敷の脇(わき)のヘリ発着場にたなびくボロボロの吹き流しをはためかせていた。

爆弾処理ロボットは、混線を避けるようプログラムされている。そのため、狭い階段を降りるのをためらっていたが、オペレーターからせっつかれて、地下室への階段を降りはじめた。ロボットに搭載されている十二ゲージのショットガンには、爆弾の点火回路を無力化するための水がつめ込まれている。その薬包は、通常の雷管のある位置に電気雷管がセットされていた。

ロボットのカメラが金庫を映し出した。金庫の扉はがばっとひらかれていた。内部の上段の棚には何もなく、下の段には十五キロのプラスティック爆弾がのっていた。派手な色の起爆コードは爆弾からはずされ、ぐるぐる巻きにされてカード・テーブルに置かれていた。その映像をロボットのカメラで見て、処理班の面々はほっと胸を撫(な)で下ろした。コードのかたわらには、無力化された水銀スイッチも放り出されていたのである。爆弾処理班にとってはもっけの幸いだった。

重い磁石とファボリトのツール類は、オイルできれいに表面を拭(ぬぐ)われて階段の下に放置されていた。

　邸内に人影はなく、マネキンや石膏のモンスター、各種の玩具のみが見つかった。邸内はさまざまな官憲部局の捜査官たちでごった返した。そのうち爆弾処理班のトラックで爆弾が運び去られると、息づまるような緊張も霧散した。

　爆弾処理班の面々は、リビングに置かれた古い電気椅子を取り囲み、こいつでピザを温められるかな、などと論じ合った。電気椅子にすわったチーフは言った——これじゃ何かをぐつぐつ煮立てることはできても、炒めるところまではいかんだろうよ、だからもうシンシン刑務所でも使われていないのさ。

　爆弾の脅威が去ってしまうと、彼らの目には、邸内の何もかもが滑稽に見えた。

　海上巡視艇のスタッフは七十九丁目コーズウェイとジュリア・タトル・コーズウェイを封鎖し、下を通過するすべての船舶を臨検した。

　邸内に残されていた武器の回収にあたったのは、マイアミ・デード警察のテリー・ロブレス刑事だった。ＡＫ－47が一挺に、死んだウンベルトの部屋にあったＡＲ－15が一挺。ロブレスは手袋をはめてＡＲ－15のアッパー・レシーヴァーをはずし、この銃をフル・オート発射に切り替えられる小さなアルミ製の箱に似たオート・シアーをとりだした。このシアーをATF（アルコール・タバコ・火器及び爆発物取締局）の捜査官に見せると、手にとった捜査官はひと目見るなり眉を吊りあげた。「こいつは新型だぞ、おい」

ＡＲ－15用の合法的なシアーは、すべて一九八六年以前に作られている。そのタイプなら、クラス3のライセンスさえ持っていれば、安いものだと一万五千ドルくらいでだれでも入手できる。

だが、この新しいタイプの非合法なシアーは、所持しているだけで二十五万ドルの罰金を科されるし、低警備のコールマン連邦刑務所に、保釈抜きで二十年はぶちこまれてしまう。

「ちょっと頼まれてほしいんだが」ロブレスはその捜査官に言った。「こいつを大猛急で鑑識に見てもらえんだろうか」

その後ハンス・ペーターが使っていた部屋で、ロブレスはフォルダーに挟まれた、ひと目見ただけでおぞけをふるうようなスケッチのコピーを見つけた。

二日後、ロブレスはATFの覆面捜査官の資格で、窓のない殺風景な日用品預かり倉庫の手入れを行った。ドン・エルネストの配下たちやハンス・ペーターらが銃器を賃借していたところだ。そのオーナーはロブレスに、おれは〝バッド〟という名で通っている、と述べた。ロブレスの懐中にある捜索令状には、その男の本名が記されていた――デイヴィッド・ヴォーン・ウェバー、白人男性、四十八歳、コカイン所持並びに飲酒・麻薬運転による前科二犯。

ロブレス刑事とATFの捜査官らがその男にたどり着いたのは、ウンベルトのライフルの小さな嵌(は)めこみ型シアーの内側に、そいつの指紋が付着していたからだった。

40

空港に着いたヴァンは、待機していた旧型の輸送機に接近して止まった。ドン・エルネストの配下たちが、台車にのせた洗濯機をカーゴ・リフトまで運ぶ。金塊を呑んだ洗濯機は飛行機のカーゴルームに消えて、ふだん南米向けに輸送される洗濯機の列のあいだにおさまった。

滑走路は雨に濡れていた。水たまりに映った灰色の雲がポツポツと雨粒にうがたれている。旧型の707機がすぐ横を滑走し、爆音で会話をかき消した。そいつが遠ざかると、ドン・エルネストはあらためてカリに言った。「どうだい、一緒にこないか、カリ。わたしのところで働いてくれ。アメリカにいても、苦労するばかりだろうが」

「ありがとう、ドン・エルネスト。でも、ここがもうあたしの国だから」

「一緒にきたほうが、本当に身のためだと思うがな」

カリは首を振った。雨に濡れた顔は、二十五歳という実際の歳よりずっと若く見えた。

ドン・エルネストはうなずいた。「じゃあ、金塊が売却できしだい、連絡するから。現金をうまく隠す手段を考えておくんだな。大ぶりの貸金庫を借りるといい。ふだん使うのは少しずつにして、折を見て資金をうまく運用できるビジネスに投資するのがいちばんだろう。そのときがきたら、信頼できる会計士を紹介するから」

「あたしの叔母の件は？」

「ああ、それもちゃんと手配をする。案じることはない」

空港のフェンスの外の道路では、携帯を膝に置いたハンス・ペーター・シュナイダーが飛行機を注視していた。手にした紙には、即座に通報できる電話番号がいくつか記されていた。航空管制局。マイアミ・デード警察空港分署。運輸安全局。ＩＣＥ（移民税関捜査局）。

ドン・エルネストは小走りにトイレに向かった。戸口から中に入りながら電話番号をプッシュする。仕切り戸の下が要注意と思いだして、目を走らせた。足は見えなかった。

　小便器で用を足しながら、ドン・エルネストは携帯に話しかけた。

「あの娘の勤め先は、七十九丁目コーズウェイに面した〈シーバード・ステーション〉だ」

　遠くのほうでサイレンの音。火事が発生したのか。自分たちを追っているのか。

　ドン・エルネストはまた小走りに滑走路にとって返して、飛行機に乗り込んだ。

　トイレのドアがぴしゃっと閉まると、仕切り戸の中で便器にすわっていたベニートが、引き上げていた両足を床に下ろした。


　ハンス・ペーター・シュナイダーは、乗り込んだＲＶ車の中で携帯のスイッチを切ると、ポケットに突っ込んだ。電話番号を列記した紙は、くしゃくしゃっと丸める。滑走路の古いＤＣ－６Ａ機の周囲を点検する操縦士たちをしばらく眺めてから、走りだした。

　ＤＣ－６Ａは四発のプロペラで空を嚙みながら、滑走路わきの雑草を風圧で薙ぎ倒しつつ苦しげに滑走をつづけた。洗濯機といくつかの皿洗い機を——重量のかさむのは三台しかなかったが——満載したDC－6Aは、それでもどうにか地を離れて大きく旋回し、過密な空路から進路を南の海上に定めて一路ハイチを目指した。

ドン・エルネストは目を閉じてキャンディのことを考えた。過ぎ去りし良き時を思いだし、きたるべき良き時に思いを馳(は)せる。乗務員の指示で、機の重心の背後の席にすわったゴメスは、『ニューヨーク・タイムズ』のマッサージ・パーラーの広告に目を走らせていた。

エスコバル邸の金塊の件を官憲に密告したディエゴ・リーバは、確実な容疑者の名前としては、ドン・エルネストとイシドロ・ゴメスしか知らなかった。

それに基づいて二通の逮捕状が執行されたとき、二人の乗るオンボロの飛行機はフロリダ海峡の上空を喘(あえ)ぎ喘ぎ通過して、自由の彼方(かなた)に飛び去ろうとしていた。

41

二週間が経過しても、ドン・エルネストから連絡を受けた者はだれ一人いなかった。

キャプテン・マルコはプリペイド・カードを購入し、プリペイド携帯でコロンビアのアルフレード・ダンス・スクールに電話を入れた。しかし、ドン・エルネストという人物など──〝エルネストですか、アーネストじゃありません？〟──うちでは働いていません、と告げられた。

気持ちよく晴れたノース・マイアミ・ビーチの朝。幾組ものカップルが、貸しボートで静かな湖水の上を漕（こ）いでいた。湖に沿ったグレイノルズ・パークでは、行楽客たちが樹木の下にテーブルクロスを広げてくつろいだり、アコーディオンを奏でたりしている。バーベキュー・グリルからたちのぼる薄青い煙が、湖上にたゆたっていた。

カリ・モーラは腕時計を見て、船着き場の端に腰を下ろした。かぶっている麦わら帽子には、目立つ色のリボンが巻きつけてある。

船首の平たいボートが、船着き場に接近してきた。

船尾でオールを漕いでいるのはファボリトだった。その前には、折りたたまれた車椅子が置かれている。あの金庫をあけて以降、ファボリトとは十五秒ほど電話で話したきりで、こうして顔を合わせるのは初めてだった。

船首では、片脚を空気注入式ギプスに包んだイリアーナ・スプラッグズも、オールを漕いでいた。二人とも救命胴着を着用していて、イリアーナの顔は早くもピンク色に日焼けしている。

ファボリトが微笑いかけてきた。

「よお。あのカチッカチッ以来だね。一緒に漕いでくれてるのはね、イリアーナなんだ」

「本当にカチッカチッ以来ね」カリは答えた。「よろしく、イリアーナ」

イリアーナ・スプラッグズはカリをまともに見ようとせず、挨拶(あいさつ)も返してこない。

「実はね、カリ、南米のわれらが友人からは、まだだれ一人連絡を受けてないんだ。もしかすると、このまま永久に連絡がないのかもしれない。やっこさん、まんまと持ち逃げしたんだよ、きっと」

そこでファボリトは、ピクニック・バスケットを差し出してよこした。「サンドイッチの下を見てくれ」

受けとったバスケットの中のサンドイッチをカリがよけてみると、燦然(さんぜん)と金色に光るものが下にあった。

思わず周囲を見まわした。さっきまでそばにいた行楽客は大木の下にもどっている。あらためて、バスケットの中をさぐった。口のあいた布地のバッグの中に、三・七五オンスと刻印された、小さめの分厚い金の延べ板(トラ・バー)が九個入っていた。

「あのとき、そいつが十八個、おれのツールボックスに転がり込んでいたのさ。知らない間に、ね。おれたちときみとで九個ずつ、いただこうと思ってさ」イリアーナにも聞かせるように、ファボリトはつづけた。「あの瞬間、きみがいなかったら

――もしきみが階段を駆け下りてきてくれなかったら、おれはハンバーガーになっていただろうからな。前にも爆弾で吹っ飛ばされたことはあるけれども。この延べ板九個で、四万四千ドルくらいにはなると思う。クレディ・スイス銀行の刻印があるけど、ナンバーは押されてないんだ。だから、すこし時間を置けば、簡単に売れるよ。ただし、いっぺんにまとめて売っちゃだめだぜ。すこしずつ、あちこちに散らしながら売って、またすこしずつ使っていくといいよ。預金するのは五千ドル以下にするんだな。税金もちゃんと払ってね」

「ありがとう、ファボリト」延べ板の袋をとりだしてから、カリはピクニック・バスケットをボートの中の、折りたたまれた車椅子の上に置いた。「この日差しじゃ、日焼けするわよね。これ、どうぞ」

イリアーナに麦わら帽子を差し出した。が、受け取ってくれない。

固い表情のイリアーナの顔を見つめて、カリは言った。「ファボリトを手放しちゃだめよ。こんな人、めったにいないんだから」麦わら帽をバスケットの上に置いた。

ファボリトとイリアーナはボートを漕いで遠ざかってゆく。カリは学校の教科書やヴィゴロ果樹用肥料をつめこんであるトートバッグに、金の延べ板をしまいこんだ。

陸地からかなり遠ざかったボートの上で、イリアーナがあまり口を動かさずに言った。「だって、彼女、美人すぎるんだもの」

「ああ。でも、きみだってそうだぜ」ファボリトは言った。すこしたって、イリアーナは麦わら帽をつかみ、カリに向かって大きく振った。そのときイリアーナの顔には、初めて笑みも浮かんでいるように見えた。

カリはすぐバスに乗って、スネーク・クリーク・カナルに向かった——これから自分のものになる家の手入れをするために。

42

クリスマスを間近に控えた暖かい日。プルメリアも葉を落として、摂氏二十六度の冬を迎えていた。バス停からスネーク・クリーク・カナルに近い家に向かう足元にも、大きな葉が吹き寄せられた。

カリは二つのキャンヴァス・バッグをさげていた。一方のバッグには鮮やかなピンク色の花を咲かせたコエビソウの鉢、もう一方のバッグには学校の教科書と一緒にアメリカ木材協会編の『根太(ねだ)と垂木(たるき)の梁間(はりま)表』が入っている。

近くの家の前庭で、八歳くらいの子供たちが各種のフィギュアを使ってキリスト降誕シーンを再現しようとしていた。

子供たちの手元には、さまざまなミニチュア・フィギュアが揃っていた。マリア、ヨセフ、飼い葉桶に寝かされた赤子のイエス。そして、厩に顔をそろえた動物たち――ヤギ、ロバ、ヒツジ、それに三匹のカメ。庭の真ん中にはテント用のパイプの支柱が立てられている。女の子が二人に、男の子が一人。みんなで豆電球を連ねたひもを支柱のてっぺんにくりつけ、それをテントのロープのように広げて、飼い葉桶のシーンを彩るカラフルなクリスマスツリーに仕立てている。

子供たちの母親は、ポーチからその情景を眺めていた。豆電球をコントロールする低電圧の変圧器を手元に置いていて、巻かれたコードが椅子の下にある。

ポーチの母親に微笑みかけてから、カリは子供たちに声をかけた。「素敵な降誕祭のお飾りね」

「ありがとう」いちばん年上の女の子が応じた。「このプラスティックのナシミエントはね、Kマートでしか買えないの。プラスティックだと雨が降っても崩れないんだけど、石膏のやつだと溶けちゃうんだ」

「厩の中にはカメもいるわね、ヨセフとマリアと赤ちゃんのイエスと一緒に」

「Kマートにいったら、東方の三博士はもう売り切れてたの。でも、このカメがうちにあったから。木でできてるんだけど、雨が降っても大丈夫なように、フューチユア防水液につけといたの」

「ということは、そのカメは……」

「あたり（クラーロ）——それはね、三博士カメなんだ」ちいさな男の子が言った。「それでね、もし本物の三博士や王様が手に入ったら、このカメはみんな、ただのお友だちになっちゃうの、厩で暮らすただのお友だちに。ロバやヒツジのお友だち」

「川に棲（す）んでる本物のカメに見えるように、顔だけ地面から出させるの」女の子が言った。

「素晴らしいナシミエントだわ」カリは言った。「あたしも仲間入りさせてもらって、ありがとう」

「どういたしまして。ママが豆電球つけたら、見にきてね。フェリス・ナビダ（メリー・クリスマス）」

屋根を青い防水シートで覆われたわが家に近づくにつれて、独特の指笛の音が聞こえてきた。最初はピーという細い音にはじまり、だんだん大きく速く街路に響きわたって、最後は小さな蒸気オルガンで奏でられたように鳴り響く。お隣りの女性がゴメラ島の指笛で交信しているのだと、すぐにわかった。

自分の家の玄関の階段に、見知らぬ男がすわっていた。いまの指笛の交信は、この男に関するものだったのかもしれない。

カリは重い鉢が入っているバッグを左手から垂らすように持ち替えた。これで右手が使いやすくなる。

こちらが近づいていくのを見て、男は立ちあがった。

カリは庭の隅で立ち止まって、葉が黄色くなりかけている木をじっと見た。

男がベルトの右側の高い位置に武器を帯びているのを、カリは見逃がさなかった――拳銃の銃把（じゅうは）の形に上着がすこしもちあがっているのだ。男の目が終始陽光を浴びざるを得ないように、カリは私道を使わず、芝生を横切って近づいていった。

「マイアミ・デード警察のテリー・ロブレス刑事だ、ミズ・モーラ。ちょっとお話しさせてもらいたいんだがね」バッジではなく、丁重にIDカードを見せた。

カリは、カードを読みとれるほど近くには寄らなかった。この男、ベルトに結束バンドの手錠を持っているだろうか、と内心考えていた。

テリー・ロブレスは、目の前にいるカリの顔が、いま抱えているフォルダー中のスケッチに描かれた顔と一致していることを確認した。その絵の数々は、法的な証拠というよりも、おぞましくも薄汚いものに、あらためて感じられる。できれば放り捨てたいくらいいとわしかった。

カリは目の前の男をわが家に入れたくはなかった。家具の三点セットの配置がまだ定まらなくて、いまも週に何回かやり直しているのだから。それに、この男は警官だ。ＩＣＥ（移民税関捜査局）の連中と変わらない。やはり家の中には入れたくない。

カリはロブレスを裏庭のテーブルに案内した。

裏のポーチでは、隣家の指笛交信に反応して、コッカトゥーが英語やスペイン語で叫び返している。

「きみは指笛の交信がわかるのかい？」ロブレスは訊いた。

「いいえ。お隣りさん、あれを使って携帯の使用料を節約しているの。それに、あれだとハッキングもされないし。うちの鳥の口の悪さ、気になさらないでね。あの子、お隣りさんの会話にいつも耳をすましていて、割って入るのよ――あなたのお気にさわるようなことを言ったとしても、ぜんぜん悪意はないので」

「きみが働いていた屋敷の件なんだが、このところ、ずいぶんと事件が多発していてね、ミズ・モーラ。あの屋敷に住み込んでいた連中に、だれか知り合いはいるかい？」

「あたしは、ほんの二日間、一緒にいただけだから」

「その二日間、きみを雇っていたのは何者なんだ？」

「映画会社の人間だって言ってたけど。撮影許可書に名前が書いてあったわ。この二、三年、いろんな人があの屋敷を映画の撮影に使ってたんです。あの屋敷にある小道具を使って、テレビのコマーシャルを撮ったりして」

「その撮影隊の連中に、知り合いは？」

「ボスは、ハンス・ペーターという名の、背の高い男だったけど」

「その連中があの屋敷で何を見つけたか、知ってるかい？」

「いいえ。あの人たちと、あたし、付き合いたくなくて、二日目には辞めましたから」

「どうして？」

「みんな、前科者みたいな感じで。振舞い方が気に入らなかったから」

「どこかに苦情を申し立てたりはしたのかい？」

「あの人たちにはっきり自分の不満を伝えて、それから辞めました」

ロブレスはうなずいた。「その連中、その後何人かは死んで、何人かは行方不明なんだ」

カリの顔に目を凝らしたが、何の反応も認められなかった。

「きみはいま、学校に通っているんだね」

「ええ、マイアミ・デードで。通いはじめたばっかりです」

「何を目指しているんだい？」

「あたし、獣医になりたくて。医大の予科に通っているの」

「きみは最近、TPS（一時的滞在許可）を更新して、労働認可も延長されたようじゃないか。おめでとう」

「ありがとう」

さあ、何か切り込んでくるぞ、とカリは身がまえた。

すこし身じろぎして、ロブレスはつづけた。「きみは市民権の取得を目指しているんだろう。すでに在宅介護の資格を持っている。実際に老人たちの介護にもあたっている。家の清掃も引き受けているんだね。で、あの屋敷を借りた連中だが、あそこで大量の金塊を手に入れたんだよ。きみもその一部を受けとったかい、ミズ・

モーラ？」

「金塊を？　あたしは食料品代をもらっただけです。それだって、たいした額じゃなくて」

いま、この家の天井裏のフクロネズミの巣には、まだ金の延べ板が三個隠してある。

「昨年、きみが内国歳入庁に申告した所得額は、ごくつつましいものだった。しかし、最近になって、きみはこの家を購入しているね」

「でも、実際には、この家はまだ銀行の所有物も同然なんです。それに、本当の所有主はキトに住む、あたしの従妹の義弟だから。あたしはただ、この家の管理を任されているだけ。あちこち修理したりして」

書類上は、それに間違いなかった。見せろと言うなら、いつでもこいつの顔に書類を突きつけてやる。

カリのなかで、怒りがふくれあがった。やっと手に入れた自分の家の裏庭で、カリはロブレスの顔を、自分の目に似た黒い目を、ひたと見据えた。

まさかいまになって、こんなトラブルが降りかかってくるとは。いまになって、この裏庭に、この家に、そう、子供が下に隠れて傷ついたりしないコンクリートの土台に建てられているこの家に、降りかかってくるとは。

いまはロブレスの顔が、周囲の庭よりひときわ鮮明に見える。あのとき、コロンビアで、家の床下に隠れた子供を狙い撃とうとした司令官を視野にとらえたときのように。

わが家のマンゴーの木をカリは見上げ、風にそよぐ葉音に耳をすました。意識して一度、二度と、深く息を吸い込んだ。

ハチが一匹、越冬のための食糧を捜してバッグの中のコエビソウの鉢を見つけ、花をつついている。カリの脳裡(のうり)に、コロンビアで面倒を見た、あの老博物学者の姿が、折りたたんだ眼鏡を胸ポケットに入れてネット帽をかぶったあの温顔が、甦(よみがえ)った。

目の前の刑事に対する怒りが手前勝手なものであることは、わかっている。

カリは立ちあがって言った。「アイス・ティーを持ってきますから、刑事さん。それからご用件をお聞きするわ」

若い頃、海兵隊員だったテリー・ロブレスは、太平洋艦隊のライト・ヘヴィ級ボクシング・チャンピオンとして、地に足がつかない六週間をすごしたことがある。いま、目の前のカリの顔に浮かんでいる熾烈な敵意には、見覚えがあった。いいだろう、切り札を出すときだ。頭の中で、OKという言葉が十回もくり返されるのを聞いてから、ロブレスは言った。

「じゃあ、訊くがね、ハンス・ペーター・シュナイダーがきみをどんな目に合わせるつもりでいたか、知ってるかい？」

「いいえ」

「ハンス・ペーター・シュナイダーは、コロンビアとペルーの非合法金採掘場で働く鉱夫たちに女を提供している。鉱山が飲料水を汚染するため、女たちの多くは水銀中毒にかかってしまう。で、女たちが死んでも、その臓器を売ることは難しい。ハンス・ペーターは、水銀中毒にかかっていない人間の臓器の売却を商売にしているんだ。やつはモーテルで女たちの臓器を摘出する。手足を切断した女たちを、世界各地の猟奇的なクラブに売り払う。顧客の好みに応じて、女たちの体を加工する。やつがきみをとらえることに失敗すれば、別の女たちが代わりに苦痛の悲鳴をあげることになるんだ」

カリの表情に目立った変化はない。

「これは、やつがきみの体をこう加工したいと望んで描いたスケッチ集だ。不快な思いをさせて申しわけないが、この捜査をゆるがせにはできないんでね」

ロブレスは一連のスケッチを、表を伏せてカリに手渡した。

カリは一枚ずつ裏返して見ていった。素描のテクニックの点から言えば、どれも卓越したスケッチだった。最初のスケッチのカリは、腕が一本しかなかった。〝ご主人様〟たちに快楽を与えるため、片腕だけは残しておくという趣旨なのだろう。胴体にはグニスの母親の顔の入れ墨。他の奇怪なスケッチには、もうカリの面影は残っていなかった。細い枝のような腕が一本残る切株も同然だった。隅のほうには小さく、〝ブタの肩ロース肉〟の書き込み。

そこから先のスケッチは陰惨の度を増す一方だったが、カリはその全部に目を通し、束にまとめてテーブル越しにロブレスに返した。

「きみの手を借りて、是が非でもハンス・ペーターに引導を渡してやりたいんだよ」

「どうやって？」

「やつはきみにとり憑かれている。おれも、インターポルも、なんとかやつをとらえたいと思っている。それと、やつの病的で裕福な顧客たちをね。そいつらに相応しい刑務所か治療施設にぶち込まなければならない。ハンス・ペーターがそんな顧客たちのために女性を切り刻むのを、これ以上座視することはできない。きみならば、そのハンス・ペーターをおびき寄せることができるんだ」

「ハンス・ペーターの所在は、つかんでいるの？」

「この二日間に、やつのクレジット・カードがコロンビアのボゴタとバランキージャで使われている。やつがボゴタからどこかに電話をかけたこともわかっている。しかし、やつはいずれ必ずアメリカにもどってくると見ているんだ。もしもどってこなかったら、こちらから積極的に出て、インターポルと手を組んで出張するさ。あるタレコミ屋の証言で、やつの何人かの顧客たちの素性も割れているしね。そのうちの一人はサルデーニャに豪邸をかまえている。きみの欠席届や欠勤届は、おれのほうでなんとかできるから。どうだろう、やってくれないか？　やつをしょっ引くのに手を貸してくれないか？」

「ええ、わかった」

「次にムショにぶち込みたいのは、銃器をレンタルしている連中でね」ロブレスはつづけた。銃のレンタルの件に関してはすでに何人か逮捕しているのだが、そうしてレンタルされた銃が重罪犯たちの手に渡った動かぬ証拠を陪審員に提示する必要があるのだ。

「実は、その種の銃の一つで家内が撃たれたんだ」ロブレスは言った。「おれも撃たれ、この家に似ているおれの家も乱射された。おれは自分の家が好きでね、きみがきみの家を好きなように――いや、きみがきみの従妹の義弟の家が好きなように、と言ったほうがいいか。ハンス・ペーター・シュナイダーは、銃器を帯びていたかい？」

「ええ」

「どんな銃だった？　銃の形態を教えてもらえるかい？」

「銃の形態を？」

「TPS（一時的滞在許可）延長申請のためにきみが提出した書類、あれを読ませてもらった。だから、きみの経歴はわかっている。あの連中が帯びていたのが、映画撮影用の小道具ではないと、断言できるかい？」

「あいつら、AKを二挺持っていました。いずれもサプレッサーと連射切り替え装置付き。それとAR－15が二挺。そのうちの一挺は連射装置付き。それから、使う銃を選ばない三十発装塡のバナナ形弾倉。AKの一挺向けのドラム形弾倉も一つ。長身のハンス・ペーター・シュナイダーは、ジャッカス・ホルスターにおさめたグロック9ミリを背中に吊るしていたわね。レモン、要ります？」

「いや、お茶は飲まないんでね。おれはきみの家を週七日二十四時間警備の対象にできるんだ、ミズ・モーラ。もしくは、だれにも見つかる恐れのない証人保護施設を確保してあげてもいい。そこなら何の心配もなく――」

「いえ。ここがあたしの暮らす家だから」

「じゃあ、一つおれの顔を立てて、隠れ家の見学だけでもしてくれないかな？」

「お断りするわ、刑事さん。あたし、クロームにある不法移民収容所を見たことがあるから」

「きみは常時携帯を持ち歩いているかい？　いざというとき連絡をとれるだろうか？」

「それは大丈夫」

「ノース・マイアミ・ビーチ警察に頼んで、なるべく頻繁にこの家の前を巡回するように頼んでおくから」

「わかりました」

この陽光きらめく午後、カリという娘の魅力的なことはどうだ、とテリー・ロブレス刑事は思った――自分がこの娘に嫌われているのはたしかなのだが。このところロブレスは、たった一人でいることが多かった。パルミラのホームで、陽光を髪に浴びていた妻の姿が甦った。

そろそろ引き揚げる潮時だった。

「ハンス・ペーター・シュナイダーは指名手配されている」ロブレスは言った。「見つけしだい、きみに連絡するから。くれぐれも戸締りに用心してくれ」

「メリー・クリスマス、ロブレス刑事」

「フェリス・ナビダ」ロブレスはスペイン語で応じた。

すくなくとも、憎まれてはいないのかもしれんな、この娘に――だからどうということもないが。そんな思いに浸りつつ、ロブレスは自分の車に向かった。

43

そのときのための準備は、すでに万端整っていた。まず、カリをグニス氏に引き渡して肉体改造を鑑賞させるお膳立ての礼金二十万ドル——その半額前渡し分を、すでにハンス・ペーターはもらっている。マイアミの自分の本拠地も自由に使える。そこは自分の名前ではどこにも登録されていないし、プレジャーボートもデラウェアのさる会社名義になっている。

警察の捜査を攪乱すべく、コロンビアにいる手下のパロマに自分名義のクレジット・カードや携帯を使わせている。

現在服役中の入れ墨アーティスト、カレン・キーフからは、刑期を終えしだいモーリタニアに飛んで、カリの肉体に装飾を施すことに同意する旨の返書が届いている。服役中、すこしでもカレンが練習を積めるよう、ハンス・ペーターはグニスの母親の顔のスケッチをすでに獄中のカレンに届けてあった。

頼れる武器としては、ＪＭスタンダード・二酸化炭素注入ライフルがある。いわゆるダート・ライフル、麻酔銃だ。こいつで撃ち込むダート（矢）に仕込まれた神経遮断薬アザペロンをもってすれば、体重六十キロの哺乳動物の自由も瞬時に奪うことができる。それに加えて腰のベルトには、９ミリの拳銃をぶち込んであった。

縛った獲物を運ぶ場合は、担いひものついた通気遺体袋に入れたほうが楽だということを、ハンス・ペーターはすでに確認していた。通常の防臭・防水遺体袋だと、気密性が高すぎて、まだ息のある獲物も窒息してしまう危険があるのだ。その点、ハンス・ペーターが用意している遺体袋は通気性が十分で、単層のキャンヴァスでできていた。

その他、用意してあるものとしては、ヘヴィ・デューティーの結束バンド、クロロフォルム、顔に薬品を押しつけるフェイスパッド等、万事抜かりはない。船上での強制栄養補給のためのサプリもあるし、モーリタニアに渡るグニス氏の船の調理台でちょっとした気晴らしをしたくなった場合に用いる黒曜石のメスもある。

午後も遅くなって、ハンス・ペーターは各部屋の掃除を行い、ほぼ液化し終えたカーラをトイレに流した。

偽名を使って借りたミニヴァンは、二列目のシートをはずしてカリを床に横たえるスペースを確保した。ヴァンのルームライトのヒューズも引き抜いてあるから、暗闇(くらやみ)の中でサイド・ドアをあけ放しにできるはずだ。

夜闇が訪れようとしていた。〈ペリカン・ハーバー・シーバード・ステーション〉を囲む生垣の巣に、ムクドリの群れがもどってきた。オウムのファミリーが就寝時に言い争う声が、マリーナのボートから漂う音楽よりも騒がしく響きわたっている。調理中の夕食のにおいと青い糸のような煙が海上を流れていた。

〈シーバード・ステーション〉のわきの駐車場では、カリを従妹の家に送り届けるために、ベニートがオンボロのピックアップ・トラックで待機していた。備え付けのエアコンがもう何年も前から故障しているため、窓をあけてある。こういうときは、湾上を吹きわたる夕風が実にありがたかった。

駐車場には樹木が生い茂っていて、夕べの仄暗闇(ほのぐらやみ)よりも濃い闇に包まれている。

カリは治療室の整頓を終え、治療用具の消毒もすませて、解凍されたラットをとりだした。これをミミズクに与えるのだ。

目を閉じて、餌を目がけて頭上を飛来するオオミミズクの翼が攪乱する気流を感じる。

駐車場のベニートは、カリをトラックに乗せてからタバコを吸いたくはなかったので、いまのうちに吸っておこうと暗闇の中でタバコを巻きはじめた。太い指でバグラー煙草の缶をトントンと叩き、タバコの葉を紙で巻く。合わせ目を舐めてから先端をひねり、マッチをすった。

トラックの運転席で、オレンジ色のマッチの火が闇にほのめいた。その瞬間、首筋にダートが突き刺さった。火の粉を散らしながら膝に落ちてゆくタバコの粉を見ながら、ベニートはダートをつかもうとした。もう一方の手をオーヴァオールの胸当ての裏の拳銃にのばし、なんとか銃把を握ったとき、目前のハンドルが視野いっぱいに膨らんで左右に揺れた。それでも必死にドアの把手をつかんだ。が、首筋に刺さったダートは振り払えず、たちまち覆いかぶさってきた闇にベニートは呑み込まれた。

ハンス・ペーターは、麻酔銃に二本目のダートを装塡しながら悩んでいた。カリの目の前で、いわば一つの実地演習として、ベニートを生きたまま溶かしてやったら、なんと素晴らしいだろう――それこそは、地獄、極楽、痛快のきわみかぁあ!!!

だが、時間が切迫していた。これからグニス氏の大型ヨットを追ってガヴァメント・カット水路から公海に出、アメリカの領海外の水域でカリを引き渡さなければならないのだ。ここはベニートの喉を搔っ切るしかあるまい。ハンス・ペーターはナイフの刃をかちっとひらき、ベニートのトラックに向かって駐車場を横切りかけた。そのとき、〈シーバード・ステーション〉の最後のライトが消えた。ドアがバシンと閉まり、鍵束がガチャガチャと鳴る音。ベニートはもうどうでもいい。

カリがやってくる。

流行りの曲、〝ミ・ベルダ〟でシャキーラが歌うパートを口ずさみながら、カリはトラックに近寄っていった。見ると、運転席のベニートはうなだれて、ぐったりしている。カリはベニートのために、冷えたタマリンド・コーラを持ってきていた。カリを家まで送ると言ってきかないのに、カリがいざステーションから出てくると、ベニートは運転席でうたた寝していることが多かった。

「ねえ、セニョール」

呼びかけた瞬間、ベニートの首筋に刺さったダートが目に入った。背後でパームツリーの枝がバシッと折れるような音。お尻に何かが突き刺さった。反射的にトラックのウィンドウ越しに手をのばし、ベニートの拳銃をつかんで振り返った。そしてなんとか銃をかまえたとき、地面のアスファルトがぐうんとせり上がって顔にぶつかり、全身を包み込んできた。息がつまりそうになりながら、カリは闇の底に落ちていった。

暗闇。ディーゼル・オイルと汗と靴のにおい。鼓動。金属の床が人間の鼓動よりも早く震動し、低く鳴動する。

エンジン・スターターが唸った。二基のターボ・ディーゼル・エンジンが始動し、しばらくバラついたアイドリングをつづけた後、ボートはゆっくりと動きだした。低い唸り音と共にエンジン回転が安定して、二次震動もおさまってゆく。ごおっという低い鳴動。

カリはわずかに目をひらいた。金属の床が見えた。もうすこし目をひらく。

そこはボートの舳先の船室だった。カリは一人で床に横たわっていた。見上げると、天井の中央には透明なプレキシガラスの出入り口。それは天窓も兼ねているようだ。そこから微かな光が射し込んでいる。エンジン音が変わって、ボートは艇庫から夜の海にのりだしていくらしい。

天窓に顔が現れた。上部甲板からだれかが見下ろしている。ハンス・ペーター・シュナイダーだった。アントニオのものだった、ゴシック調の十字架のイアリングをつけている。

カリは目を閉じた。一息ついて、またひらく。両脇には、寝台が二つ、船首に向かってV字形に設けられている。だれかの血まみれの、ちぎれた爪が、寝台の手すりと脚板の合わせ目の隙間にひっかかっていた。金属の床に接している腕と肩が痛い。両手は背中にまわされて、手首を拘束されていた。足首もやはり拘束されている。顔を起こして爪先のほうを見ると、四本の頑丈な結束バンドで足首が拘束されているのがわかった。

どのくらいたつのだろう、ここに拉致されて。ボートの速度はさほどではないようだ。どん、どん、と船体に波がぶつかる音が聞こえる。ゲリラ基地で頭に叩き込まれたことをカリは思いだした——万一敵につかまった場合、逃げ出すタイミングが早ければ早いほど生き延びるチャンスも増える。

黒く細長いプレジャーボートの船橋では、マテオが舵輪を握っていた。そのかたわらで、ハンス・ペーターがイムラン氏に電話をかけた。イムラン氏もいま、全長二百フィートのグニス氏のヨットで海上の合流点に急行しているはずだった。

「いま、そっちに向かっているところだぜ」ハンス・ペーターは言った。「三時間くらいで着くよ」イムラン氏の近くでだれかが歓声を上げたのが、ハンス・ペーターの耳にも伝わった。

「じゃあ、浴槽に湯をはっておくぞ」イムラン氏が言う。

「そいつはいいね」ハンス・ペーターは応じた。「あの女、つい粗相しちゃうだろうからさ」

二人の男はお互いにのみ通じる含み笑いを洩らした。

船首の船室では、カリが、自分で動かせる体の部位を順に、慎重に動かしていた。

骨折している箇所はないようだが、目蓋（まぶた）が腫（は）れてねばついていた。

横向きに姿勢を変える。体中の筋肉を可能な限り動かして、よく温めた。

また仰向けになり、頭上の天窓に目を据えながら上体を起こして寝台にもたれかかる。背中にまわされている両手を、一度、二度と大きく上下に動かし、五度目に何とか尻の下にもってくることができた。こんどは両膝をできるだけ胸に引き上げ、尻に敷いた両腕を前にもってくる。引き上げた両膝をなんとか両腕の下にくぐらせて足を前に伸ばす。うまくクリアできた。拘束された両腕が、いまは胸の前にある。手首を縛っている四本の頑丈な結束バンドは、足首を拘束しているものと同じタイプとわかった。かなり大型のバンドだ。ロック部から余ったバンドの端が大きく突き出ている。

両手を拘束されて川の中に立たされていた少年と少女。結束バンドの余った端が、二人の手首から突き出ていた。必死に頰と頰を押しつけ合っていた二人。そして、
バン！

その情景を思いだして、カリは新たな怒りが身内に湧き上がってくるのを覚えた。その怒りがエネルギーに転化した。

この結束バンド、なんとかはずさなければ。が、そう簡単にはいきそうにない。これが並みの結束バンドだったら、ヒップを思い切り背後に突き出した反動で、一つでも、二つでも、破断することができる。だが、これほど大型で、しかも四個となると、とてもむりだ。

方法としては、薄い先細の板を結束バンドのロック部に差し込んで、ロックの爪とバンドのあいだに隙間をあける手がある。

だが、いまの状態では、薄い板があったとしても、それをつかむことができない。ただ、もしそんな薄片があれば、足首のほうには使えるかもしれない。そう、足首を拘束している結束バンドには使えそうだ。手首を拘束されてはいても両手の指は使えるのだから、指で薄片をつまんで足首にもっていける。すぐ頭に浮かんだのは、把手つきの短剣を仕込んだ聖ペテロの十字架のペンダントだった。が、それは首から引きちぎられたらしく、影も形もない。何かないか。周囲を見まわした。どんなものでもいい。ヘアピンでも、なんでも。

懸命にもがいて、トイレを覗き込んだ。ヘアピンが床に落ちてないだろうか。が、使えそうなものは何もなかった。船室備え付けのトイレには、便器のほかにシャワーと鏡と棚があるきりだ。それと、体重計。拘束された手で床を探りながら寝台の下を覗き込んだ。目に入ったのは、汗臭いデッキシューズのみ。いま、自分が身につけているもので、薄い先細の板代わりに使える平たい金属製のものは何かないか？　短剣は、もうない。徹底的に所持品を調べられたらしく、ポケットはみな裏返しになっている。乳房のすみに、何かでこすられた箇所があった。男の口ひげでこすられたのだ。くそ。そうだ、一つ、ひらたい金属がある――いまはいているジーンズの、ジッパーのつまみ。

カリはジーンズのジッパーを下ろした。腰をくねらせながら、拘束された両手でジーンズを脱いでゆく。引っ掛かりそうになるのを辛抱強く足首まで下ろした。

最初、拘束されている手首をジッパーのつまみに押しつけて、つまみをバンドのロック部に差し入れようとしたが、だめだった。どうやっても、つまみが前後にすべってしまう。が、足首の結束バンドが相手なら、ジッパーのつまみを手指でつまめるからうまくいくはずだ。足首を拘束している四本の結束バンドのうち二本は、ロックが真上の位置にあった。まず、いちばん手前の結束バンドのロックに、ジッパーのつまみを差し込んだ。一度、二度。ロックの爪がどうしてもすべってしまう。もう一度、二度、三度……やった。うまくいった。バンドが引きだせる。余った長い部分をするするとロックから引き抜いて、バンドは完全にはずれた。天窓から見えないように、はずしたバンドは寝台の下に押し込んだ。

足に残った赤い条痕を撫でて、次の結束バンドにとりかかった。これは手強かった。十二回試みて、どうにかはずせた。残る二つの結束バンドはロック部が足首の裏にあったため、最初の一つは指の感触だけではずさなければならなかった。ボートの船体の下を海水が流れ去るのを感じつつ、十分かかってようやくはずせた。最後の一つはゆるゆるになっていたため、ロック部を表のほうにまわし、三回目のトライでうまくはずせた。

が、まだ肝心の手首が残っている。やはり指でつままない限りジッパーのつまみをうまく扱えない。ロック部をつまみに押しつけるやり方では、何度やってもそれてしまう。

膝を立てて床にすわり、頭から寝台にもたれて一息つく。と、昇降階段を降りてくる足音が聞こえた。

手首を拘束されていても、足は自由だ。手首だって両手を組み合わせれば武器になる。闘える。両足を寝台の下に隠し、失神しているふりをして、時間を稼ごうか？　いや、弱気になるな、闘おう。

トイレにあった重い体重計を手にとった。

ゆっくりと立ちあがって、身がまえる。拘束された両手で体重計を持ち、頭上高くもちあげた。船室のドアがひらいた。その瞬間、カリはマテオの股間(こかん)を思い切り蹴り上げた。マテオの体が一瞬、床から浮き上がりそうになるほど力をこめて蹴り上げた。倒れかかったマテオのうなじにもう一度蹴りを入れて、声を奪う。マテオは低く呻(うめ)いただけで、前のめりに倒れた。その後頭部に、渾身(こんしん)の力をこめて体重計を叩きつける。マテオは金属の床に突っ伏した。カリはもう一度体重計を振りあげた。こんどはその端を頭蓋(ずがい)後部に一度、二度と振り下ろす。二度目に振り下ろしたとき、頭蓋骨はぐしゃっとやわらかな音を立てた。狭い船室に、にわかに強い尿臭がたちこめ、マテオの体の下に水たまりが広がった。

この間(かん)にあがった音は数度の鈍い衝撃音と呻き声くらいで、それも、常時響いているエンジン音と船体を波が打つ音にかき消されたはずだ。おそらく、船橋で舵輪を握っているハンス・ペーターの耳には届かなかっただろう。だが、あいつは数分もたたないうちにマテオを呼びつけるにきまっている。

手だ、この手。この両手を自由にしない限り、浮袋か救命胴着がなければとても海上を泳げない。が、この船室にはそのいずれも見当たらない。ナイフか銃が見つからないかと、マテオの体をさぐった。が、ハンス・ペーターは前科者に銃を持たせて送り込むほど馬鹿ではなかった。ポケットにはガムがいくつか入っているだけで、役立ちそうなものは何もなかった。

他にどんな方法があるだろう、この結束バンドをはずすには？　とにかく、両手が自由にならなければ遠くまで泳げないのだ。深く息を吸い込んでいると、臭いが意識にのぼった。船内のさまざまな臭い。古い血やビニール・シートのすえた臭い。そばに転がっている死体の尿の臭い。古いデッキシューズにこびりついた足の臭い。デッキシューズ。デッキシューズ。シューズのひも。革ひも。そうだ、革ひもを鋸代わりに使う方法がある。ずっと以前、ゲリラの基地で教わった。

時間はどれくらいある？　ぐずぐずしてはいられない。

ハンス・ペーターの怒鳴り声が昇降階段に響きわたった。「何をしてる、マテオ。手首のバンドにゆるみがないか調べて、早くもどってこい。女に手を出したら殺すぞ、マテオ。いいか、生きのいい肉を売るんだからな」

カリはデッキシューズを見つけた。手の指と歯で革ひもを抜きとる。二本の革ひもをつないで、一本の長い革ひもにした。それをいちばん手前の結束バンドの上にまわし、一方の端を四本の結束バンドの下にくぐらせて、ひもの両端をしっかりと結ぶ。これで四本の結束バンドに通した大きな革ひもの輪ができた。

その輪の中に、ちょうど馬のあぶみを踏むように両足をかけ、自転車のペダルを踏む要領で、両足を交互に踏みはじめた。いち、に、いち、に。革ひもが、いちばん手前の結束バンドを上下にこすりだす。いち、に、いち、に。革ひもとバンドの摩擦面からうっすらと煙があがりはじめる。摩擦熱が手首にも伝わった。

ハンス・ペーターが怒鳴っている。「何をしてやがるんだ、マテオ。さっき、せっかく乳房(パイオツ)を吸わせてやったのに！」

いち、に、いち、に。必死に両足を交互に踏む。しゅっしゅっと革ひもがプラスティックのバンドをこする。煙があがり、熱が皮膚に伝わって、パチン！　手前のバンドが切れて弾(はじ)けた。革ひもは次の結束バンドをこすりはじめる。しゅっ、しゅっ、という摩擦音。たちのぼる煙。パチン。二つ目のバンドも断裂して、ゆるんだ革ひもの輪が足元に落ちた。夢中で両足で引っ張って、また思いきり踏みはじめる。いち、に、いち、に。パチン。三つ目の結束バンドが弾けた。

いち、に、いち、に、いち、に、いち、に。パチン。やった。ついに両手が自由になった。拘束されて麻痺(まひ)していた部分に血がめぐりはじめる。むずついていた皮膚の感覚も、甦りはじめた。

頭上のドーム形のガラス・ハッチに頭を入れると、ちょうど一条の光が、タカの口腔のような紫色の光が、頭上を通りすぎるところだった。あれはコーズウェイの橋脚裏のライトだ。いま、このボートはコーズウェイの下をくぐったところなのだ。空には赤と白の星のように、航空警告灯がまたたいている！　ここは〈シーバード・ステーション〉の近くだ。この付近の高いアンテナには例外なく警告灯がついている。〈シーバード・ステーション〉。学校の教科書と果樹用肥料の入ったバッグが置いてある大切な場所。ボートが南に進むにつれて、コーズウェイを渡る車列のライトが重機関銃の放つ曳光弾(えいこうだん)のように闇の中を流れていくのが見えた。

寝台の上に立つと、この天窓兼用のハッチを上に押しあけられることがわかった。が、このハッチは前部甲板にある。これがひらいたら、舵輪を握っているハンス・ペーターの目につかないはずがない。ボートはいまコーズウェイの南側にきて、順調に進んでいる。行動するのはいまだ。

と、そのとき、エンジン回転が遅くなって、停止した。あいつがやってくる。船室のドアの前に立って、薄っぺらい掛け金をかけた。ハンス・ペーターが怒鳴りながら昇降階段を降りてくる。足音が近づいた。

カリは天井のハッチを下から押しあけた。懸垂の要領で甲板に出る。下ではハンス・ペーターが船室のドアを蹴りつけていた。

ハンス・ペーターは麻酔銃を持っていた。

部屋に飛び込むと同時に、ハッチがあいているのが目に入った。すぐに部屋を飛びだした。ハンス・ペーターが昇降階段を駆けのぼって甲板に出るのと、カリが甲板から海に飛び込むのが同時だった。カリは早くもバード・キーのぼんやりした黒い影の方角に泳ぎはじめている。

麻酔銃を手に、ハンス・ペーターは必死に海上に目を凝らした。甲板に据えられた大型のスポットライトに飛びついて、海上を照らす。カリがいた。麻酔銃をかまえた。

ライトに照射されるのを感じた瞬間、カリは水中にもぐった。すぐに海底に達した。思ったより浅くて、ライトに照らされた自分の影が砂を覆っているのが見えた。息が苦しい。水を蹴って浮きあがり、胸いっぱいに空気を吸い込んだ。そのとき、麻酔銃の引き金が引かれ、水面にひろがったカリの髪をダートが射し貫いた。

それは、ハンス・ペーターの銃に装填された最後のダートだった。船室にもどらなければ予備のダートは手に入らない。

ハンスは銃を放り捨てて舵輪にもどった。そこからスポットライトを操作すると、光線が再び洋上のカリをとらえた。ハンス・ペーターは猛然とボートを加速させてカリを追った。こうなったら、あの女が死んだっていい、ボートでのしかかってやる。

カリは自由な両手で力いっぱい水を掻いた。これほど速く抜き手を切ったことなど、いままでになかった。背後で二基の大型ディーゼル・エンジンが唸りをあげ、ボートが猛スピードで接近してくる。バード・キーは目の前だった。岸辺まで、あと五十ヤード。

ボートの轟音が頭上にのしかかってくる。スポットライトを十分下向きにできず、カリをとらえきれないまま、ボートはその上を通過した。と思うと、船体が海底を打った。ガリガリという激しい擦過音を引きつつボートはバード・キーの砂州に乗りあげて停止した。そのはずみでハンス・ペーターは舵輪に叩きつけられ、甲板に転倒した。が、すぐに立ちあがった。

懸命に水を切っていたカリの手が海底をつかんだ。即座に立ちあがって、水中を走りだす。暗く静まったバード・キーの波打ち際の方角に、無我夢中で走った。ここで立ち止まって、あいつと闘ったほうがいいだろうか？　向き直って、あいつと闘おうか。いや、こうして水につかっていては、蹴りがきかない。それに、あいつは拳銃を持っているだろう。

マングローヴの根を踏み分けて、バード・キーに着いた。岸辺に散らばる塵芥に足をとられる。ボートから捨てられて、岸に打ち上げられた屑の数々。川から流れついた漂流物。壊れたクーラー・ボックス。空き瓶。プラスティックのボトル。なんとかよけながら走りつづける。薄明りの下、木々の下に白っぽいものが見える。

もっと黒っぽいものにつまずく。ウミドリの糞の臭いが強烈だ。巣づくりをしている鳥の鳴き声が騒々しい。すでに寝ついている鳥の群れが枝のなかでうごめいている。トキの群れがざわめいていた。

すっきりとひらけた通路はどこにもなく、雑草の茂る道が幾筋か走っているだけだった。

ハンス・ペーターは、ダートをとってきてから満ち潮に抗して錨を投じるのにすこし手間どった。それから水中に飛び降り、ダートをつがえ、長い脚を生かしてマングローヴの茂るバード・キーの岸辺めざして歩きだした。両手に麻酔銃と懐中電灯を持ち、腰のベルトに拳銃を差し込んでいた。

とにかく早く片づけなければ。夜が明ければ、妙な場所に止めたボートが巡視艇の目にとまるだろう。両手がふさがっているため、マングローヴの枝を押し分けながら堅い地面に到達するのは容易ではなかった。

カリはよろめきながら走りつづけた。数日前ミサゴを助けた地点にいつのまにか近づいていた。何か武器があれば、と思う。何でもいい。棍棒でも、魚を突くヤスでも、頼むから、何か武器になるものがないか。

釣り糸に足がからんで死んだ鳥が、一、二羽、地面に転がっていた。折れた釣り竿。ミラー・ライト・ビールの空のケース。

青白い月を雲がよぎり、仄かな光が断続的に地面を照らす。千羽もの鳥が低く鳴いてはうごめき、母親が吐きもどした餌にありつこうと雛鳥たちが甲高い声で鳴きさわぐ。

マングローヴの林の端で餌をあさっていたサギが、片脚を高く上げた。そのまま、蛇のような首の動きを一瞬止めて、仕留める瞬間を待つ。

夜はさんざめいていた。

武器になるものをカリが必死に捜しているうちに、ハンス・ペーターが接近してくる音が聞こえた。マングローヴの枝をガサガサと押し分けて近づいてくる。カリは藪の中に後ずさって息をひそめた。青白い月光に照らされたハンス・ペーターの頭が視野に入った。こちらに近づいてくる。腰のベルトには拳銃をぶち込み、耳にはアントニオのイアリングをつけている。ミサゴが逆さにぶらさがっていた狭い空き地。そこであいつは目の前にさしかかるだろう。

カリはさらに深く藪の中に後ずさった。うまくすれば、あいつの背後に忍び寄って、拳銃を奪えるかもしれない。そっと後ずさるのだ。足で地面を左右に掃いて、踏みだすスペースをあけよう。カサリとも音を立てないように。

オウムが一羽、大きな鳴き声をあげてパタパタと舞いあがった。ハンス・ペーターがさっとこちらを振り返った。腰だめにかまえた麻酔銃がバスッと鳴り、ダートがカリの耳のわきをかすめた。飛びかかってきたハンス・ペーターの股間に、カリは思い切り蹴りを入れた。相手はそのままのしかかってくる。カリは両手を胸に押しつけられたまま藪の中に仰向けに倒れた。ハンス・ペーターの膂力(りょりょく)は並みではなかった。片腕をカリの喉に押しつけ、もう一方の手を自分のポケットに突っ込んだ。ダートをとりだして、突き刺す気だ。何かが、ハンス・ペーターの首から吊り下がっている何かが、カリの顔に触れた。十字架のペンダント。自分のものだった聖ペテロの十字架のペンダントだと、カリは気づいた。ハンス・ペーターはカリの喉を押しつけている手を別の手に替えて、反対側のポケットをさぐろうとしている。一瞬の隙。そこをついて、カリは頭突きをくらわせた。一度、二度。たれさがった十字架をつかんで、仕込んである短剣をとりだした。小さい短剣だが、小さすぎはしない。迷わず相手の顎(あご)の下のやわらかな部位に突き刺した。一度、二度。突き刺すたびに、刃で左右にえぐる。三度目に突き刺した剣先がハンス・ペーターの口中に突き抜け、舌の下の太い血管を切断した。うぐっと息を詰まらせて上体を起こしたハンス・ペーターは、喉元を押さえて、迸る血を吐きだした。カリは必死にもがいて相手の下から抜けだした。ハンス・ペーターは腰の拳銃に手を伸ばした。が、再び喉を押さえた。血はその鼻からも噴きだし、月光の下、くろぐろと胸を伝い落ちる。激しく胸を上下させつつ、ハンス・ペーターはカリから離れて上体を折った。すかさずカリは背後にまわった。腰のベルトから拳銃を引き抜いて、撃った。脊椎に、一発撃ち込んだ。ハンス・ペーターはミサゴがぶらさがっていた木の幹にぐたっともたれかかった。月光を浴びながら、虚ろな目でこちらを見上げる。カリもその目を見返した。まばたきもせずに見返しているうちに、ハンス・ペーターの息は絶えた。カリは近寄って、十字架のペンダントをとりもどした。

このまま放置しておけば、二、三日後にはボートで上陸したバード・ウォッチングの愛好家が急報し、警察が駆けつけるだろう。おそらくそのとき、木にもたれたこいつの肩にはこいつにふさわしく黒天使のようにノスリがとまって、黒い翼でこいつを覆いながら、顔のやわらかな部分をついばんでいるにちがいない。そのとき、銀をかぶせたこいつの犬歯は、もはや隠されることなく、光を浴びてギラギラ光っているはずだ。

朝日が昇ろうとしていた。野鳥の生息地が活気をとりもどす。賑やかな羽ばたきの音がして、最初の群れが舞いあがり、上空を旋回しはじめた。きらめく翼を傾けて、シロトキが曙光を横切ってゆく。大きな塒が小刻みにふるえて甦る。

東の空に日が昇った。バード・キーに立つカリの目に、コーズウェイが見えた。星の光が薄れるにつれ、〈シーバード・ステーション〉の航空警告灯の輝きも薄れてゆく。大切な学校の教科書や、ヴィゴロ果樹用肥料の袋や、マイアミ・デード・カレッジの学生証が置いてある〈シーバード・ステーション〉。あそこに帰ろう。

カリは一ガロンのペット・ボトルを二つ使って、即席の浮袋をこしらえた。一方のボトルは蓋がついていたが、もう一方のボトルはビニール片で口を覆い、釣り糸で縛って蓋代わりにした。それを翼のように両腕にとりつけて、後も振り返らずに海に入る――カリ・モーラは朝日に向かって泳ぎだした。

感謝の言葉

クエーカー国連事務所のフィールドワークの成果である、イヴォンヌ・E・カーンズ博士著『少女兵士たちの声』に、感謝したい。

マイアミ・デード警察殺人課のデーヴィッド・リヴァーズ刑事（退職）にも感謝を。氏は自身がカリキュラムを書いて教鞭（きょうべん）もとる、一連の秀逸な殺人捜査ゼミナールに私を参加させてくれた。

〈ペリカン・ハーバー・シーバード・ステーション〉は、傷ついた鳥や動物たちを治療・回復させて、自然の暮らしにもどす活動を行なっている。きわめて人道的なこの活動は、ヴォランティアの協力と一般からの寄付金で成り立っている。〈ステーション〉は多くの人々の来園を歓迎している。

そして何よりも、この場所――マイアミ――に心から感謝したい。うるわしくも味わい深い、すぐれてアメリカ的なこの街は、ここ以外の場所から――しばしば徒歩で――やってきた人々によって築かれ、維持されてきた。

訳者あとがき

トマス・ハリス、待望の新作発表と聞いて、まさかレクター博士の再降臨はないだろうと思ったのだが、その直感は当たっていた。

ヴェールを脱いだ本書『カリ・モーラ』は、『羊たちの沈黙』、『ハンニバル』、『ハンニバル・ライジング』と一時代を画した、あの〝レクター・シリーズ〟とは袂(たもと)を分かつ、まったく新しいスリラーである。

『ハンニバル・ライジング』から十三年、熟成を重ねたトマス・ハリスという〝美酒〟は、ではどんな酔い心地にわれわれを誘(いざな)ってくれるのだろうか。

時代はいま、舞台は〝トランプのアメリカ〟である。その一角、フロリダ州のマイアミ・ビーチに、かつての〝麻薬王〟ことパブロ・エスコバルの遺(のこ)した大邸宅がある。その地下に眠る時価二千五百万ドルの金塊をめぐって悪党どもが熾烈(しれつ)なつばぜり合いを演じるのだが、この悪党どもの跋扈ぶりがまず面白い。国際的な臓器密輸商が先手を打って金塊の独占を図るかと思えば、南米コロンビアで〝泥棒学校〟を率いる暗黒街のドンがその向こうを張り、その二人を手玉にとってパブロ・エスコバル一味の残党が私利をせしめようとする。そこに悪徳弁護士が割って入って……さながら〝当世悪人図鑑〟のおもむきで、ははーん、トマス・ハリスもまたエルモア・レナードの隠れたファンだったのか、と思う読者がいたとしてもおかしくはない。ともあれ、テンポの速い筆致と相まって、悪党どもが丁々発止の争奪戦を展開してゆく様は、一編の小気味のいい〝ハード・ノワール〟に仕上がっている。

あの〝レクター・シリーズ〟が、精緻に構築された闇の大伽藍に踏み込む興奮に読者を誘うとすると、本書は地雷原のような悪の迷路を全速で駆け抜けてゆく爽快感を与えてくれると言うべきか。もちろん、ハリスならではの味わいも随所に漂っている。主役の悪党どもの一人、ハンス・ペーター・シュナイダーの薄気味の悪い造形ぶりなどはその典型だし、思わぬところで聞こえてくるバッハの「ゴルトベルク変奏曲」の旋律に、思わずにやっとさせられる読者もいることだろう。同じ悪党でも、このハンス・ペーターとは対照的に、ベニート老人の描写には、人生の裏街道を生き抜いてきた老悪党の、酸いも嚙み分けた枯淡の境地が漂っている。そこには、老境に入りつつある作者自身の心境が滲み出ているのでもあろうか。

そしてここに一人、彼ら悪党どもの争いに巻き込まれながらも、毅然としてわが道をゆく新たなヒロインをハリスは送りだした。

カリ・モーラ。二十五歳。コロンビアからアメリカに移住し、将来獣医になることを夢見て、いまは傷ついた野鳥たちの保護に情熱を傾ける、子供好きの優しい心映えの女性。だが、ひとたび悪党どもに挑まれると、一歩も引かずに手慣れたガンさばきで応戦し、鮮やかに危地を脱出してゆく――いったいどんな過去がカリをこれほどに清廉で、しかもタフな女性に育て上げたのか。その点も本書の読みどころの一つだが、ハリスはカリの数奇な少女時代を丹念に描き、そのトラウマのよってきたるところも丁寧に描いて、ふくらみのある、魅力的なニュー・ヒロインを誕生させたのである。

このカリの描写を通して浮き彫りになるアメリカ像があるとしたら、ここ数年来、一段と厳しくなってきた対移民政策ではないだろうか。その結果、苦境に追いやられている移民たちの一人、カリに寄せる温かな眼差しから、この問題におけるハリス自身の立ち位置もそれとなく伝わってくる。実際、本書に登場する多彩な人物たちの中で、いささかの皮肉も諧謔も交えずに肯定的に描かれているのは、カリとベニート老人くらいのものなのだから。アメリカの時事的な社会問題を浮き彫りにするこういう視座は、従来のハリスの諸作にはあまり見られないものだが、作家に転身する以前、ＡＰ通信のニューヨーク支局の辣腕記者として活躍したハリスの過去を考えれば、ことさら異とするには当たらないのかもしれない。

諧謔と言えば、この作品の底に一貫して流れている一種ブラックなコミカル・タッチにも、捨てがたい味がある。

そもそも、〝モンスター〟、ハンス・ペーターの愛してやまない〝人体液化装置〟にしてからが、本来、アメリカの熱心な環境保護運動家たちが、CO_2の排出と無縁な〝地球にやさしい葬祭法〟として絶賛している装置なのだ。それが、ハンス・ペーターのような猟奇的な殺人狂に愛用されているという皮肉。そしてまた、老獪な古狸のようなボス、ドン・エルネストの経営する工場が生産している〝珍味〟の素っ頓狂さ。そのくだりを読んで、ああ、もうあたしは二度とエスカルゴは食べないから、と嘆じるグルメがいたとしたら、トマス・ハリスも罪なことをしたものである。

総じて、軽快な〝ハード・ノワール〟たる本書には、同じように軽快な諧謔味も横溢（おういつ）している。現代社会の一断面を撃つ辛辣な風刺小説（サタイア）としての味わいも本書からは汲（く）みとれよう。そこにも、前作から十三年の歳月を経た作家の円熟味が息づいている。

いずれにせよ、本書によって、トマス・ハリスは過去の名声をもたらしたシリーズとは決別し、カリ・モーラという凜（りん）としたニュー・ヒロインを生み出して、〝ハード・ノワール〟の世界に新たな橋頭堡（きょうとうほ）を築いてみせた。ヴェテラン作家がとかく陥りがちな自己模倣を排したいさぎよさが、それを可能にしたと言っていいだろう。

本書の興趣を深めている背景についても二、三付言しておくと、まずカリが少女時代に属していたコロンビアの反政府左翼ゲリラＦＡＲＣ（コロンビア革命軍）は、二〇一六年、政府との和平に合意し、死者二十万人を産んだ五十年に及ぶ内戦はようやく終結した。ＦＡＲＣはその後、名称はそのままに、いまでは合法政党として活動をつづけているという。また、本書の主な舞台、パブロ・エスコバルがマイアミ・ビーチに遺した豪邸は、数年前、何代目かのオーナーの意向で破壊され、いまは原形を留めていない。数々の建機を動員した破壊時に、堅牢そうな金庫が二つ、屋敷の奥から発見され、その中身についてさまざまな憶測が飛び交ったらしい。ドン・エルネストが率いる〝十の鐘泥棒学校〟は、一説に〝七つの鐘泥棒学校〟ともいう名称で、コロンビアに実在しているという都市伝説もある。ともあれ、現実の事象を巧みに作品中に溶かし込み、絶妙のさじ加減で、虚実ないまぜの面白い作品世界を織り上げるのは、ハリスのよくする作劇法だ。それは本書の曲者（くせもの）ぞろいの脇役陣の中でも異彩を放つ、あのワニの生態についても変わらない。現実のワニは、水中では呼吸しないのである。

　トマス・ハリスの経歴については、〝レクター・シリーズ〟各巻の解説に詳述してきたが、本書で初めてハリスの作品に接する方も多いと思うので、あらためて触れておこう。

　一九四〇年、テネシー州に生まれる。一九六四年、テキサス州のベイラー大学を卒業後、犯罪ルポルタージュをメインとしたジャーナリストに。一九六八年から七四年まで、AP通信のニューヨーク支局に勤務。第一線の社会部記者として、実在の連続殺人事件等を取材した。一九七五年、作家に転じ、処女作『ブラック　サンデー』を発表。以後、『レッド・ドラゴン』(一九八一年)、『羊たちの沈黙』(一九八八年)、『ハンニバル』(一九九九年)、『ハンニバル・ライジング』(二〇〇六年)と書き継いで〝レクター・シリーズ〟の名を不動のものにした。私生活では、ここ三十年来、パートナーと共にマイアミ・ビーチに暮らし、その独特の風光に深く魅せられると同時に、この街のランドマークの一つ、〈ペリカン・ハーバー・シーバード・ステーション〉にも親しんできたらしい。意外にも、ハリスはカリ・モーラにも劣らぬくらいの動物好きなのである。このステーションへの傾倒ぶりは、彼自身が本書に記した〝感謝の言葉〟にも明らかだ。その意味で、本書はハリスの〝マイアミ賛歌〟でもあるのだろう。

二〇一九年七月

高見　浩

ヘミングウェイ
高見浩訳
誰がために鐘は鳴る（上・下）
スペイン内戦に身を投じた米国人ジョーダンは、ゲリラ隊の娘、マリアと運命的な恋に落ちる。戦火の中の愛と生死を描く不朽の名作。

ヘミングウェイ
高見浩訳
日はまた昇る
灼熱の祝祭。男たちと女は濃密な情熱と血のにおいに包まれて、新たな享楽を求めつづける。著者が明示した〝自堕落な世代〟の矜持。

ヘミングウェイ
高見浩訳
移動祝祭日
一九二〇年代のパリで創作と交友に明け暮れた日々を晩年の文豪が回想する。痛ましくも麗しい遺作が馥郁たる新訳で満を持して復活。

I・マグワイア
高見浩訳
北氷洋
—The North Water—
捕鯨船で起きた猟奇殺人、航海をめぐる陰謀、極限の地での死闘……新時代の『白鯨』とも称される格調高きサバイバル・サスペンス。

メルヴィル
田中西二郎訳
白鯨（上・下）
片足をもぎとられた白鯨モービィ・ディックへの復讐の念に燃えるエイハブ船長。激浪荒れ狂う七つの海にくりひろげられる闘争絵巻。

J・ロンドン
白石佑光訳
白い牙
四分の一だけ犬の血をひいて、北国の荒野に生れた一匹のオオカミと人間の交流を描写し、人間社会への痛烈な諷刺をこめた動物文学。